El Destino 2

Sonderausgaben zu

El Destino – Das Schicksal

von

Jaliah J.

Impressum

Alle Rechte am Werk liegen beim Autor
J., Jaliah
El Destino2 , Sonderausgaben zu El Destino – Das Schicksal
Berlin, April 2015
Erstauflage
Lektorat: Günter Bast, Paula
Cover/Bildgestaltung: Klaud Design – Marie Wölk

Herstellung und Verlag:
BoD - Books on Demand, Norderstedt

ISBN 978-3-7347-7020-3
www.jaliahj.de

"Erscheint ein zweiter Teil zu dem Buch El Destino?"

Ich habe das Gefühl, dass ich diese Frage mittlerweile am aller-
häufigsten gestellt bekommen habe. Es freut mich sehr, dass so
viele Menschen Celina und Nando so sehr in ihr Herz geschlossen
und auf eine Fortsetzung gewartet haben. Ich war immer unent-
schlossen, ob ich noch etwas zu den beiden zu sagen habe, doch in
meinem Urlaub ist mir dann diese Geschichte in den Sinn gekommen. Ich wollte zeigen, dass jede Beziehung auch schwere Zeiten
durchstehen muss und auch, dass das Schicksal nicht immer nur
Gutes zu einem bringt. Man muss auch schwierige Zeiten erleben,
daraus lernen, Kraft und Erfahrungen daraus sammeln. Beziehungen, die stark genug sind, wachsen daran.

Dazu ist dieses Buch in zwei Teile gesplittet. Zuerst gibt es den
ersten Teil noch einmal aus Nandos Sicht, eine kleine Sonderausgabe, die von vielen Lesern erbeten wurde und deren Bitten ich
gerne nachgekommen bin, denn ich denke, dass jede Geschichte
zwei Seiten hat und nun zeige ich die von Fernando. Danach geht
es weiter mit der …

… schicksalhaften Geschichte um Celina und Fernando.

Kapitel 1

Wütend knallt Nando das Handy zurück auf den Tisch. Er hat es noch nicht einmal geschafft, seine Augen zu öffnen und schon geht der Stress los. Arturo, sein ältester Bruder, hat sie alle in sein Haus bestellt, um einige Angelegenheiten zu klären. Seit Arturos Frau schwanger ist, finden diese Besprechungen zum Leid von Gabriel, José und ihm immer früher am Morgen statt. Das sind die negativen Punkte, die sein Leben mit sich bringt. Ansonsten kann er sich nicht beschweren.

Er ist einer der Anführer der Los Natos. Sie sind die gefürchtetste und größte Familia, nicht nur hier in San Sebastian, mittlerweile in ganz Puerto Rico. Er liebt seine Familie, seine Familia, sein Leben und die Frauen.

Ihm steigt ein unangenehmer Geruch in die Nase. Nando hasst diesen Gestank von kaltem Rauch am Morgen. Er sieht angewidert zu dem Ascher, den seine Begleitung gestern Nacht noch gut gefüllt hat. Gleichzeitig sieht er jedoch auch auf die langen blonden Haare, die sich über sein Kissen erstrecken und auf die langen Beine, die unter der Decke hervorschauen. Nando drückt einen Kuss auf diese makellosen Schenkel, dafür nimmt er den unangenehmen Geruch gerne in Kauf.

Als er sich aus dem Bett erhebt, ist von der Frau nur ein leichtes Grummeln zu hören, sie hat gestern sehr viel getrunken und wird sicher noch etwas länger Zeit brauchen. Er öffnet den Balkon und tritt hinaus in die Sonne, die grell vom Himmel scheint. In Puerto Rico ist es zu dieser Jahreszeit jetzt schon sehr heiß. »Guten Morgen Nando, würdest du deinen Arsch auch mal bewegen?« Fernando seufzt schwer auf, als er seine jüngeren Brüder Gabriel und José von der Straße, die sie gerade überqueren, zu ihm heraufrufen hört. Sie sind schon auf dem Weg zu Arturo.

Alle engeren Mitglieder der Familia wohnen in diesem Gebiet, es ist das Gebiet der Los Natos. Sie haben Wachen, die dafür sorgen, dass niemand hierher kommt, der nicht zu den Los Natos und zu ihren Vertrauten gehört. Das ist der Nachteil ihrer Familia, aber sie müssen es tun, denn hier leben ihre Familien und es ist ihnen nichts wichtiger als diese und ihre Sicherheit.

»Im Gegensatz zu euch hatte ich heute Nacht zu tun!« Gabriel lacht laut auf. »Wir auch, aber wir werden sie schneller wieder los!« Nun muss auch Nando grinsen. »Bin gleich da!« Er geht zufrieden ins Bad, während er unter der Dusche steht, genießt er dieses Gefühl. Er liebt sein unbeschwertes Leben, alles läuft gerade perfekt. Seiner Familie und der Familia geht es gut. Die Macht der Los Natos reicht mittlerweile weit über Puerto Rico hinaus, es gibt keinen mehr, der sich wirklich an sie heranwagt. Sie haben Macht, Geld, Frauen, Familie... was könnte er sich noch wünschen. Als er sich umzieht, wirft er noch einen letzten Blick auf die blonde Frau in seinem Bett.

Er hat heute Nachmittag mit José noch ein Treffen mit neuen Waffenlieferanten, aber davor wird er noch einmal zurückkehren und etwas Spaß haben, er weiß nicht mal mehr genau wie sie heißt, aber das ist auch unwichtig, in ein paar Tagen wird sie ihm eh zu langweilig. Noch einmal dankt er Gott dafür, dass sein Leben so gut verläuft.

Einige Stunden später lehnt er sich im VIP-Bereich des Black Butterfly zurück und sieht sich im schon gut gefüllten Club um. Er mag das Vertraute hier, es ist ihr Lieblingsclub, der Besitzer Casper ist sehr zuvorkommend gegenüber den Natos. Wenn sie nicht wie heute weibliche Begleitung haben, stellt er ihnen immer die schönsten Kellnerinnen zur Verfügung. Heute brauchen sie das allerdings nicht, da sein bester Freund Alonzo schon für ihre Begleiterinnen gesorgt hat, als er einige Touristinnen heute Vormittag mit Gabriel kennengelernt hat. Für die Frauen ist es ein gewagtes Abenteuer, sie brechen aus ihrem sicherlich meist spießigen Alltag aus und geben sich mit gefährlichen Gangmitgliedern ab, für sie offensichtlich ein Kick. Nando ist das egal, für ihn ist es ein schnelles, einfaches Vergnügen. Eine der Frauen buhlt um seine ganze Aufmerksamkeit. Es war ein anstrengender Tag, und er ist für jede Abwechslung dankbar. Also flüstert er ihr die Antworten auf ihre gestellten Fragen ins Ohr und bekommt nur nebenbei mit, wie die anderen anfangen zu bestellen. Erst als er direkt angesprochen wird, sieht er auf und direkt in zwei etwas eingeschüchterte, aber wunderschöne Augen.

Am Anfang ist er so gebannt von diesen großen braunen Augen mit den dunklen Wimpern, dass es etwas dauert, bis er sich von ihnen abwenden kann und die ganze Gestalt dieser hübschen jungen Frau betrachten kann. Sie ist wunderschön, für ihn ist es schon fast selten, noch so eine typisch puertoricanische Schönheit zu sehen. Sie ist zierlich und man hat das Gefühl, sie in den Arm nehmen zu müssen, sie löst sofort einen Beschützerinstinkt in ihm aus. Ihre schwarzen langen Haare schimmern im Clublicht und ihre vollen Lippen zeigen, dass sie sich unwohl fühlt, weil sie leicht an ihrer Unterlippe knabbert, während sie ihn ebenfalls mustert.

Sein Blick fällt auf ihr Namensschild, auf dem Layla steht, aber natürlich ist ihm bekannt, dass hier keine Kellnerin ihren richtigen Namen benutzt. »Wie heißt du?« Fernando lehnt sich zurück, um sie besser im Blick zu haben, aber ihre Miene ändert sich, sie wird zornig. »Layla!« Sie tippt ungeduldig auf ihrem Notizblock mit dem Stift herum. Nando muss lächeln, sie scheint es nicht erwarten zu können, hier wegzukommen. »Deinen richtigen Namen meine ich.« Jetzt sieht sie ihn herausfordernd an und tippt auf ihr Namensschild. »LAYLA! Also was kann ich euch bringen?«

Die Männer, die um ihn herum sitzen, beginnen zu schmunzeln, es kommt nie vor, dass Fernando abgewiesen wird. Er wird etwas sauer und sie geben ihre Bestellung auf. Die Kleine wirkt wütend, dabei hat er sie lediglich nach ihrem Namen gefragt.

Als sie kurze Zeit später die Bestellung bringt, folgt Nando jedem ihrer Schritte und jeder ihrer Bewegungen mit seinen Augen. Die Frau, der er davor die Aufmerksamkeit geschenkt hat, interessiert ihn nicht mehr. Er beobachtet die neue Kellnerin, sieht, wie sie alle anderen Tische freundlich bedient, jedem ein Lächeln schenkt, doch sobald ihr Blick zu ihnen fällt, wirkt sie genervt und verärgert. Ihn beachtet sie nicht mehr, Nando kann ihre Abneigung nicht nachvollziehen. Normalerweise buhlen die Frauen um ihre Aufmerksamkeit, doch sie scheint sich so weit wie möglich von ihnen fernzuhalten. Als sie aufbrechen, ignoriert sie ihn wieder, doch er gibt Joe, dem Barmann, ein mehr als großzügiges Trinkgeld, extra für sie. Das wird sie schon dazu bringen, ihn das nächste Mal etwas mehr zu beachten, spätestens das wirkt bei jeder Frau.

Er wirft noch einen Blick auf die dunkle Schönheit, es wird ein nächstes Mal geben, das weiß er mit aller Garantie.

Allerdings merkt er schnell, dass er sich in ihr getäuscht hat, die nächsten zwei Wochen ignoriert ihn diese neue Kellnerin komplett, das macht ihn rasend. Er beobachtet sie, fast jeden Tag. Im Gegensatz zu früher will er jetzt unbedingt jedes Mal ins Black Butterfly und wenn auch nur, um zu verstehen, wieso sie ihn so missachtet, ihn und den Natos Tisch. Sie ist nicht unfreundlich, aber man spürt, dass sie sie nur bedient, weil sie es muss. Er versteht es einfach nicht, er beobachtet sie jedes Mal, wenn sie da sind. Sie versteht sich mit allen gut, lächelt, es scheint ihr hier gut zu gefallen, doch kaum kommt sie zu ihnen, kann sie nicht schnell genug weitergehen.

Auch die anderen, besonders sein Bruder José und sein Freund Alonzo, die ihn anfangs erstaunt dabei beobachten, wie er die Kellnerin verkniffen studiert und irgendwann nur noch darüber lachen, wundern sich über sein Verhalten. Heute ist sie wieder mehr als abgeneigt, ihren Tisch zu bedienen. Nando merkt allerdings, dass sie den Tisch, um den ein paar Anwaltsleute herumsitzen, liebend gerne bedient. Als er dann von der Toilette kommt, rennt sie direkt in ihn hinein. »Hola.«

Er fängt sie gerade noch auf, bevor sie vor Schreck nach hinten stürzt. »Entschuldigung«, murmelt sie leise und kann es schon wieder nicht erwarten weg zu kommen. »Warte mal.« Nando hält sie am Arm zurück, er steht ganz nah bei ihr und kann ihren süßen

Geruch einatmen. »Sag mal … Layla, wie kommt es, dass du so distanziert zu uns bist? Hat das einen Grund?« Er muss es wissen. Sie betrachtet ihn länger, dann sieht sie weg. »Tut mir leid, ich weiß nicht, wovon du redest, ich bediene alle gleich.« Sie will schon wieder weg, doch Nando denkt gar nicht daran sie gehen zu lassen, ohne eine Antwort zu bekommen. »Nein, auf keinen Fall, das tust du nicht, ich sehe doch, wie du zu den Anwälten bist und zu uns. Woran liegt das … Layla?«

Zum ersten Mal zeigt sie ihm gegenüber Emotionen, auch wenn sie sauer wird, ist Nando zufrieden. »Warum ist das wichtig?« Sie ist sehr niedlich, wenn sie sauer ist, eine kleine Falte bildet sich zwischen ihren Augenbrauen. Nando muss lächeln und tritt noch näher an sie heran. »Ich weiß auch nicht, irgendwie gefällst du mir.« Nando ist einfach ehrlich und auch auf ihrem Gesicht bildet sich ein Lächeln. »Tja, das ist nicht mein Problem.«

In diesem Moment kommt Casper aus dem Büro. »Nando, hallo, wie geht es dir? Ich wusste gar nicht, dass du heute da bist, sonst hätte ich dich schon begrüßt. Alles klar hier?« Er guckt leicht verwirrt zwischen den beiden hin und her. »Sag mal, Casper … «, Nando kann nicht glauben, wie stur diese Frau ist und gibt nicht auf, »…wieso steht Layla nicht auf der Liste?«

Es gibt eine Liste, auf der die Kellnerinnen draufstehen, die man zu Extradiensten buchen kann. Das scheint sie jetzt noch wütender zu machen, doch ihm geht es nicht anders, sie schauen sich beide sauer an. Casper räuspert sich und weiß offenbar nicht so recht, was die beiden da machen und wie er damit umgehen soll. »Naja, die Mädchen entscheiden das selber … «, Nando unterbricht ihn einfach. »Ich zahle das Dreifache und sie muss nichts machen, was sie nicht will, nur Zeit mit mir verbringen.«

Nando muss grinsen, auch wenn sie ihn empört ansieht, weiß er, dass Frauen bei Geld nicht widerstehen können. Casper scheint den Deal gut zu finden. »Das hört sich doch gut an, Layla. Was denkst du?« Erst schnauft sie wütend auf, doch dann gibt sie nach und stellt sich auf ihre Zehenspitzen, um an ihn heranzukommen.

Nando kennt Frauen zu gut. »Weißt du, Nando ... du kannst die ganze Welt beherrschen...«, sie zeigt an sich herunter, »...aber das wirst du nie besitzen!« Nando sieht sie verwirrt an. Ist das jetzt ihr Ernst? Sie nutzt diesen Moment und geht von ihnen weg. Casper räuspert sich. »Ähmm, alles klar Nando? Soll ich dir jemand anderes holen? Wir haben...« Eigentlich sollte Nando wütend sein, doch er muss anfangen zu lachen über diese sture Schönheit. »Schon gut, ich will keine andere«.

Nando kann sich der Frau nicht entziehen, nun ignoriert sie ihn noch bewusster und dazu noch sauer. Doch er mag sie, sie gefällt ihm und jedes Mal, wenn er an ihr vorbeigeht, muss er lächeln, er legt bewusst viel Trinkgeld für sie auf den Tisch, nur, weil er ihre süße Falte sehen will, wenn sie es sauer entdeckt. Er ist enttäuscht, wenn er in den Club kommt und sie nicht arbeitet, Nando hat schon daran gedacht, den Besitzer nach ihrem Arbeitsplan zu fragen, aber hat es dann doch sein lassen. Als er an einem Sonntag mit seinem Bruder José und seinem besten Freund Alonzo sowie zwei weiblichen Begleiterinnen in den ärmsten Teil der Stadt fährt, nur um seine absoluten Lieblingstortillas zu essen, kann er sie selbst dann nicht ganz aus seinen Gedanken vertreiben.

Deswegen klopft sein Herz schneller, als er aus dem Laden kommt und er Layla entdeckt. Sie steht mit zwei kleinen Jungs und der anderen Kellnerin aus dem Black Butterfly genau bei seinem Wagen. Nando muss lächeln und geht auf sie zu, doch als sich einer der kleinen Jungs an die hübsche Kellnerin klammert, die ihm seit Wochen nicht aus dem Kopf geht und er die Ähnlichkeit zwischen ihnen beiden bemerkt, wird er stutzig. Sie sieht ganz anders aus, einfacher, natürlicher. »Layla, was für eine Überraschung. Was tust du denn hier?«

Plötzlich beginnen José und Alonzo zu fluchen. Nun erst sieht er selber, dass die hintere Scheibe seines neuen Mercedes kaputt ist. Der kleine Mann neben Layla fängt sofort an zu weinen und Nando versteht. »Ist das dein Sohn?« Sie wird wieder einmal sauer. »Nein, das ist mein Bruder. Hör zu, das war keine Absicht, es tut ihm leid, ich bezahle die Reparatur. Gib mir einfach die Rechnung, wenn du das nächste Mal ins B.B. kommst.« Sie redet schnell und man spürt, dass sie am liebsten sofort wieder weg möchte. Wieso läuft diese Frau nur ständig vor ihm weg? »Der Ball, können wir den wieder haben?« Ihr Bruder zieht an ihrem Rock. Nando muss lächeln, kniet sich hin und winkt ihn zu sich. »Hey, kleiner Mann, wie heißt du?«

»Malik.« Der Kleine sieht immer wieder zum Auto und will garantiert seinen Ball wieder haben. »Malik, du hast genauso schöne Augen wie deine Schwester, weißt du das?« Malik lacht leise. »Ja, meine Schwester ist die Schönste. Petro liebt sie auch.« Er zeigt auf seinen Freund, der neben Layla steht und rot anläuft. Nando lacht und geht zum Auto. Er holt den Ball heraus und die Frauen beschweren sich lauthals, wie sie jetzt in dem Auto sitzen sollen. Malik tritt ein paar Schritte zurück, als die beiden anderen, die bisher das Ganze ruhig beobachtet haben, näher kommen.

»Du brauchst keine Angst zu haben, Malik, ich bin Fernando … Nando, deine Schwester und ich kennen uns. Das hier sind mein Bruder José und mein bester Freund Alonzo.« Alonzo fängt an, die Glasscherben aus dem Auto zu entfernen und Layla kann es immer noch nicht abwarten wegzukommen. »Okay, also wie gesagt, gib mir die Rechnung und ich bezahle sie.« Nando sieht ihr direkt in die Augen, sie hält seinem Blick einen Moment stand, dann bricht sie ihn wieder ab. Er muss grinsen. Diese Frau.

Er wendet sich lieber wieder ihrem nicht so sturen Bruder zu. »Weißt du was, kleiner Mann, ich habe eine Idee, wie wir das Ganze hier einfach vergessen. Wie findest du das?« Malik lächelt. »Das wäre so toll, wir haben nämlich kein Geld.« Nando merkt, wie die Frauen hinter ihm die Hand vor den Mund schlagen. »Der arme Kleine.« Er wird wütend und noch wütender, als er sieht, wie Layla sich deswegen schämt.

»Okay Malik, komm her, Schatz, das reicht, ich kläre das schon«. Malik will auf seine Schwester hören, doch Nando stoppt ihn. Er sieht einen Augenblick direkt in Laylas Augen und erkennt, dass ihr all das hier unangenehm ist, doch sie hat keinen Grund dazu, ihr muss nichts unangenehm sein vor ihm. Er wuschelt dem kleinen Mann über den Kopf. »Wo wohnt ihr?« Malik deutet mit seinem Kopf zu einem heruntergekommenen alten Haus und sieht dann wieder zu Nando.

»Okay, wenn du verrätst, wie deine hübsche Schwester heißt, vergessen wir das alles.« Malik lacht laut. »So einfach geht das?« Nando zuckt die Schultern. »Das ist gar nicht so einfach, deine Schwester dazu zu bekommen, mir das zu sagen, also bitte ich dich und dafür vergessen wir das und du bekommst deinen Ball wieder. Der ist übrigens klasse, wie der von Ronaldo.« Malik öffnet erstaunt seinen Mund und Layla seufzt leise. »Lina … , also Celina, aber alle nennen sie Lina.«

Lina, der Name passt so viel besser zu der sturen Schönheit. Er gibt Malik den Ball zurück. »Okay, kleiner Mann, danke für die Information, das war mir mehr als eine Autoscheibe wert. Sag deiner sturen Schwester, wir haben das unter uns geklärt, wie richtige Männer.« Malik strahlt und schlägt bei ihm ein, bevor er mit seinem Freund wieder auf den Fußballplatz läuft. »Malik, ich koche gerade, sei in zwanzig Minuten zu Hause«, ruft ihm Celina noch hinterher.

Er dreht sich während des Rennens zu ihnen um. »Dürfen Petro und sein Bruder auch kommen?« Lina strahlt, wieso kann sie nicht einmal so zu Nando sein? »Von mir aus, aber seid pünktlich.« Sie kann so unkompliziert sein, wenn sie will. Alle anderen steigen langsam wieder ins Auto ein, doch er bleibt stehen, als sich Lina noch einmal an ihn wendet. »Ich bezahle die Scheibe, es kommt gar nicht in Frage … « Nando muss lachen, hatte er gerade gedacht, sie wäre unkompliziert?

»Meine Güte, bist du stur, ich will kein Geld von dir … Celina. Vergiss es einfach.« Bevor sie weiter diskutieren kann, was sie offensichtlich gerne macht, geht er zum Auto. »Aber nein … ich vergesse es nicht … ich werde …« Er blickt noch einmal zu ihr. »Ich werde nichts nehmen, Celina, also vergiss es einfach.«

Ohne einen weiteren Widerspruch zu dulden, fährt er davon.

Kapitel 2

Am nächsten Tag muss Fernando für die Nato-Geschäfte nach Barbados fliegen. Alonzo und sein älterer Bruder begleiten ihn, von Arbeit kann hier allerdings nicht wirklich die Rede sein. Zwei Wochen lang genießen sie diese Auszeit. Die Familia, mit der sie hier Geschäfte machen, scheut keine Kosten, um ihnen den Aufenthalt so angenehm wie nur möglich zu machen. Sie bekommen eine Traumvilla, traumhaftes Essen und täglich wechselnden Frauenbesuch.

Nando sollte es genießen, das tut er auch, aber seine Gedanken wandern immer wieder zu Celina zurück. Wie kommt es, dass ihre Familie in der ärmsten Gegend wohnt? Wer gehört alles zu ihrer Familie? Warum hasst sie ihn so? Er kriegt sie einfach nicht aus seinem Kopf, egal wie sehr er sich bemüht. Sobald er wieder in Puerto Rico ist, führt ihn sein erster Gang ins Black Butterfly, wo er auf die sture Schönheit trifft. Als sie an ihren Tisch kommt, spricht er sie an. Er kann sich ein Grinsen nicht verkneifen, wenn er an ihr letztes Zusammentreffen und ihren wütenden Gesichtsausdruck denkt, weil er ihr Geld nicht nehmen wollte.

»Hey!« Celina nickt leicht zurück. »Hallo, was kann ich euch bringen?« Abweisend wie immer, Nando gibt nicht auf. »Wie geht es Malik?« Lina lächelt, und da es von ihr nicht selbstverständlich ist, bedeutet es Nando umso mehr. »Wie geht es deiner Autoscheibe?« Nando lacht kurz auf. »Gut, alles in bester Ordnung.« Celina seufzt aufgebend und wagt noch einen Versuch. »Wie viel…«, doch Nando greift gleich ein. »Nein, nein, vergiss es.«

Aber anstatt weiter zu diskutieren, lacht Lina nur. Offenbar gewöhnt sie sich langsam an ihn, das ist gut. »Ach, sie war es? Deswegen kommt sie mir so bekannt vor.« Stella, die an dem Tag auch dabei war und heute auch wieder mit ins B.B. wollte, unterbricht sie. »Ich wusste gar nicht, dass man hier so schlecht verdient, grausame Gegend, in der sie lebt«, tuschelt sie zu ihrer Freundin, aber noch laut genug, damit alle es mitbekommen. »Also, was kann ich euch bringen?« José antwortet Lina schnell, keiner von ihnen mag diese herablassende Art, die die Frauen an sich haben. Er könnte ausflippen, hat er gerade noch gedacht, Fortschritte gemacht zu haben, so hat sich das eben in Luft aufgelöst.

Celina würdigt ihn keines Blickes mehr. Sie gibt ihren Tisch sogar im Laufe des Abends ab. Nando will mehr über diese Frau erfahren, vielleicht, weil sie sich so von ihnen distanziert, während alle anderen Frauen ihm geradezu nachlaufen, doch sie gibt ihm keine Chance ihr näher zu kommen. Er beobachtet, wie einer der Anwaltstypen, der schon zu viel getrunken hat, offenbar verträgt dieser Waschlappen nicht viel, immer zudringlicher zu Lina wird.

Als er sie dann auf seinen Schoß zieht, will Nando sofort aufstehen, doch José hält ihn zurück. »Was ist los mit dir?« Nando sieht, wie auch Joe von der Bar sich auf den Weg machen will, doch Celina deutet ihm, das zu lassen, sie befreit sich von dem betrunkenen Mann. Nando setzt sich wieder unter den verwirrten Blicken der anderen. Er weiß selber nicht, was diese Frau mit ihm macht. Jetzt macht er sich schon vor allen lächerlich.

Kurze Zeit später hat Nando keine Lust mehr, sich ignorieren zu lassen und sie gehen. Als er zur Bar geht, um zu zahlen, hört er, wie Celina sich mit Joe unterhält. »Pass auf, Celina, manche Typen sind wirklich mies hier.« Nando wirft einen Blick zu den Anwälten, die immer lauter werden. »Sicherlich, aber er gehört garantiert nicht dazu.« José bleibt ebenfalls stehen. Joe nennt den Betrag, den sie für heute zu bezahlen haben und Nando legt ihm mehrere Scheine hin. Lina will sofort weg, doch Nando hält sie am Arm fest. »Celina, warte kurz … bitte.« Zwar sieht sie ihn nicht direkt an, doch immerhin wartet sie ab, was er zu sagen hat.

»Du solltest vorsichtig sein, bei manchen Kerlen weiß man nie, was hinter deren Fassade steckt.« Nun guckt sie ihn so an, als wäre er verrückt geworden. Wenn er nur eine Minute in ihren Sturkopf sehen könnte und wüsste, was da vor sich geht. »Ich kann schon ganz gut auf mich allein aufpassen.« Nando lächelt, er will ihr noch sagen, dass es ihm leid tut, wie sich die Frau vorhin benommen hat. Celina soll nicht denken, dass sie alle so sind. »Das glaube ich dir sogar. Hör mal, das vorhin, vergiss einfach die Kommentare von den ...« Sie unterbricht ihn hastig und sieht weg. Es ist ihr unangenehm und in Nando macht sich ein ungutes Gefühl breit. »Ich muss weiterarbeiten.« Er lässt sie aber noch nicht los.

»Ich habe vorhin durch das Getratsche der Frauen mitbekommen, dass ihr das Trinkgeld, was ihr hier erhaltet, nicht behalten dürft.« Celina sieht ihn wenigstens wieder an. »Nur einen Teil, warum? Nando, ich arbeite hier, ich muss...« Nando holt einige Scheine hervor und drückt sie ihr in die Hand. »Ich will, dass, wenn ich dir etwas gebe, du es behältst, ich kann es gern Casper selbst noch einmal sagen...« Lina sieht von den Scheinen zu Nando und wieder zurück. Dann nimmt sie seine Hand. »Ich nehme kein Geld von dir, Nando, niemals. Ich komme schon klar, danke für deine Mühe, aber ich brauche keine Hilfe von dir.« Diese Frau versteht aber auch alles falsch, er geht ihr hinterher, als sie sich umdreht und weggeht. »So meinte ich es nicht, Celina, warte, ich wollte ...«

Doch sie geht einfach weiter und er geht wieder zur Bar, wo José ihm lachend auf die Schulter klopft. »Dass ich noch mal sehen werde, wie du einer Frau nachläufst.« Nando muss auch lachen und legt die Scheine vor Joe hin. »Für die sturste und schönste Frau!« Mit diesen Worten gehen sie, doch als Nando die Treppe herunter geht, sieht er noch den Blick, den der Anwalt Lina zuwirft. Ein ungutes Gefühl macht sich in ihm breit.

Als Fernando am nächsten Tag mit seinem jüngeren Bruder am Pool sitzt, kann José es nicht lassen und fragt Nando aus, was er eigentlich von Celina will. Sein Bruder kann nicht fassen, dass er sich so in diese Sache reinhängt, anstatt sich einfach ein paar andere Frauen zu nehmen, Auswahl genug hat er ja. Aber Fernando kann es ihm nicht einmal beantworten, er weiß nicht, wieso sie ihn so interessiert. Vielleicht ist es einfach nur, weil sie so abgeneigt ist und es für ihn eine Herausforderung darstellt. Er grübelt noch den ganzen restlichen Tag darüber nach, doch er kommt einfach nur zu dem Schluss, dass sie ihn zumindest schon so viel bedeutet, dass er sie nicht aus dem Kopf bekommt.

Als sie an dem Abend ins B.B. gehen und Nando den Anwaltsheini sieht, der mit seinen Kollegen am Tisch sitzt, wird er wieder wütend. Wieso müssen die interessanten Frauen auf solche langweiligen Typen stehen? Der Anwalt wirkt sehr nervös und verschwindet irgendwann für eine Weile, was Nandos Laune wieder anhebt. Doch er taucht leider wieder auf.

Kurze Zeit später sieht er Lina zu einem anderen Bereich gehen.

Er ist sich sicher, dass es ihr gelegen kommt, sie heute nicht bedienen zu müssen. Ihre Freundin ist für diesen Abend für ihren Tisch zuständig. Irgendwie wirkt diese sehr aufgeregt und wirft immer wieder einen Blick zu Nando, so als hätte sie etwas auf dem Herzen, was sie unbedingt los werden will. Fernando geht mit José kurz vor die Tür, einige der Jungs sind angekommen und haben Probleme hineinzukommen. Als sie wieder den VIP-Bereich betreten, steht Lina an der Bar bei Joe. José geht gleich dorthin, um die Sache von gerade eben zu klären, es sollen in Zukunft alle der Natos hineinkommen.

Als Celina ihre nächste Bestellung abholt, sieht Fernando sie mit seinem Bruder sprechen. Auch Joe schaltet sich ein, und dann bemerkt er, wie sich Josés Gesichtsausdruck ändert. Nando kennt seinen Bruder, irgendetwas stimmt nicht. Celina geht schnell wieder weg, sein Bruder steuert direkt auf ihn zu. »Lina ist verletzt, sie sagt zwar, es war ein Unfall, aber es sieht böse aus.« José braucht nicht weiter zu reden, Nandos Herz beginnt schneller zu schlagen, als er sich seinen Weg zu ihr durch die Menge bahnt.

Sie läuft fast in ihn hinein. Als sie dann hoch blickt und er ihr schönes Gesicht grün und blau und ihre Lippe aufgeplatzt vorfindet, kocht er vor Wut. Wer hat sie geschlagen? Sie blickt ihn ängstlich an. Nando kann nicht anders und streckt seine Hand aus, wie kann jemand sie nur grob anfassen? Doch Celina schreckt zurück, was Nando einen Stich gibt. »Was ist passiert, Celina?«

Plötzlich ändert sich ihr ängstlicher Gesichtsausdruck wieder. »Ich wüsste nicht, was dich das angeht, aber es ist nichts weiter.« Nando beachtet ihre Worte gar nicht und streicht ihre langen Haare zur Seite. Er zieht etwas die Luft ein, als er ihre ganze Wange sieht. »Verdammt, Celina, wer zum Teufel war das?« Nando berührt vorsichtig ihre Wunden, wer auch immer dafür verantwortlich ist, er wird dafür bezahlen!

Celina sieht ihn traurig und erschöpft an. Als ihr Tränen in die Augen steigen, die sie mit aller Mühe herunterschluckt, könnte er ausflippen. »Sag mir bitte was passiert ist, Celina, bist du noch irgendwo verletzt?« Sie schüttelt den Kopf, noch immer ruht Nandos Hand auf ihrer Wange. »Es ist nichts passiert, womit ich nicht alleine klarkomme. Nando, ich weiß gar nicht, wieso dich das alles so interessiert. Es ist lieb gemeint, aber ich komme schon zurecht.« Lina nickt zu seinem Tisch, an dem José, Alonzo und ein paar Frauen sie beobachten, sofort zieht sie ihr Gesicht zurück. »Geh zurück in deine Welt, Nando, ich habe hier in meiner zu arbeiten.«

Sie sagt das so abwertend, dass es Fernando wirklich trifft, er hat ihr nie etwas Böses gewollt, er kann ihr Verhalten nicht nachvollziehen. Dazu kommt noch die Wut, dass sie ihm nicht mal die Chance gibt zu helfen. Er geht zurück zu seinem Tisch. Als die anderen fragen, was los ist, hebt er sauer die Hand, er will dazu nichts sagen. Sein Blick geht zu diesem Anwalt, der immer wieder zu Celina hinüber sieht. Und als er bemerkt, wie Celinas Freundin Josy ihm Blicke zuwirft, die fast schon einem zustechenden Messer nahe kommen, wird sein Verdacht stärker. Josy scheint des Öfteren auf Celina einzureden, doch er braucht gar nicht hinzusehen, um zu wissen, dass es bei der Sturheit nichts bringt. Als Josy dann an ihren Tisch kommt und abkassieren will, fragt er sie direkt. Er weiß, dass sie es loswerden will.

Auch wenn sie unsicher zu Celina blickt, erzählt sie ihm, was gestern Nacht auf dem Parkplatz passiert ist. Nando kocht vor Wut, nachdem Josy ihm alles erzählt hat. Der Anwalt hat gestern Nacht probiert an Celina heranzukommen. Als das nicht geklappt hat, hat er zugeschlagen. Josy erzählt alles, bis hin zu Celinas Angst, ihren Job zu verlieren. Und dass er sie heute noch einmal angesprochen und wie ein Stück Dreck behandelt hat, würde Nando am liebsten sofort handeln lassen.

Alle anderen am Tisch haben es ebenso mitbekommen, also braucht er auch nichts zu erklären, als einige Zeit später dieser Anwalt Rafael aufsteht, bezahlt und er sich ebenfalls erhebt. Ohne auf etwas anderes zu achten, folgt er Rafael, als dieser auf den Parkplatz geht. Nando ist so wütend, dass es ihm egal ist, wer es mitbekommt, doch Rafaels Auto steht eh in der hintersten Ecke des Parkplatzes.

Bevor er einsteigen kann, schnappt sich Nando den Mistkerl. Ohne Vorwarnung, ohne Erbarmen knallt er seinen Kopf auf die Motorhaube. »Heyyyy!!!« Rafael versucht sich zu wehren, Nando nimmt seinen Kopf noch einmal hoch und knallt ihn zurück. Er sieht, wie er zu bluten anfängt und beugt sich zu seinem Ohr hinunter. »Na, wie fühlt sich das an, Herr Anwalt?« Er spürt, wie Rafael zittert. »Nehmt mein Geld, meine Wagenschlüssel, alles, aber tut mir nichts. Ich habe eine schwangere Frau zu Hause.« Fernando nimmt seine Geldbörse und tatsächlich findet er ein Ultraschallbild darin, er lässt alles auf den Boden fallen, das macht das Ganze noch erbärmlicher. Er zieht seine Waffe, hält sie ihm an den Kopf, doch dann überlegt er es sich anders und dreht ihn so herum, dass Rafael ihn ansieht.

In seinem Blick ist die blanke Angst. Nando ist sich sicher, dass Celina gestern genauso geguckt hat, wer weiß, was er ihr alles angetan hätte. »Du vergreifst dich also an Frauen, du Held?« Nando lässt seine Waffe fallen. »Na komm, zeig mal, was für ein harter Kerl du bist, oder kannst du dich nur an Frauen vergreifen?« Einen Moment scheint der Anwalt zu überlegen, doch dann hebt er die Hände. »Geht es um die kleine Schlampe? Die Kellnerin? Sie hat doch wochenlang mit mir geflirtet und als es dann ernst wurde, gekniffen, das ist doch nicht meine … « Fernando schlägt ihn mitten ins Gesicht.

Der Anwalt taumelt zurück. »Wehr dich, komm schon, bei ihr konntest du doch auch zuschlagen!« Rafael hebt die Hände. »Hör mal, glaub mir, sie ist das nicht wert. Sag mir, wie wir uns einigen können und … « Nando reicht es, der Anwalt hatte die Chance. Er schlägt auf ihn ein, er sieht Celinas Gesicht vor sich, sein Verstand setzt aus. Irgendwann wird er von Alonzo von Rafael weggezogen und sieht zufrieden, dass er nun noch schlimmer als Celina aussieht.

»Es reicht, Nando, er ist fertig!« Als Nando sieht, dass die Hose des Anwalts nass ist, nickt er. »Komm nicht mehr in ihre Nähe. Nicht nur, dass ich dann diese Sache hier zu Ende bringen werde, deine Frau wird dann auch erfahren, was für einen tollen Daddy sie sich als Vater ihres Kindes ausgesucht hat!« Mit diesen Worten dreht sich Nando um und geht. Alonzo will ihm hinterher, doch er zeigt, dass er allein sein will.

Ziellos fährt er diese Nacht bis zum Morgengrauen durch die Gegend, er kann es nicht verstehen. Celina hat mit ihm geflirtet, er hat es mit seinen eigenen Augen gesehen. Wieso lässt sie solche Männer an sich heran und ihm gibt sie kaum die Chance mit ihr zu reden? Er versteht es nicht, doch er beschließt sich zieht zurück zu ziehen.

Wenn sie der Meinung ist, dass sie solche Männer haben will, dann lässt er sie. Nando hat ihr versucht zu zeigen, wie er ist, wie er sein kann, doch sie blockt nur ab.

Die nächste Zeit, wenn er ins B.B. kommt, geht er ihr komplett aus dem Weg.

Kapitel 3

Etwas über eine Woche versucht Nando, Celina ganz zu ignorieren, er geht auch nicht mehr jeden Abend ins B.B. und wenn doch, dann nimmt er sich wieder Begleitung mit. Wozu sollte er noch einen Gedanken an sie verschwenden, wenn sie ihn so missachtet und sich lieber auf Männer wie Rafael einlässt. Am Montag fährt er nachmittags wieder zum besten Tortilla-Laden der Stadt.

Er ignoriert, dass zwei Häuser weiter Celina wohnt, doch als sie in ihr Auto zurück wollen, sieht er ihren kleinen Bruder Malik und seinen Freund auf dem Fußballplatz. Er ruft Malik zu sich, der sich, im Gegensatz zu seiner Schwester, offensichtlich freut ihn wiederzusehen. Er geht mit ihm und seinem kleinen Freund noch einen Fladen kaufen und auch gleich einige Getränke. Dabei fragt er ihn, wo denn seine sture Schwester sei. Als Malik ihm erzählt, dass sie noch einen weiteren Job hat, schüttelt Nando den Kopf, die Frau ist voller Geheimnisse. Wie schafft sie es, so viel zu arbeiten?

Fernando schaut gerade amüsiert zu, wie Alonzo von den beiden Kleinen beim Fußballspielen fertiggemacht wird, als er bemerkt, wie Celina zu ihnen kommt.

Sie trägt Einkaufstüten, sieht müde aus, trotzdem ist sie wunderschön. Fernando versucht erst gar nicht mehr, sie irgendwie zu beeindrucken. »Hey.« Wenigstens das bringt sie ihm gegenüber noch zustande. »Hallo.« Fernando beißt von seiner Tortilla ab. »Was führt euch wieder hierher?« Fernando hält die Tortilla hoch, diesmal lächelt er leicht. »Lina«, Malik winkt ihr begeistert zu. »Guck mal, Nando ist wieder da und ich mache Alonzo gerade fertig, wir haben um einen Ball gewettet.« Celina hält den Daumen hoch und wendet sich wieder zu Fernando um.

»Dein Bruder hat mich anscheinend vermisst«, stellt er fest. »Er hat ab und zu nach dir gefragt.« Nando holt eine eingepackte Tortilla aus einer Tüte und hält sie Lina hin, doch sie schüttelt den

Kopf, sie will weiter. »Ich … « Nando seufzt laut. »Bist du sogar zu stolz, um eine einfache Tortilla von mir anzunehmen?« Einen Augenblick überlegt Lina, doch dann lächelt sie. »Nein, tut mir leid, ich bin nicht … zu stolz, danke.«

Sie nimmt die Tortilla und stellt sich neben ihn ans Auto. Nando lacht leise, er spürt, dass es sie Überwindung kostet, nicht wieder vor ihn zu flüchten. »Doch, bist du, ich habe noch nie so eine Frau wie dich getroffen.« Anstatt zu antworten, beißt sie von der Tortilla ab und kreist mit ihren Füßen, sie wirkt wirklich müde. »Malik hat mir erzählt, dass du arbeiten warst. Wie viele Jobs hast du denn?«

Fernando öffnet ihr die Beifahrertür, so dass sie sich hinsetzen kann. Zu seiner Verwunderung tut sie das auch wirklich ohne Widerworte und streift sich die Schuhe von den Füßen. »Zwei.« Nando sieht auf ihre kleinen, schmalen Füße. »Wie schaffen es so kleine, schmale Füße, eine solche Last zu tragen?« Celina seufzt müde auf, Fernando sieht, wie fertig sie ist. »Das müssen sie einfach.«

Beide schweigen einen Moment, Fernando genießt es einfach, dass sie sich ihm etwas geöffnet hat. Sie beobachten das Fußballspiel. Er muss lachen, als er sieht, wie der kleine Malik Alonzo fertig macht. »Dein Bruder kann wirklich gut Fußball spielen.« Man sieht ihr sofort ihren ganzen Stolz an. »Er ist der Beste!« Nando dreht sich zu ihr um. »Ihr liebt euch beide sehr«, stellt er fest. Celina zerknüllt das Papier, nachdem sie die Tortilla aufgegessen hat.

»Natürlich, er ist mein Herz, du hast doch auch einen Bruder, liebst du ihn etwa nicht?« Sie zieht sich die Schuhe wieder an und greift nach ihren Tüten, natürlich will sie gleich wieder weg. »Doch, sicher, aber ich habe das Gefühl, ihr beide habt ein besonders enges Verhältnis.« Nando gibt ihr eine der Tüten in die Hand. »Wir … haben schon viel durchgemacht, vielleicht deswegen.«

Bei diesen Worten sieht sie in Maliks Richtung und er spürt, dass sie an nichts Gutes denkt. Fernando will noch einen Versuch starten und macht einen Schritt auf sie zu. »Was muss ich tun, damit du mich nicht immer abweist?« Wenigstens ringt sie sich ein Lächeln ab. »Danke für die Tortilla, Fernando.«

Er seufzt aufgebend und sie wendet sich in Richtung Fußballplatz. »Komm bald nach Hause, Malik.« Nando wendet sich wieder dem Spiel zu, nachdem Celina in ihr Haus gegangen ist. Er sollte es aufgeben, sie will nicht, auch wenn es schwer ist, muss er diese Tatsache wohl hinnehmen, er wird sich nicht noch mehr zum Idioten machen. Es gibt genug, die wollen. Er war zu Celina immer respektvoll, er versteht die Gründe nicht, aber er wird aufhören. Verfluchte Frauen.

Kurze Zeit später will er gerade Alonzo rufen, als Malik beim Versuch den Ball zu treten auf dem einfach gemachten Fußballplatz ausrutscht und fällt. Alonzo ist gleich bei ihm und hebt ihn hoch. Auch Nando geht zu ihnen und sieht, dass seine Hose kaputt ist und er etwas blutet. Er beugt sich hinunter und nimmt sein Bein in die Hand. »Alles klar, Großer? Beweg mal das Bein.« Malik kneift die Lippen aufeinander und kämpft mit den Tränen, aber er kann sein Bein bewegen, außer der Platzwunde fehlt ihm nichts.

Nando muss lächeln, als er Maliks Kampf gegen die Tränen sieht und erinnert sich an die Worte seines Vaters, wenn er eine Wunde hatte. »Komm schon, das ist nicht schlimm. Einem Mann muss so etwas passieren, was dich nicht umbringt, macht dich stärker!« Malik nickt und auch sein kleiner Freund schaut mit großen Augen zu der Wunde. »Na komm, ich bringe dich nach Hause, das muss gesäubert werden, dann geht es besser.« Er nimmt Malik auf den Arm und trägt ihn zu dem Haus, in das Celina vorhin verschwunden ist.

»Du bist so stark!« Malik sieht ihn aus den gleichen Augen an wie Celina, nur würde er sich bei ihr einmal diese Begeisterung wünschen. Er muss lachen. »Und du bist tapfer.« Malik zeigt Nando den Weg, doch schon im Treppenflur hört er Linas Stimme. Sie scheint mit jemandem zu diskutieren. »Die Rechnung ist diesen Monat doch bezahlt.« Sie redet mit einem Mann. »Der Schalter springt manchmal von alleine aus, ich werde das gleich wieder beheben.« Als er die Treppe hochkommt, steht Celina – nur in ein Handtuch gewickelt – vor einem jungen Mann, der schon fast zu sabbern scheint. Sie gestikuliert mit ihren Händen, ihre Haare sind triefend nass. Nando hat noch nie etwas Schöneres gesehen, auch wenn sie sich wirklich sehr aufregt. »Vielen Dank, aber jetzt eilt das auch nicht mehr.«

Nando beugt sich zu Maliks Ohr. »Ist sie immer so?« Der Kleine zuckt nur die Schultern. »Nur, wenn man sie ärgert!« In dem Moment bemerkt Lina sie beide und eilt zu ihnen. Nando sieht, dass sie sich Sorgen macht. »Ist nicht so schlimm, nur eine kleine Platzwunde.« Malik nickt tapfer und Celina gibt ihrem Bruder einen Kuss. »Hey Süßer, tut es weh? Komm, ich mache dir die Wunde sauber, dann kriegst du ein Pflaster.« Nando trägt Malik in die Wohnung, die offen steht.

Sein Herz zieht sich zusammen, zwar ist die Wohnung liebevoll eingerichtet, doch wie können hier drei Menschen leben? Nando setzt Malik auf die Couch und wuschelt ihm über den Kopf. »Du bist wirklich tapfer, Malik und gewonnen hast du auch noch.« Jetzt strahlt Malik wieder. »Ja, ich bekomme einen neuen Ball.« Fernando lacht und schlägt bei Malik ein. »Den besten, versprochen, das nächste Mal spielst du dann gegen mich.« Malik nickt begeistert, dann dreht sich Nando zu Celina um. Sie begleitet ihn in den Flur.

»Danke, dass du ihn gebracht hast.« Er sieht zur Tür, an der der Mann gerade noch gestanden hat und sich garantiert freut, dass sein Plan aufgegangen ist und muss grinsen. »Weißt du, Celina, ich gebe dir mal einen Tipp. Wenn ich an der Stelle dieses Mannes wäre und nur einen Schalter zu betätigen bräuchte, um dich so zu sehen, würde ich das wahrscheinlich noch viel öfter tun als er.« Er lacht und sieht an ihr herunter, während sie sauer zur Tür schaut. Doch bevor sie etwas sagen kann, greift er ein.

»Arbeitest du heute?« Celina sieht zu Boden. »Nein, erst morgen wieder.« Er nickt und wendet sich ab. »Bis morgen.«

Nando muss sich selber eingestehen, dass er sein Vorhaben, Celina aus seinem Kopf zu streichen, schnell wieder vergessen hat. Er hat am nächsten Mittag einen Termin mit einer anderen Familia, die die Natos um Hilfe bitten wollen, da eine Familia aus einem anderen Gebiet versucht, ihre Stadt einzunehmen. So etwas ist für die Natos immer sehr einfach verdientes Geld, sie müssen sich dort oft nicht einmal die Hände schmutzig machen. Ihr Name reicht meistens, um die anderen Familias fernzuhalten und sie kassieren einen Teil der Einnahmen der Familia, die ihren Namen für ihren Schutz gebrauchen.

Nando kann sich aber nicht sehr konzentrieren, er denkt ständig an das Bild, wie Lina mit nassen Locken und Handtuch vor ihm stand und kann es nicht erwarten, sie heute Abend wieder zu sehen, auch wenn er nicht viel Hoffnung hat, dass sich ihr Verhalten großartig ändern wird. Ob er will oder nicht, er muss sich eingestehen, dass Celina mehr für ihn ist, mehr als alles andere was bisher da war.

Bevor sie am Abend ins B.B. aufbrechen, bringt Santana, ein guter Freund von ihm, ein paar Damen vorbei, die er sehr gut kennt. Sie sind Touristen, die einmal im Jahr aus Russland ihren Urlaub hier verbringen. Hier treffen sie sich regelmäßig mit Santana, Nando und den anderen. Er hat schon immer Gefallen an Marina gefunden und auch heute ist ihre Begrüßung vielversprechend. Als sie das B.B. betreten und an der Garderobe stehen, rennt Celina fast in sie hinein. Die Frau an der Garderobe sieht sie mitleidig an. »Stressig heute?« Lina gibt ihr zur Begrüßung einen Kuss auf die Wange. »Eine absolute Katastrophe, kannst du Joe oben an der Bar anrufen? Ich brauche irgendetwas zum Essen, ich muss mich aber erst umziehen.«

Die andere Frau nickt. »Ich kümmere mich darum, wie viel soll ich dir bringen? Hast du noch nichts gegessen?« Lina entdeckt sie und nickt ihnen kurz zu, dann ist sie auch schon wieder weg. »Viel bitte, ich habe heute noch gar nichts gegessen.« Die Frau an der Garderobe seufzt auf. »Das arme Ding«, und will zum Telefon greifen, doch Nando geht dazwischen. »Ich kümmere mich darum.«

Kaum sind sie im VIP-Bereich, geht er zu Joe und bestellt für Celina etwas zum Essen. Zwar hat er es aufgegeben zu glauben, er könnte mit solchen Gesten etwas erreichen, doch er empfindet das als Selbstverständlichkeit. Und wie es zu erwarten war, kommt auch keine Reaktion, er sieht sie nicht einmal, da sie für den unteren Bereich eingeteilt ist. Fernando hat genug davon, einer Frau nachzulaufen, die noch nicht mal einen Hauch von Interesse an ihm hat. Er zieht sich mit Marina zurück und genießt die Frauen, die seine Aufmerksamkeiten zu schätzen wissen.

Als er sich später mit Marina, seinem Bruder und dessen Begleitung auf den Weg nach Hause machen will, hat er Celina immer noch nicht gesehen. Doch als sie aus dem B.B. treten, sitzt sie auf der Treppe und hält ihre Füße in den Regen.

»Celina?« Sie schreckt zusammen und dreht sich um. »Was tust du hier?« Sie zieht ihre Füße schnell zurück. »Ich wollte gerade noch einmal zurück.« Es regnet in Strömen und sie weiß sicher nicht, wie sie so nach Hause kommen soll. »Soll ich dich nach Hause bringen?« Celina zieht ihre Schuhe wieder an, dabei verzieht sie schmerzhaft ihr Gesicht. »Nein danke, das brauchst du nicht.« Er zeigt auf die Autos. »Das ist kein Problem, wir sind mit zwei Autos hier.« Als sie aufsteht, stöhnt sie schmerzvoll auf. »Bist du verletzt?«

Sie hebt die Hand. »Nur leicht umgeknickt, es geht schon, ich warte auf Joe, der fährt mich nach Hause, aber danke für das Angebot.« Fernando will sie am Arm festhalten, aber in dem Moment verliert Lina ihr Gleichgewicht beim Versuch, den einen Fuß nicht zu belasten und plötzlich klammert sie sich an seinem Arm fest. Er muss lächeln. »Ich fahre dich, der VIP-Bereich ist noch voll, du willst doch sicher nicht noch so lange hier warten, nachdem du schon den ganzen Tag gearbeitet hast und noch nicht mal zum Essen gekommen bist.«

Lina lächelt ebenfalls und weil es bei ihr nicht selbstverständlich ist, freut es ihn umso mehr. »Ach ja, danke für das Essen vorhin, ich hatte wirklich Hunger, aber keine Sorge, ich kriege das schon hin. Du hast doch sicher noch etwas vor, ich will dich nicht um deinen Spaß bringen.« Sie deutet auf die Frauen, die er schon ganz vergessen hat.

Nando lacht leise. »Meine Güte, du bist wirklich unglaublich, ich fahre dich und glaub mir, es gibt nichts, was ich gerade lieber tun würde.« Lina sieht ihn etwas verwundert an. Nando rechnet schon mit einer erneuten Ausrede, doch sie nickt. Und bevor er riskiert, dass sie ihre Meinung noch einmal ändert, sagt er seinem Bruder Bescheid. Marina verdreht beleidigt die Augen, aber das ist ihm egal. »Okay, viel Spaß, bye Lina.« José nimmt ihm die Frauen ab und sie verschwinden. Celina beginnt zu lachen. »Tut mir wirklich leid, ich glaube, du hast viel Spaß verpasst.« Nando grinst.

»Bleib hier, das Auto steht zu weit hinten auf dem Parkplatz, ich hole es schnell.« Er fährt schnell das Auto vor, doch Celina steht schon im Regen. »Der Sinn der Sache war, dass du nicht nass werden solltest.« Er hält ihr lachend die Beifahrertür auf und sie steigt ein. Als sie sich entspannt zurücklehnt, überkommt Fernando ein kleines Siegesgefühl. Er hat es geschafft, diesen Sturkopf zu etwas zu überreden.

Kapitel 4

»Ist sie deine Freundin?« Fernando sieht zu Celina. »Wer?« Sie blickt ihn verwundert an. »Na ja, die Frau eben, ich habe euch schon vorhin an der Tanzfläche zusammen gesehen.« Fernando muss lächeln, er hätte nicht erwartet, dass sie ihn darauf anspricht. »Sie ist nicht meine Freundin, sie ist nur ein Zeitvertreib.« Lina zieht die Augenbrauen hoch. »Okaaay, das ist ehrlich. Weiß sie das auch? Ähmm, vergiss es, das geht mich gar nichts an.« Sie sieht aus dem Fenster. »Sie weiß, dass ich nichts Ernstes von ihr will, so wie auch die anderen. Jeder hat seinen Spaß, jeder weiß offen, worum es geht.«

Fernando blickt auf die Straße, doch er merkt, wie sie sich zu ihm wendet und ihn mustert. »Habe ich dich jetzt schockiert?« Er wendet sich wieder zu ihr um und sieht ihr direkt in die Augen. »Nein, jeder wie er es mag.« Fernando lacht leise. »Es ist nicht so, dass ich das bevorzuge, aber… bis jetzt habe ich noch keine Frau getroffen, mit der ich eine feste Beziehung führen will.« Sofort blickt sie wieder aus dem Fenster. »Wie geht es Malik und seinem Knie?« Als Nando spürt, dass die Stimmung umschlägt, wechselt er schnell das Thema. »Ich habe ihn heute nicht gesehen oder besser gesagt gestern.« Sie sieht auf die Uhr. »Ich bringe ihn in ein paar Stunden zur Kita, dann sehe ich mal nach.« Fernandos Blick kehrt immer wieder auf Celinas Gesicht zurück, er findet sie wunderschön.

»Glaubst du an das Schicksal, el destino, Celina?« Nun hat er ihre volle Aufmerksamkeit. »Nein, nicht sonderlich, warum, du etwa?« Fernando grinst. »Bis jetzt auch nicht, aber findest du es nicht merkwürdig, wie oft sich unsere Wege kreuzen?« Er meint das ernst, er hat schon öfter darüber nachgedacht, doch sie beginnt zu lachen. »So merkwürdig ist das nicht, wenn man bedenkt, dass ich in dem Club arbeite, wo du ja Stammkunde bist.«

Fernando hält an einer Ampel und sieht ihr in die Augen. »So oft wie jetzt war ich früher nicht da. An dem Tag, als ich dich das erste Mal gesehen habe, war es eher ein Zufall, dass ich dorthin gekommen bin, eigentlich wollte ich woanders hingehen. Seitdem komme ich eigentlich nur, um dich zu sehen.« Nando setzt alles auf eine Karte. »Und was ist mit den anderen Ereignissen, Celina? Warum schießt Malik genau in mein Auto? Warum habe ich dich gerade vor dem Club gefunden? Wir wären noch geblieben, aber José wollte unbedingt früher gehen, um mit seiner Eroberung ungestört zu sein, und wer sitzt da vor dem Club? El Destino!«

Nun muss Fernando doch etwas schmunzeln, während Celina die Augenbrauen hoch zieht. »Na gut und was denkst du, will das Schicksal uns sagen?« Celina scheint das Ganze zu amüsieren, Nando zuckt die Schultern. »Mal sehen, das wird sich zeigen, auf jeden Fall sträube ich mich nicht so dagegen wie du. Ich finde, das Schicksal meint es sehr gut mit mir.« Er zieht die Augenbrauen hoch und sieht sie leicht tadelnd an.

Wie immer entweicht sie ihm aber, als sie vor ihrer Haustür halten. Als sie sich die Schuhe anziehen will, flucht sie vor Schmerzen auf. »Kann ich mal sehen?« Fernando sieht zu ihrem Fuß. »Bist du etwa ein Arzt?« Er zuckt die Schultern. »Ich hatte schon so einige Verletzungen.« Sie hält ihm den Fuß hin, er nimmt ihn in die Hand. »Celina, der ist geschwollen, du musst das untersuchen lassen.«

Sein Finger streichelt vorsichtig über die am meisten geschwollene Stelle. Langsam entzieht sie ihm ihren Fuß wieder. »Das geht schon, Nadia hat gesagt, etwas Quark raufstreichen … « Fernando startet den Motor wieder. »Etwas Quark? Ich bringe dich zum Arzt.« Er wartet auf keine Antwort und steuert auf die Autobahn zu. Er rechnet eigentlich mit heftiger Gegenwehr, doch Celina lehnt sich zurück und gähnt. »Du überraschst mich, ich hätte gedacht, du wehrst dich mit Händen und Füßen dagegen, dass du noch länger hier bei mir sein musst.« Er spürt ihren Blick auf sich.

»Ich denke, ich sollte mich nicht gegen das Schicksal stellen?« Fernando lächelt.

»Tut mir leid, wenn ich manchmal so abweisend bin, es ist nicht so, dass ich dich nicht mag, es ist einfach … komplizierter … Wir müssen hier raus.« Fernando folgt ihrem Blick zum städtischen Krankenhaus. »Willst du drei Stunden warten, damit dich dann ein Vollidiot untersucht? Wir fahren zu einem richtigen Arzt.« Celina seufzt schwer auf. »Das kann ich mir nicht leisten, Fernando, das sollte dir doch mittlerweile aufgefallen sein.«

Sein Blick geht wieder auf die Fahrbahn. »Du brauchst da nichts zu zahlen, der Arzt … sagen wir, er steht in unserer Schuld, also behandelt er uns umsonst, und er ist wirklich gut.« Dass er in ihrer Schuld steht, ist vielleicht etwas milde ausgedrückt, er verdankt ihnen das Leben seines Sohnes. »Ich gehöre aber nicht zu euch, also werde ich bezahlen müssen«, stellt sie trocken fest, doch das zaubert nur ein Lächeln in Fernandos Gesicht.

»So schnell ist das nicht-gegen-das-Schicksal-stellen wieder vergessen? Du bist mit mir, also gehörst du zu mir, also bezahlst du nicht.« Fernando fährt einen kleinen Weg hinein und hält vor der Privatklinik, die sie, wenn es nötig ist, alle aufsuchen. Bevor er aussteigen kann, hält sie seine Hand fest. »Was ist mit Rafael passiert?« Er bleibt sitzen und mustert sie fragend. »Mit wem?« Sie hält noch immer seine Hand fest, als wäre allein die Frage schon gefährlich. »Rafael, derjenige, der mich so bedrängt hat.« Nando wird sauer, als er merkt, von welchem Bastard sie spricht und umfasst ihre Hand, mit der sie seine gerade noch festgehalten hat, nun vollständig mit seiner.

»Du meinst diesen Anwaltstypen, der dich geschlagen hat? Was soll mit ihm sein? Er wird es sicher nicht mehr wagen, in deine Nähe zu kommen.« Lina räuspert sich. Nando muss sich zurückhalten, nicht über ihren Gesichtsausdruck zu lachen. »Ist er … also lebt er noch?« Er kann nicht anders und beginnt zu lachen. »Sicher tut er das, auch wenn ich mich dafür wirklich zurückhalten musste.« Damit steigt er aus und kommt auf ihrer Seite, um ihr aus dem Wagen zu helfen.

Erst laufen sie sehr langsam in Richtung Klinik, doch Fernando hat keine Geduld und nimmt sie auf seine Arme. »Das hätte ich schon geschafft.« Fernando lacht. »Das war ja klar, natürlich hättest du das, aber dann wären wir erst morgen in der Klinik angekommen. Ich merke schon, dass du heute alles in die Länge ziehen willst, erst das städtische Krankenhaus, dann den Weg langsam laufen. Es ist nicht so, dass ich nicht gerne bei dir bleiben will, du musst nur ein Wort sagen, dann finden wir bestimmt noch bessere Sachen, die wir machen können, als im Krankenhaus die Zeit totzuschlagen.«

Celina wird rot und sieht ihn verärgert an, was Fernando nur zum Lachen bringt. Er mag sie, er mag sie wirklich, er drückt sie enger an sich, da er schon einmal die Gelegenheit dazu hat und fährt mit seiner Nase ihren Hals entlang. Er hört, wie ihr Atem schneller wird. »Ich liebe deinen Duft, welches Parfüm benutzt du?« Er zieht seinen Kopf wieder zurück und sieht Lina fragend an. »Ich habe heute kein Parfüm drauf, Fernando, da kommt eine Treppe.« Sie zeigt nach vorn und hofft wahrscheinlich, dass Nando nicht mitbekommen würde, wie unangenehm ihr das Ganze ist, doch er findet ihre roten Wangen einfach nur süß. Jede Reaktion von ihr, Hauptsache, sie reagiert überhaupt auf ihn.

Er lächelt und betritt die Klinik, wo die Empfangsdame steht, die ihn schon mehr als einmal und das auch schon in ganz anderem Zustand begrüßt hat. »Hallo Maria, ist Señor Lopez da?« Die Frau sieht zu Lina. »Oh Hallo, Fernando, ja der ist da. Ich sage ihm sofort Bescheid, ist es ein Notfall?« Nando sieht zu Linas Fuß hinunter. »Ja.« Celina macht einen niedlichen Versuch ihm wehzutun und schlägt leicht gegen seine Brust, was ihn nur lachen lässt.

Celina rückt auf seinen Armen näher zu ihm und beugt sich zu seinem Ohr. »Nach was riecht das hier? Übrigens kannst du mich wieder herunterlassen.« Sofort bildet sich bei Fernando eine Gänsehaut, als ihr Atem seinen Hals kitzelt. »Es riecht eben nach

Krankenhaus, und ich denke gar nicht daran, dich wieder runterzulassen.«

Lina hält noch einmal ihre Stupsnase in die Luft und schüttelt sich leicht. »Es riecht nach Tod.« In dem Moment tritt Señor Lopez zu ihnen. »Fernando, wie geht es dir? Was hast du denn da heute mitgebracht?« Der Arzt mustert die beiden amüsiert, doch Fernando behält Celina auf seinem Arm und lässt sie erst auf der Liege im Behandlungszimmer herunter, nachdem der Arzt sie dorthin geführt hat. Auf dem Weg hat sich der Arzt ausführlich angehört, wie es zu ihrem angeschwollenen Fuß gekommen ist und gleich gesagt, er will ihn röntgen. Sofort kommt eine Krankenschwester in den Raum. Fernando begleitet den Arzt hinaus, während sie Celinas Fuß röntgt. »Deine Freundin?« Leider muss Nando den Kopf schütteln und spürt, wie gern er etwas anderes sagen würde.

Als sie wieder ins Zimmer kommen, fragt Señor Lopez nach dem Rest der Familie, besonders nach seiner Schwägerin Olivia. Als der Arzt sich dann an Lina wendet und ihre Personalien aufnimmt, hört Fernando richtig hin. Aber wo sie wohnt und wie sie richtig heißt, weiß er ja. »Oh wie schön, sie werden ja in einer Woche einundzwanzig«, stellt der Arzt fest, sie nickt nur unbeteiligt. Celina sieht müde und geschafft aus. Nando fällt ein, was für einen Tag und eine Nacht sie schon hinter sich hat.

Er will es ihr nicht zeigen, sie würde an die Decke gehen, aber er hat Mitleid mit ihr und ihrer Situation. Er wünschte, er könnte ihr helfen, doch er kann schon froh sein, dass er diesen Sturkopf hier hat. Als die Röntgenaufnahmen kommen, stellt der Arzt fest, dass der Fuß verstaucht ist. Er legt einen Verband an und gibt Celina eine Spritze. Er muss nicht extra erwähnen, dass sie gefahren werden soll, Nando würde sie nie gehen lassen, ihre Augen werden vor Müdigkeit immer kleiner. Dann sieht Señor Lopez zu ihm. »Fernando, ich würde mir gerne noch einmal deine Schulter ansehen, gibt es damit noch Probleme?« Das ist unnötig. »Es geht wieder, ich denke, es ist gut verheilt.» Der Arzt lächelt mild. «Lass mich mal sehen.» Fernando erhebt sich und zieht sein Shirt aus. Er legt seine Waffe auf die Liege, der Arzt sieht sich die Narbe an.

Fernando spürt Celinas Blick genau auf sich, doch kann er nicht einschätzen, wie dieser Blick zu deuten ist. »Das war wirklich knapp, zum Glück hat es keine wichtigen Nerven oder Knochen zerstört, Fernando, aber es war nicht einfach, die Kugel heraus zu bekommen.« Celina zieht scharf die Luft ein und Nando zieht sein Shirt wieder über. Okay, das waren vielleicht zu viele Informationen auf einmal. Der Arzt trägt ein leichtes Lächeln um den Mund.

Er kennt die Natos, die Familia und wundert sich sicherlich, wieso Celina so erschrocken reagiert. Sie verabschieden sich, und Nando trägt Celina zurück zum Auto. Egal wie erschrocken sie gerade noch war, die Spritze zeigt Wirkung, sie kuschelt sich an ihn. Er würde sie am liebsten nicht mehr los lassen, doch er legt sie bequem ins Auto. Während der ganzen Fahrt fällt sein Blick auf die schlafende Schönheit, es geht ihm viel zu schnell, bis sie bei ihr sind.

Noch immer öffnet sie nicht die Augen, als er sie wieder auf den Arm nimmt. Als sie sich dieses Mal an ihn kuschelt, gibt er ihr einen Kuss auf die Wangen. Fernando klopft leise an die Haustür, doch sie wird schnell von Celinas Mutter geöffnet. Auch wenn man ihr die viele Arbeit ansieht, ist sie eine schöne Frau. Sie begutachtet besorgt ihre Tochter. Nando erklärt ihr, was vorgefallen ist, während er Celina ins kleine Zimmer zum Schlafen bringt. Es quält ihn, sie an den einzig freien Platz neben Malik zu legen, es ist zu eng, doch die beiden sind es gewohnt, denn der Kleine kuschelt sich automatisch an seine Schwester.

Als er rausgeht, bedankt sich Celinas Mutter tausendmal. Nando schreibt ihr seine Handynummer auf und bittet darum ihn anzurufen, sollte irgendetwas sein. Sie nickt und bedankt sich erneut. Als er wieder in die Nacht hinaustritt, zieht sich sein Herz zusammen, er hätte Celina gern bei sich behalten, doch er hofft, dass wenigstens die Mutter so vernünftig ist und anrufen wird.

Als Fernando am nächsten Mittag aufwacht, bekommt er sein Grinsen nicht aus dem Gesicht. Er fühlt sich gut. Er hatte die Hoffnung wegen Celina schon ganz aufgegeben, doch das Schicksal hat ihnen beiden noch eine Chance gegeben. Und dieses Mal hat sie es sogar zugelassen. Auch José fällt diese Veränderung sofort auf. Sie haben einen Termin außerhalb der Stadt, doch bevor sie diese verlassen, hält Fernando bei einem Juwelier, auch wenn er ab sofort an das Schicksal glaubt, wird er seinem Glück trotzdem noch etwas nachhelfen. Sein Bruder sieht auf das goldene Armband mit dem Engelsanhänger und pfeift leise. »Wer ist die Glückliche?«

Nando ignoriert seinen neugierigen Bruder und bezahlt. Er geht direkt in den Blumenladen nebenan, um einen großen Strauß zu kaufen. Er gibt Celinas Adresse an und der Mann hält ihm eine Karte zum Ausfüllen hin. »Die Kleine aus dem Black Butterfly? Nando, du meinst das ja richtig ernst, bist du krank?« Fernando wirft José einen Blick zu, der ihn zum Schweigen bringt und klopft mit dem Stift auf dem Tisch herum.

Was soll er schreiben? Was schreibt man in so einer Karte. Gute Besserung? Das hört sich an, als würde er es seiner Tante schreiben. Er verbraucht fünf Karten, bis er unter dem Dauergrinsen von José die passenden Worte gefunden hat:

'Ich hoffe, deinem Fuß geht es wieder besser. Übrigens siehst du aus wie ein Engel, wenn du schläfst. Fernando'.

Als sie anschließend weiterfahren, hat er kein so gutes Gefühl mehr wie heute morgen. Lina ist ihm zu unberechenbar. Bei jeder anderen Frau wüsste er, sie würde sich darüber freuen, bei Celina kann er nicht einmal einschätzen, wie ihre Reaktion sein wird. Sie hat jetzt seine Handynummer, also sollte er es eigentlich erfahren. Das ist auch der Grund, weshalb er alle zwei Minuten auf sein Handy guckt während des gesamten Termins, den somit überwiegend José führen muss. Der Termin zieht sich auch lange hin, und als dann plötzlich eine SMS von einer unbekannten Nummer kommt, schlägt sein Herz schneller, doch nicht freudig schnell, eher vorahnend schneller.

'Vielen Dank für die Blumen und das Armband, aber ich kann das unmöglich annehmen. Lina'.

Auch wenn es keine positive Nachricht ist, muss Nando schmunzeln. Er hatte mit Schlimmerem gerechnet. Lina wäre auch ein 'Was denkst du dir, fahr zur Hölle, du Idiot' zuzutrauen. Doch anstatt ihr zu antworten, will er direkt mit ihr klären, ob sie das annehmen kann. Sie ist so schon schwer für ihn einzuschätzen, deswegen probiert er es erst gar nicht am Telefon oder per Nachricht. Er hat vor zu ihr zu fahren, doch das Gespräch zieht sich in die Länge, und als sie wieder in die Stadt kommen, ist es schon zu spät. Es bleibt ihm nichts anderes übrig, als auf den nächsten Tag zu warten.

Noch während er dann die Treppen zu ihrer Wohnung hinaufgeht, nimmt er sich fest vor, sie zur Rede zu stellen. Er will endlich wissen, was genau ihr Problem mit ihm ist. Er merkt doch, dass sie ihn im Grunde mag, doch es scheint etwas zu geben, was es nicht zulässt, dass sie ihn an sich heranlässt. Er wird herausfinden, was es ist.

Sie steht schon an der Tür und sieht etwas verwundert zu ihm. »Hey!« Er sieht, wie sie sofort versucht ihn abzublocken, als würde es ihr eine innere Stimme befehlen, doch sie kann nicht verbergen, dass es ihr schwerfällt. »Hallo, ich wollte nachsehen, wie es deinem Fuß geht.« Fernando hält sich noch zurück. Sie tritt zur Seite, damit er hineinkommen kann. »Meinem Fuß geht es schon viel besser, ich brauchte heute nicht mal mehr die Schmerztabletten.« Fernando entdeckt niemand anderen bei ihr, was ihm sehr gelegen kommt. »Bist du allein?« Als sie nickt, fällt sein Blick auf das Kästchen mit dem Armband, was auf der Kommode im Flur liegt. »Ich habe deine Nachricht gestern bekommen«, murmelt er leise.

Lina geht in die Küche. »Willst du etwas trinken?« Er folgt ihr und muss grinsen. Oh nein, heute entkommt sie ihm nicht. Sie holt zwei Gläser. »Was stimmt mit dem Armband nicht? Du trägst doch goldenen Schmuck.« Er deutet auf ihre Kette, die sie jeden Tag trägt. »Tue ich auch, und ich habe mich gestern wirklich gefreut, die Blumen sind wunderschön.« Sie deutet auf die Blumen, die auf dem Tisch in einer Vase stehen. »Aber das Armband ist einfach ... zu viel.« Fernando geht zurück in den Flur und holt das Kästchen. »Gefällt es dir nicht? Ich habe es gesehen und dachte, es wäre genau das Richtige.«

Wenigstens lächelt sie. »Doch, es ist wunderschön, aber verstehst du nicht, ich bin einfach nicht so. Ich nehme keine teuren Geschenke von Männern an und bin deswegen nett zu ihnen. Ich bin nicht käuflich, auch wenn man es von mir wohl erwarten sollte.« Fernando verschränkt die Arme. »Ich weiß, dass du nicht käuflich bist, und du nimmst keine teuren Geschenke von irgendwelchen Männern, du nimmt es von mir. Ich wollte dich damit nicht kränken, ich habe es einfach gesehen und an dich gedacht. Als du neben mir im Auto geschlafen hast, sahst du wirklich wie ein Engel aus.« Sie seufzt auf und lenkt wieder ab. »Willst du etwas essen? Ich habe gekocht.«

Als sie sich setzen und die Lasagne genießen, lobt Fernando das Essen immer wieder, es schmeckt ihm wirklich gut. Langsam lockert sich die Stimmung zwischen ihnen. Er blickt zu einem Foto, was Lina, Malik, die Mutter und einen Mann vor einem Landhaus zeigt. Alle lachen, Lina wirkt einfach glücklich. »Was ist passiert, Celina? Wieso seid ihr hierher gekommen?«

Er erwartet es eigentlich nicht, aber sie beginnt zu erzählen. Sie erzählt ihm mit leuchtenden Augen von ihrem Leben in Lares, ihrem Vater, der Familie, ihrem Hof. Wenn man den Glanz in ihren Augen sieht und ihren Worten lauscht, weiß man, sie hatte eine schöne Kindheit und sie vermisst diese Zeit. Dann beginnt sie von einer Familia zu erzählen, die in ihrer Gegend Schutzgeld eingenommen hat. Fernando merkt, wie sich ihr Blick ändert, sie sieht ihn jetzt abschätzend an, wartet auf eine Reaktion.

Jetzt versteht er langsam, woher das alles kommt. Er lässt sich aber nichts anmerken, sondern hört ihr einfach zu. Celina schildert ihm, wie sehr ihr Vater Familias gehasst hat, wie er sich als einer der wenigen gewehrt hat und Nando ahnt, worauf das Ganze hinausgelaufen ist. Sie sagt ihm klar und deutlich, dass sie der selben Meinung wie ihr Vater ist. Nando lehnt sich zurück. Das ist also der Grund für ihr Verhalten, langsam wird ihm einiges klar. Dann beginnt sie leiser zu reden, sie bricht den Augenkontakt zu ihm ab. Sie erzählt, dass sie ihren Vater eines Tages tot in den Feldern vor ihrem Haus aufgefunden haben. Dass alle gesagt haben, es war wahrscheinlich ein wildes Tier und doch jeder insgeheim geglaubt hat, was auch sie denkt.

Es war die Rache dieser Familia. Sie versucht zu erklären, wie schwer es für sie und ihre Mutter war, den Hof und alles andere allein zu bewältigen, dass sie es nicht geschafft haben und hierherkamen. Sie weint nicht, doch er hört und spürt ihre Tränen in jedem Wort. Eine Weile sagt niemand etwas, er weiß nicht, wie er anfangen soll, doch dann sagt er einfach das, was ihm auf dem Herzen liegt.

Kapitel 5

»Das ist es, oder Celina? Die ganze Zeit frage ich mich ... ich meine, ich merke doch, dass du mich auch magst, dass du gerne mit mir zusammen bist, trotzdem habe ich immer wieder das Gefühl, ich laufe gegen eine Mauer. Du weißt, wer ich bin Celina, oder?« Sie blickt ihm direkt in die Augen. »Ja, das weiß ich und doch wieder nicht. Ich ... wenn wir zusammen sind, vergesse ich, wer du bist, aber wenn du weg bist oder im Club... dann geht das einfach nicht, ich kann damit einfach nicht zurechtkommen. Mit allem, was ihr tut, wofür ihr steht, was ihr anderen antut, es tut mir leid, aber so ist das nun mal.«

Fernando seufzt laut und reibt sich über die Augen. »Weißt du, was wir tun? Wer wir sind? Ich meine, ich kann wirklich verstehen, was in deinem Kopf vor sich geht, dass du diesen Hass auf das alles hast. Diejenigen, die das getan haben und so hart es auch klingt, bin ich mir ziemlich sicher, dass es keine Tiere waren, diese Leute haben den Tod deines Vaters zu verantworten. Das haben sie gemacht, um ein Zeichen zu setzen, dass sich niemand gegen sie aufzulehnen hat. Das mit deinem Vater tut mir von Herzen leid, Celina, was du und deine Familie durchmachen musstet und noch immer müsst.

Wenn du wirklich die Wahrheit wissen willst, werde ich offen mit dir reden, normalerweise tue ich so etwas nicht, nie, mit niemanden, der nicht zu uns gehört, aber ich mag dich und ich will ehrlich zu dir sein. Ich werde dich nicht belügen, auch wenn dir die Wahrheit nicht gefällt.« Fernando wartet ihre Antwort ab. Er redet sonst nie darüber, aber er will, dass sie die Tatsachen kennt, bevor sie sich entscheidet.

»Diese Familia oder was auch immer sie darstellen wollen, die auf den Dörfern umherfahren, um Geld einzutreiben, das sind einfach nur ... harmlose kleine Fische, sie verdienen sich so ihr Geld. Ehrlich gesagt müsste niemand denen etwas zum Schutz geben, das ist vollkommen schwachsinnig. Das Gebiet um die Stadt und noch viel weiter unterliegt meiner Familie. Keiner muss an irgendwelche Kleingangster einen Cent bezahlen, weil das Gebiet so oder so geschützt ist.

Meine Familia, die Natos, haben noch nie, und das schwöre ich dir, Celina, von irgendwelchen Höfen oder sonstigem Geld kassiert. Das sind kleine Gruppen, die sich wichtig tun wollen, mehr nicht. Sie gehören nicht zu uns.« Sie unterbricht ihn. »Und was ist dann mit euch, Fernando? Was stellt ihr dann dar, wenn das nur kleine Gangster sind?« Jetzt muss er wirklich alles erzählen.

»Ich bin Fernando Nato, Celina, ich könnte dir jetzt erzählen, was besser für mich wäre, aber ich werde dir die Wahrheit sagen. Ich habe es mir nicht ausgesucht, ich bin da hineingeboren worden. Aber könnte ich wählen, würde ich mein Leben wieder so wählen. Ich liebe meine Familie über alles, unsere Familia. Ich werde immer dazu gehören, und ich werde nie verleugnen, was oder wer ich bin. Meine Familie macht nicht solche kleinen Sachen, wir betreiben Export und Import und wenn ich wollte, könnte ich dir jetzt erzählen, dass es sich dabei um Bananen handelt, aber ich tue es nicht, weil ich weiß, dass du nicht dumm bist und weil ich dich nicht anlügen will.

Was dich irritiert, wenn du mich siehst, ist verständlich, du erwartest, dass ich auf einmal anders werde, mein wahres Gesicht zeige, aber so ist das nicht. Das, was du siehst, wie ich jetzt bin, das bin ich, so bin ich, ich habe mich nie vor dir verstellt. Du bedeutest mir etwas. Und zu den Menschen, die mir etwas bedeuten, bin ich offen und ehrlich. Ich tue alles für die Menschen, die ich liebe, das heißt aber nicht, dass ich nicht für meine Familie kämpfe, mich um die Geschäfte kümmere und unsere Familia vertrete. Das sind zwei Seiten an mir, die einfach da sind.

Ich habe vier Brüder, eine Schwester und einige Cousins. Wir sind insgesamt fünfundzwanzig Männer, die den engsten Kreis der Familia ausmachen. Danach folgen viele weitere. Uns gibt es überall auf der Welt, doch hier lebt der Hauptkern. Ich werde mich nicht hinstellen, lügen und behaupten, was wir tun, verstößt nicht gegen die Gesetze oder gegen manche Moral, aber ich kann dir sagen, dass keiner von uns einfach aus Spaß jemanden tötet oder ausnimmt. So arbeiten wir nicht.«

Fernando könnte ihr noch so viel dazu sagen, ihr versuchen zu vermitteln, wie seine Familie ist, doch er sieht ihr an, dass all diese Informationen schon viel zu viel waren. Celina nutzt die kurze Schweigezeit, steht auf und bringt die Teller zum Spülbecken. Dann dreht sie sich zu ihm um. »Jetzt wissen wir wenigstens, wo wir stehen.« Fernando nickt. »Ich will dich einfach nicht belügen, Celina, du bist anders als die anderen Frauen, die ich bisher getroffen habe, das wusste ich schon vom ersten Moment, als ich dich gesehen habe, aber ich bin, wer ich bin.«

Wieder trennen sie ihren Blickkontakt nicht, es ist, als würde jeder auf die Reaktion des anderen warten, bis ihr Handy klingelt. Nando entnimmt dem Gespräch, dass ihre Mutter am Telefon ist und es um ihren Bruder geht. Nando steht auf und geht zu ihr. »Musst du Malik abholen?« Als Celina mit einem Kopfnicken zustimmt, seufzt Fernando in sich hinein. Er weiß nicht, ob er sie nun ganz verscheucht hat, aber er wollte ehrlich sein. Er kann nicht ändern, wer er ist, nur hoffen, dass sie es versteht. »Ich bringe dich, ich habe noch etwas für ihn.« Als Lina nicht reagiert, hebt er ihr Kinn, so dass sie ihm im die Augen sieht.

Er bemerkt, wie verwirrt sie ist und zieht sie ganz in seine Arme. Sie könnte ihn wegstoßen, bitten das zu lassen, doch sie lehnt sich an ihn. »Ich weiß nicht, wie ich damit umgehen soll.« In Fernando breitet sich eine kleine Hoffnung aus. »Wer hat gesagt, dass das Schicksal leicht ist, ich weiß es auch noch nicht, Celina. Lass uns doch einfach sehen, was passiert, versuche mich an dich heranzulassen, um es herauszufinden. Du kannst dir sicher sein, dass ich ehrlich zu dir sein werde und jetzt, da ich weiß, was los ist, verstehe ich dich auch besser. Wir sind keine Heiligen, aber wir sind nicht wie diese Familias, die deinen Vater auf dem Gewissen haben. Wenn du das merkst, vielleicht kannst du das alles dann anders sehen.« Er wagt sich noch einen Schritt näher, gibt ihr einen Kuss auf die Stirn. »Ich muss das alles erst einmal verdauen, lass uns gehen.«

Während der Fahrt zum Kindergarten sind sie beide zuerst ruhig, bis Lina beginnt, ihn erst etwas zurückhaltend, aber dann immer interessierter über seine Familie auszufragen. Er erzählt ihr von Arturo, seinem ältesten Bruder und von Olivia. Da sie beide demnächst ein Baby erwarten, auf das sich auch Nando freut, weil es seine erste Nichte sein wird, treibt Arturo sie alle mit seiner Sorge um seine Frau in den Wahnsinn. Neben José, Arturo und Nando gibt es noch Gabriel und Nathan und ihre Schwester Elisa, die aber mit ihrem Mann in Italien lebt. Fernando erzählt gern von seiner Familie, nur als sie nach seinen Eltern fragt, weicht er aus.

Sie sind vor vier Jahren gestorben und weder er noch seine Geschwister reden darüber. Er nutzt die Gelegenheit und fragt, warum sie sich nicht auf ihren Geburtstag freut, was beim Arztbesuch deutlich zu spüren war. Celina sieht aus dem Fenster und erzählt ihm, dass sie ihre Geburtstage nur in Lares genießen kann, mit dem Kuchen aus ihrer Lieblingsbäckerei und auf ihrem Lieblingshügel. Fernando muss lächeln und ihm kommt sofort eine Idee. Er weiß ja mittlerweile, dass Lina keine Frau ist, die man mit teuren Geschenken für sich gewinnen kann.

Als sie bei Malik im Kindergarten ankommen und hineingehen, kommt ihnen der Kleine sofort entgegen gestürmt und fällt Nando freudig in die Arme. »Hey, Großer.« Malik freut sich unglaublich, dass er mitgekommen ist und präsentiert Nando stolz seinen Freunden. Nachdem Malik auch all seinen Kindergärtnerinnen Nando vorgestellt hat und der das alles lachend über sich ergehen lassen hat, kehren sie zum Auto zurück. Malik hüpft aufgeregt vor dem Kofferraum hin und her, als Fernando ihm erzählt, dass er noch eine Überraschung hat.

Als er den Kofferraum öffnen will, sieht er Linas panischen Gesichtsausdruck und muss sich zusammenreißen, nicht laut loszulachen. Denkt sie, dass er ein Waffenlager darin hat? Er öffnet die Tasche, die er schon ein paar Tage dabei hat. Er übergibt Malik den Ball, der Verkäufer hat ihm versichert, dass es einer der besten Bälle ist. Und man versichert einem der Natos nicht einfach irgendetwas. An Maliks Reaktion erkennt Nando, dass der Verkäufer Recht hatte. Nachdem er dann auch noch das Trikot herausnimmt, wird Malik ganz still. Fernando öffnet das Trikot von Ronaldo und Malik laufen sofort dicke Tränen aus den Augen.

Nando lächelt und kniet sich zu dem kleinen Mann herunter, er hat ihn schon tief in sein Herz geschlossen. »Das habe ich mir schon immer gewünscht.« Malik wischt sich tapfer seine Tränen weg und Nando nimmt ihn in den Arm. »Das habe ich mir gedacht, und weil du so gut warst und Alonzo besiegt hast, hast du dir das verdient. Komm, wir gucken mal, ob es passt.« Er zieht Malik das Shirt über. Der rennt sofort zurück in den Kindergarten, um es seinen Freunden zu zeigen.

»Ich denke, das zieht er erst einmal nicht mehr aus. Danke, das ist wirklich lieb, er freut sich wahnsinnig.« Fernando lacht leise. »Wenigstens einer aus eurer Familie, der Geschenke annimmt.« Als Malik wieder herauskommt, fährt Nando sie zurück.

Die ganze Zeit auf der Rückfahrt erzählt Malik begeistert von seinem Kindergartentag, bis Fernandos Handy klingelt. Es ist Gabriel, der ihm genervt von dem Treffen berichtet, auf dem er gerade ist und wo sie nicht weiterkommen, da die Männer, mit denen sie das Geschäft abschließen wollen, behaupten, sie hätten mit Nando andere Vereinbarungen getroffen. Nando sagt, dass er sich sofort auf den Weg macht, er hält ja schon vor Celinas Haustür. Malik umarmt ihn und bedankt sich noch einmal. Als Celina aussteigen will, hält er sie zurück. »Arbeitest du heute?« Sie nickt. »Bis später.«

Fernando hasst diese Missverständnisse, die ihn bei den Treffen erwarten, auch José, Arturo und Gabriel sind mehr als genervt. Die Händler sind nicht persönlich erschienen, das ist nichts Neues. Viele haben nicht den Mut, selbst bei den Natos zu erscheinen und schicken Unterhändler. Wenn diese dann aber nicht richtig informiert sind, ist es nervtötend. Das Geschäft ist aber zu gewinnbringend und wichtig, um sich mit so etwas herumzuschlagen, also beschließen Gabriel und er, persönlich nach Venezuela zu fliegen und die Sachen vor Ort zu klären. Sofort nach dem Treffen fährt er mit seinen Brüdern ins B.B. Vor dem Club treffen sie auf die anderen, die schon wieder neue Touristinnen bei sich haben.

Fernando fragt sich manchmal, ob ihnen die Männer hier im Reiseführer empfohlen werden, so heiß, wie die auf sie zu sein scheinen. Als sie reinkommen, stehen Josy und Celina im Eingangsbereich bei den Garderoben. Sie tragen nicht das übliche Outfit, sondern zwei Kleider, die eigentlich viel zu sexy sind. Er würde Lina am liebsten seine Jacke überziehen, auch so ist sie viel auffälliger als sonst. Ihre Haare sind lockig, sie ist mehr geschminkt, sie sieht sexy aus. Viel zu sexy. Als er sieht, wie sie gerade mit ein paar Männern lacht, denen sie ein Schild ansteckt, wird Nando wütend.

Josy ist bei ihnen und erklärt, dass heute eine Miss Black Butterfly - Wahl stattfindet. Die Männer sollen wählen, weiter hört Nando nicht hin, denn nun kommt Celina zu ihnen. Sie nickt allen zu, es scheint sie nicht wirklich zu stören, dass er wütend ist. Sie fragt die Frauen nach ihren Namen, doch die verstehen natürlich kein Wort. Alonzo erklärt, dass sie Touristinnen sind und Lina sieht ungläubig zwischen ihnen hin und her. »Kein Wort?« José nickt und legt den Arm um eine von ihnen. »Das kann sehr angenehm sein«, lacht Alonzo und Celina muss lächeln. »Das kann ich mir vorstellen.«

Fernando könnte ihn gerade töten, natürlich müssen sie Linas Macho-Therorie noch bestätigen. Mit etwas Englisch klappt es dann und sie kriegen Namensschilder. Der Typ an der Garderobe beobachtet das alles belustigt und ruft, dass sie ihre Silikonbrüste nicht zerstechen sollen. Lina scheint sich zu amüsieren, Nando wird immer unruhiger. Als sie ihm sein Formular zum Ausfüllen geben will, sieht er ihr in die Augen. »Bist du heute nicht oben im VIP-Bereich?« Sie schüttelt den Kopf. »Nein, erst einmal nicht, ich bin hier eingeteilt.« Von der Nähe, die sie vorhin hatten, ist nichts mehr zu spüren. Nando geht mit den anderen nach oben. Sobald sie sich setzen, versucht eine der Frauen, die mit ihnen sind, seine Aufmerksamkeit zu bekommen, doch es geht nicht mehr. Es fühlt sich falsch an, er hat kein Interesse an all dem. Fernando stellt sich immer wieder ans Geländer und sieht, was Lina unten macht. Er würde sie am liebsten hier raus schleppen, nur, um nicht wieder diese Distanz zwischen ihnen zu haben.

»Die Kleine hat es dir ganz schön angetan, oder?« Alonzo steht neben ihm und klopft ihm auf die Schulter. »Sie ist etwas Besonderes, aber sie lässt mich nicht an sich heran.« Alonzo gibt Nando ein Glas in die Hand. Er hat keine Ahnung was drin ist, aber er trinkt. »Weiß sie, wer du bist, vielleicht solltest du es ihr mal genau sagen!« Nando kneift die Augen zusammen auf Alonzos versprechendes Grinsen. »Genau das ist ja das Problem!«

Alonzo war schon immer einer seiner engsten Vertrauten, sie haben nie viel über Frauen geredet. Bislang hatte ja auch noch nie wirklich einer Schwierigkeiten mit ihnen, doch jetzt zieht er sich mit ihm in die etwas abgelegene Sitzreihe bei den Tanzflächen zurück und versucht ihm zu erklären, was zwischen Lina und ihm ist, oder was eben nicht und wieso. Alonzo zieht die Augenbrauen zusammen, je mehr er ihm schildert. Für sie ist es normal, dass die Frauen auf sie stehen, eben weil sie zu den Natos gehören.

Nun gibt es eine, die sie genau deswegen hasst und genau sie kriegt Fernando nicht mehr aus dem Kopf, nicht eine Minute. Die Freunde werden erst unterbrochen, als sie merken, dass an ihrem Tisch Unruhe ist. Sie sehen, dass Lina da steht, genau wie eine der neuen Kellnerinnen und es ist laut. »Oh je!« Alonzo drückt Nandos Befürchtungen in Worte aus, beide machen sich schnell auf den Weg dahin. Sie kommen gerade dann dazu, als Celina wütend Sami angeht.

»Es ist egal, zu wem ich gehöre oder nicht, so behandelt man niemanden. Sie hat sich entschuldigt, mehr kann sie auch nicht tun.« Fernando tritt hinter Lina und legt seine Hand an ihren Rücken. »Was ist hier los?« Er ist wütend, dieses verfluchte Schicksal sorgt dafür, dass er und die Natos immer schlecht dastehen. »Die neue

Kellnerin hat aus Versehen etwas verschüttet und alle haben sich etwas aufgeregt«, erklärt José. Fernando sieht von der vollgekleckerten Frau neben Sami zu Lina. »Hat sie dich beleidigt?«

Celina sieht zu ihm, auch sie ist sauer. »Mich nicht, aber scheinbar versteht sie genug Spanisch um sie … «, sie zeigt zur neuen Kellnerin, »… als Schlampe zu bezeichnen, und dieser Sami hier wollte mir gerade erzählen, dass das Kleid, was sie trägt, viel wertvoller als wir ist!« Sami mischt sich sofort ein. »Ich wusste nicht, dass sie zu dir… « Lina unterbricht ihn schnell, »…das hat doch damit nichts zu tun, so kannst du mit niemandem reden, jemanden wegen eines Kleides so fertig zu machen, ist doch nicht normal.«

Fernando sieht sauer zu Sami. »Dann merke es dir ab jetzt und sie hat recht, wegen so einer Tussi machst du hier so einen Aufstand? Wenn sie ein Problem hat, soll sie verschwinden, du findest hier genug andere.« Die Frau neben Sami merkt offensichtlich, dass es um sie geht und zeigt an, dass alles in Ordnung ist. Lina seufzt genervt auf und will gehen, doch als sie sich zu ihm umdreht, sieht sie Nando direkt in die Augen.

»Weißt du, ich frage mich echt, was in deinem Kopf vor sich geht, dass du dich mit solchen Frauen abgibst.« Fernando kann sich ein Grinsen nicht verkneifen und hebt die Arme. »Ich habe doch gar nichts getan.« Celina geht an ihm vorbei. »Danke Sami, wirklich Klasse, jetzt bin ich der Schuldige.« Er kann nicht aufhören zu grinsen, sie ist zu süß, wenn sie sauer ist, auch José muss lachen. Celina verschwindet mit der anderen Kellnerin auf die Toiletten. Als sie wieder herauskommen, fängt Nando sie ab.

»Ich habe nichts mit diesen Frauen zu tun, wie du siehst, bin ich ohne Begleitung hier.« Nun muss auch sie lachen, als Fernando ihr das ins Ohr flüstert und sie mit seinen Armen umfasst. »Bist du jetzt sauer auf mich?« Sie dreht sich in seinen Armen zu ihm um. »Du bist manchmal …« Celina stockt, er kann nicht aufhören in ihre Augen zu sehen. Auch sie spürt dieses Gefühl offenbar, was er gerade bekommt, denn sie sieht ihn auch einfach an. Nando gibt ihr einen Kuss auf die Stirn.

»Sami tut es leid, wenn du willst, sagt er es dir auch noch mal.« Lina winkt ab. »Das ist nicht nötig, du solltest mich lieber loslassen, sonst kommt Joe gleich hierher, weil er denkt, mir passiert wieder etwas.« Fernando lächelt. »Ich denke nicht, dass er sich bei mir um dich Sorgen macht, er weiß, dass ich auf dich aufpasse.« Fernando trennt ihren Blickkontakt nicht, seine Hand geht in ihren Nacken und sie kommen sich immer näher, doch dann rempelt sie jemand an und sie lösen sich.

»Ich … werde mal nach den Zetteln sehen«, murmelt Lina. Nando flucht, verdammtes Schicksal. Er setzt sich zurück an den Tisch. Hektor, einer, der die Geschäftspartner aus Venezuela etwas kennt, erzählt ihm, was er weiß. Es dauert nicht lange und Celina steht wieder an ihrem Tisch, dieses Mal, um die Zettel einzusammeln, die sie ausgefüllt haben sollten. Als sie nach seinem fragt, grinst Fernando nur. »Ich mache da nicht mit, ich habe meine Miss Black Butterfly schon gefunden.« Hektor und José lachen und prosten ihm zu. Celina verdreht lächelnd die Augen, die Hoffnung in seiner Brust nimmt zu. Er unterhält sich weiter mit Hektor.

Sie werden erst wieder unterbrochen, als die Gewinnerin dieses komischen Wettbewerbes verkündet wird. Es ist die Frau, die schon die ganze Zeit probiert hat, Nandos Aufmerksamkeit zu bekommen. Sie bekommt eine Schärpe wie bei einer echten Miss-Wahl und einen Gutschein für ein Essen mit Hotelübernachtung mit einem Herrn ihrer Wahl. Fernando ahnt es schon. Sein Gefühl bestätigt sich, als die Frau auf ihn zeigt und vorfreudig lächelt. Seine Freunde beginnen zu pfeifen, Fernando muss lachen.

Casper fordert ihn auf nach vorne zu kommen, doch er schüttelt verneinend die Hände. »Nein, tut mir leid, aber ich steige aus dieser Sache aus. Ich bin für so etwas nicht mehr zu haben.« Es sind viele verwundert darüber, doch Fernando blickt zu Lina, die an der Bar sitzt und deren Blick er schon die ganze Zeit auf sich gespürt hat. Er wird auf all das verzichten, wenn sie ihn lässt.

Casper ist auch etwas verblüfft. »Na gut, scheinbar ist Nando nun in festen Händen, wen hätten Sie denn sonst gerne? Es gibt genug

Freiwillige.« Sehr enttäuscht ist die Frau nicht, denn sie hat schnell willigen Ersatz gefunden. Als alles beendet ist, stehen sie auf. Ihr Flug geht in ein paar Stunden, Fernando sieht sich noch einmal um, wo Lina ist. Als er sie bei der Tanzfläche entdeckt, wo sie alleine die leeren Tische abräumt, geht er zu ihr.

»Hey!« Sie war offensichtlich in Gedanken, denn sie erschreckt sich so sehr, dass sie fast ein Tablett fallen lässt. Fernando hält es gerade noch fest und stellt es auf den Tisch. »Tut mir leid, ich wollte dich nicht erschrecken.« Sie blickt ihn fragend an, er weiß gar nicht, was er ihr sagen soll. »Ich muss los, Celina, ähmm … keine Ahnung, irgendwie hatte ich das Gefühl, es dir sagen zu müssen. Ich bin ein paar Tage weg. Nicht, dass du, falls du dich fragst …«

Er flucht leise, er hat keine Ahnung, wie man so etwas macht, bis jetzt hat er sich noch nie Gedanken um so etwas gemacht. »Okay, das ist nett, … dass du mir das sagst.« Fernando lacht leise. »Tut mir leid, ich habe keine Ahnung, wie man so etwas macht, ob ich dir Bescheid sagen sollte oder nicht. Ich hatte einfach das Gefühl, dass es besser ist, wenn ich es dir sage.« Sie blickt ihm in die Augen, und Nando kann nicht anders.

Er nimmt ihr Gesicht in seine Hände und weiß in dem Moment, dass er dabei ist, sich zum ersten Mal wirklich in eine Frau zu verlieben. Nando beugt sich vor und gibt ihr einen leichten Kuss auf ihre Lippen. Nur kurz, um ihre Reaktion abzuwarten. Dann sieht er es in ihren Augen, vielleicht kämpft sie noch dagegen, aber auch sie will es. Er sieht die Zustimmung ihres Herzens und küsst sie erneut.

Fernando kann gar nicht anders, als zärtlich zu ihr zu sein, sie schmeckt zu gut, zu süß. Als er den Kuss intensiver macht, um sie ganz zu spüren, schmiegt sie sich an ihn und legt ihre Arme um ihn. Fernandos Gefühle spielen verrückt, er kann nicht genug von ihr bekommen, umfasst sie stärker, gibt ihr damit das stille Versprechen, ab jetzt ganz für sie da zu sein, wenn sie ihn lässt. Fernando hat schon immer die Frauen genossen, doch das ist anders, das spürt er tief in seinem Herzen.

Nando trennt ihre Lippen nur kurz, sie finden von allein wieder zusammen. Als sein Handy klingelt, lösen sie sich, Fernando legt seine Stirn an ihre, versucht wieder klar zu denken und kann noch nicht mal ihr Gesicht aus seinen Händen lassen. »Ich muss los, Celina, unser Flug geht bald.« Sie nickt zwar, doch auch ihr Herz schlägt viel zu schnell.

Er will ihr noch einen kurzen Kuss geben, doch sie vereinen sich wieder zu einem zärtlichen Kuss, als wäre es so bestimmt. Fernandos Hände wandern ihren Rücken entlang, er würde sie am liebsten ganz spüren. Plötzlich werden sie von Josys »Ach hier … upp-ss, Tschuldigung«, wieder ins Hier und Jetzt geholt.

Celina lächelt Nando glücklich an, was ihn auch lächeln lässt. Er gibt ihr noch einen kurzen Kuss, dreht sich dann um und geht, und es kostet ihn viel Überwindung das zu tun.

Kapitel 6

Fernando bleibt vier Tage in Venezuela. Die Geschäfte lassen sich zum Glück doch ganz schnell abschließen, als sie den richtigen Personen gegenüber sitzen. Auch so ist es schön in Venezuela. Ihnen werden von ihren neuen Partnern alle Vorzüge geboten, die man sich vorstellen kann, doch Nando hat ganz andere Sachen im Kopf. Eigentlich nur eine Person, doch sie beherrscht seine Gedanken in jeder Minute.

Er schreibt sich mit Celina, doch er hält es kurz und sachlich, damit er sein eigentliches Vorhaben nicht verrät. Er ruft im B.B. an und lässt sich Josys Nummer geben. Als er Celinas Freundin erreicht, braucht er wirklich lange, damit sie ihm erst einmal glaubt, dass er auch wirklich Nando ist und ihr dann zu erklären, was er vorhat. Er erhält die Nummer von Linas Mutter. Sie ist am Anfang einfach nur überrascht von seinem Vorhaben, dann beginnt sie am Telefon zu weinen.

Nando ist das mehr als unangenehm, das letzte was er wollte, war es, sie in Verlegenheit zu bringen. Die Mutter erklärt ihm, wie schön sie seine Idee findet und wie sehr sie sich freut, dass ihre Tochter so einen besonderen Menschen getroffen hat. Nando weiß, dass er dieses Lob nicht verdient hat. Nicht, solange sie nicht weiß, wer er wirklich ist, doch das ist nicht der richtige Zeitpunkt dafür. Er telefoniert oft mit ihr, um alles zu erfahren, was er für sein Vorhaben wissen muss.

Als er zurück nach Puerto Rico kommt, kann er es gar nicht erwarten alles umzusetzen. Er steht am nächsten Morgen früh auf und holt das nur selten benutzte Motorrad aus der Garage. Er kommt sich vor wie in einem alten, kitschigen Liebesfilm, als er beim Blumenladen hält und danach mit einundzwanzig roten Rosen wieder aufsteigt. Doch für eine ungewöhnliche Frau wie Celina muss er auch ungewöhnliche Taten erbringen. Er weiß nicht, wie sie reagieren wird, in den Nachrichten, die sie sich geschrieben haben, war wieder diese Distanz da, er kann sie noch zu schlecht einschätzen.

Josy öffnet die Tür, doch hinter ihr steht Celina mit Malik auf dem Arm. Sie weiß natürlich von allem nichts, man sieht ihr ihre Überraschung an. Nando stockt einen Moment der Atem, als er sie erblickt, sie sieht wunderschön aus. Sie trägt ein weißes Kleid, ihre Haare sind glatt und nur ganz unten gelockt, sie sieht einfach aus wie ein Engel.

»Fernando!« Nando lächelt, als er sieht, wie sie sich freut und schnell zu ihm kommt und ihn umarmt. Er zieht sie fest an sich, was etwas umständlich ist, weil sie Malik auf dem Arm hat. Doch er genießt es, sie wieder bei sich zu haben. »Herzlichen Glückwunsch zum Geburtstag, Celina.« Sie entfernt sich etwas von ihm und Malik wechselt auf seinen Arm, wo sich der Kleine fest an ihn klammert. »Danke, seit wann bist du wieder hier?« Nando folgt ihr in die Wohnung, wo ihn ihre Mutter schon wissend anlächelt und Celina die Blumen abnimmt. »Seit gestern Nacht.«

Malik dreht Nandos Gesicht so, dass er ihn ansieht. »Komm Fernando, noch Kuchen essen.« Nando kitzelt ihn auf seinem Arm. »Das geht heute nicht, Malik, nächstes Mal, wir müssen los.« Nando sieht zu Celina und lächelt. »Bist du bereit?« Verwundert blickt sie ihn an. »Bereit wozu?« Er sieht zu Josy und Linas Mutter. »Wow… ihr habt ihr echt nichts verraten?« Beide nicken. Er hatte etwas Zweifel, da Frauen selten etwas für sich behalten können, aber an Celinas Gesicht sieht er, dass sie wirklich dicht gehalten haben. Fernando hält ihr seine Hand hin. »Dann lass dich überraschen.«

Fernando gibt ihr gar nicht die Möglichkeit viel darüber nachzudenken, sondern nimmt sie einfach mit. Alle verabschieden sich und wünschen ihnen viel Spaß. Als sie unten ankommen, hält Celina seine Hand fest. »Was hast du vor?« Nando dreht sich um und streicht ihr eine Strähne aus den Augen, die sich wegen des Windes dorthin verirrt hat. »Mal sehen, ob du selbst darauf kommst. Du siehst übrigens wunderschön aus.« Celina blickt sich neugierig um.

»Wo ist dein Wagen?« Fernando zeigt auf sein Motorrad, was vor der Haustür steht. Er hofft, dass die Decke, die er befestigt hat, nicht zu viel verrät. »Ich habe noch nie auf einem Motorrad gesessen«, murmelt Lina ängstlich und Nando steigt auf. »Es gibt immer ein erstes Mal.« Celina beißt sich zögernd auf die Unterlippe, doch steigt dann auf. »Du musst dich festhalten.« Als sie ihre Arme um ihn legt, dreht er sich noch einmal zu ihr um. »Bist du bereit für deinen Geburtstag, meine Hübsche?« Celina nickt lachend und Fernando gibt Gas.

Sie fahren eine ganze Weile, bis sie die Stadt verlassen und auf das Land hinausfahren. Nando spürt sofort, wie Celina sich entspannt. »Das ist so schön hier«, flüstert sie Nando ins Ohr und er lächelt. »Du hast ja noch nicht mal gesehen, wohin es geht.« Sie fahren weiter und plötzlich schreckt Celina auf. »Warte, stopp!« Fernando hält und dreht sich verwirrt zu ihr um. »Wir fahren doch nicht nach Lares?« Fernando dreht sich nun vollkommen zu ihr um, zumindest, soweit es ihre Sitzposition erlaubt. »Ich dachte, du willst deinen Geburtstag in Lares verbringen.« Celina treten Tränen in die Augen. Sie legt ihre Hand an seine Wange. »Natürlich will ich das, aber es ist doch viel zu weit entfernt, mindestens zweieinhalb Autostunden.«

Er stupst ihre Nase an, die Tränen in ihren Augen beunruhigen ihn, er will sie nicht weinen sehen. »Deswegen sind wir auch mit dem Motorrad unterwegs und guck doch … « Er zeigt auf eines der Schilder, die am Wegrand stehen. »Wir brauchen nicht mehr lange.« Jetzt lächelt sie glücklich. »Du bist wirklich unglaublich, Fernando, vielen Dank, das ist das schönste Geschenk, was ich je bekommen könnte.« Er zeigt auf das Armband, natürlich ist ihm aufgefallen, dass sie es heute trägt. »Ich dachte, du bringst mich um, wenn ich dir so etwas noch einmal schenke, obwohl, scheinbar magst du es mittlerweile.« Celina gibt ihm einen kurzen Kuss auf den Mund. »Ich habe es von Anfang an gemocht.«

Er will sich umdrehen, dann wendet er sich wieder zu ihr. »Das war zu kurz.« Er lächelt und legt seine Hand in ihren Nacken, um seine Lippen erneut zu ihren zu führen. Sie kommt sofort näher, Nandos Herz schlägt schneller, als er sie wieder so spürt. »Das hat mir gefehlt, du hast mir gefehlt«, flüstert Nando leise an Linas Lippen, als sie den Kuss lösen. »Du mir auch.« Sie sieht ihm zufrieden in die Augen. »Celina, wenn wir jetzt nach Lares fahren, nur heute und hier, will ich, dass es nur dich und mich gibt. Einfach Celina und Fernando, ohne Dinge, die zwischen uns stehen, ohne Los Natos ... einfach nur du und ich..« Celina nickt. »Abgemacht.«

Und Celina schafft es wirklich, alles zu vergessen. Auf dem restlichen Weg kuschelt sie sich an ihn, zeigt ihm alles, was ihnen unterwegs begegnet. Sie erklärt ihm sogar jede einzelne Schafart, als wäre er nur ein kleiner dummer Stadtjunge, was Nando immer wieder zum Lachen bringt. Sobald sie in Lares hineinfahren, wird Celina ruhiger. Nando fragt sie nach dem Weg zum Salsas, von dem ihre Mutter ihm erzählt hat. Linas Familie war dort immer essen. Sie steigen ab und gehen in das kleine Lokal, welches fast ganz leer ist. Nando hält Celinas Hand und will sie zu einem der Tische bringen, als eine etwas fülligere Frau aus der Küche kommt, sich die Hand vor den Mund schlägt und augenblicklich anfängt zu weinen.

»Madre Mia... Lina? Lina, bist du das? Oh Gott...« Sie eilt zu ihnen und umarmt Celina, die auch zu weinen beginnt. Nando seufzt leise auf, sie soll nicht weinen an diesem Tag. »Lass dich ansehen, Kind, meine Güte du wirst immer schöner, das ist unglaublich, wie kann man nur so eine Schönheit sein.« Celina lacht, die Frau ruft nach einem Mann. »Wie geht es deiner Mutter? Und Malik? Als ihr weg seid, haben wir so oft für euch gebetet….« Die Frauen beginnen sich durcheinander alles zu erzählen. Fernando schaltet irgendwann ab, erst bei den Worten »Ist das dein Freund?« hört er wieder hin.

Er sieht, dass es Celina etwas unangenehm ist, aber dann nickt sie. »Ja, das ist er.« Sofort wird er von Rosamaria umarmt. »Herzlichen Glückwunsch, du hast dir das hübscheste Mädchen aus Lares ausgesucht, ach, was rede ich, bestimmt ist sie auch die Schönste

aus San Sebastian, die Jungs hier schwärmen noch immer von ihr.«
Fernando lacht und legt den Arm um Celina. »Hast du sie herge-
bracht?« Celina übernimmt wieder. »Er wollte mich überraschen.«
Rosamaria lächelt und beugt sich näher zu Fernando. »Bring sie
öfter vorbei, wir vermissen sie.« Fernando nickt. »Ja, das werde ich,
sie vermisst euch scheinbar auch alle.« Rosamaria klatscht in die
Hände. »Na dann werde ich euch mal etwas Richtiges zu Essen
machen, du bist dünn geworden, mi amor... Gibt es in der Stadt
nichts Anständiges zu Essen?«

Sie setzen sich. Nando schüttelt leicht den Kopf, die Frauen vom
Land sind wirklich viel lauter und temperamentvoller als die Frau-
en aus der Stadt. Er entdeckt noch eine Träne auf Celinas Wange
und küsst diese weg. »Danke, das bedeutet mir wirklich viel.« Fernando sieht ihr in die Augen. »Ich habe deine Augen noch nie so
strahlen gesehen wie hier, wenn es das ist, was dich glücklich
macht, bringe ich dich jeden Tag her.« Wieder kuschelt sie sich
schon fast automatisch an ihn, ihm gefällt das.

»Dein Freund? Denkst du so, Celina?« Sie zuckt die Schultern,
»Wir haben doch gesagt, dass wir hier einfach du und ich sind.« Er
lacht leise und gibt ihr einen Kuss auf den Scheitel. Sie verschränkt
ihre Finger mit seinen und betrachtet sie. Auch er sieht auf ihre
Hände, sie ist so zart und zerbrechlich. »Du trägst viel zu viel Ver-
antwortung für so einen zarten Körper«, murmelt er, doch Lina
schwirren offensichtlich ganz andere Gedanken im Kopf umher.
»Ähmm, sag mal, wie ist das eigentlich, wenn du mit jemandem
fest zusammen bist? Wegen der anderen Frauen, du scheinst sehr
schnell deine Freundinnen zu wechseln.«

Sie sieht ihn nicht an, es kommt auch alles stockend. »Was meinst
du?« Sie druckst weiter herum. »Ich meine, wenn du mit jemandem
zusammen bist, fest, du bist doch immer mit so vielen Frauen
unterwegs, machst du das dann trotzdem? Es gibt ja einige, die das
Eine nicht wegen einer Freundin sein lassen....«

Fernando lächelt, als er merkt, worauf sie hinaus will. »Ich hatte
bis jetzt noch nie eine feste Freundin.« Er betont das jetzt extra

deutlich. Nun sieht sie ihn an. »Wie, noch nie?« Er zuckt die Schultern. »Ich hatte nur meinen Spaß, noch nichts Festes. Ich habe bis jetzt keine getroffen, mit der ich es ernst meinte.« Diese Aussage war wohl nicht so clever. »Okay, also nur deinen Spaß gehabt? Und wenn du jemanden findest?« Er lächelt. »Wenn ich sie liebe, würden mich keine anderen interessieren.« Dann sieht Lina ihn herausfordernd an.

»Hast du, seit wir uns kennen, etwas mit jemandem gehabt? Ich meine nicht, dass du es nicht könntest, es interessiert mich einfach.« Sie lächelt verschmitzt, doch er bleibt ernst, weil er es Ernst meint. »Nein, nicht seit wir zusammen im Krankenhaus waren.« Fernando hätte zu gerne gewusst, was sie dazu zu sagen hat, doch in dem Moment wird ihr Essen gebracht. »Na, jetzt esst erst einmal richtig.«

Das Essen in dem Lokal schmeckt wirklich sehr gut, sie beide werden mit vielen verschiedenen Speisen verwöhnt, während Rosamaria Celina die neuesten Sachen aus Lares berichtet. Diese Familia treibt hier immer noch ihr Unwesen, am liebsten würde Nando etwas dazu sagen, doch er hält sich zurück, das ist nicht der richtige Zeitpunkt dafür. Nachdem sie das Lokal satt verlassen, gehen sie zu Linas Lieblingsbäckerei, wo er ihren Lieblingskuchen bestellt hat. Die Sache mit der Familia geht ihm nicht mehr aus dem Kopf.

»Ich werde mich darum kümmern.« Nando zieht Celina beim Gehen automatisch enger an sich. »Worum wirst du dich kümmern?« Er sieht sie an. »Um diese Typen, die sich hier so aufspielen. Ich werde rauskriegen, wer das ist und denen mal einen Besuch abstatten.« Celina bleibt abrupt stehen. »Nein, wirst du nicht.«

Es passiert wirklich nie, dass sich jemand wagt, Nando Widerworte zu geben. »Ich meine ... du sollst dich da nicht einmischen, du weißt doch gar nicht genau, wer dahinter steckt, wenn sie nun doch gefährlich sind? Außerdem ... « Fernando nimmt ihr Gesicht in seine Hände. »Celina, egal was zwischen uns beiden passiert, oder ist, oder wie es weitergeht, du musst mir versprechen, dass du dir niemals um mich Gedanken machst, das ist nicht nötig.« Sie wird sauer, was ihn automatisch lächeln lässt. »Wirklich? Und warum? Du bist auch nur ein Mensch, ich habe deine Schussverletzung gesehen und egal, wie groß deine Familia ist, man sollte nie denken, dass man unbesiegbar ist. Zum Beispiel, genau jetzt, was ist, wenn jetzt zwei Wagen mit denen kommen? Was ist dann? Du bist hier alleine … « Fernando lächelt.

»Keiner von ihnen würde es wagen mich anzufassen, Celina, niemals, das kannst du mir glauben. Außerdem bin ich nicht … ich kann … ich habe nicht umsonst so einen Ruf. So wie ich mit dir bin, zu dir bin und du mich kennst, so kennen mich nur die engsten Familienmitglieder. Glaube mir, um mich brauchst du dir keine Sorgen zu machen.« Er sieht ihr an, dass er sie nicht überzeugt hat und muss lachen. »Haben wir nicht gesagt, heute sind wir nur Celina und Fernando?«

Celina ist überglücklich, als sie sieht, dass Nando ihren Lieblingskuchen bestellt hat. Sie kaufen noch mehrere Pralinen für Olivia und für Celinas Mutter. Als er merkt, dass Celina ihn Geld ausgeben lässt, ohne sich zu beschweren, nimmt er gleich noch eine große Packung Kekse für Malik mit. Sie machen sich auf den Weg zu Celinas altem Haus. Unterwegs bittet Lina ihn zu halten. Sie zeigt ihm einen Hügel, den sie immer sehr gemocht hat. Sie setzen sich dort auf die Decke und essen den Kuchen. Noch nie musste er mit einer Frau so viel lachen wie mit Celina. Er liebt ihre süße, sture Art und könnte ihr stundenlang zuhören, wenn sie beginnt, mit leuchtenden Augen von ihrer Kindheit zu erzählen.

Auch er erklärt ihr, dass ihn das an seine Pfadfinderzeit erinnert. »Meine Oma stammte auch vom Land und hat immer gemeckert, dass wir das Leben auf dem Land nicht kennen, also haben meine Eltern uns einen Sommer für eine Woche auf so ein komisches Pfadfinderding geschickt. Ich war so ungefähr dreizehn, das muss hier auch in der Nähe gewesen sein.« Celina setzt sich auf, sie hatte ihren Kopf gemütlich auf seinem Bauch platziert. »Du warst eines der blöden ängstlichen Stadtkinder … ja, das war hier, ein paar Dörfer weiter. Das war immer unserer größter Sommerspaß, jedes Jahr kamen die Stadtkinder und wir sind jeden Tag dahin gegangen und haben ihnen Streiche gespielt. Ihr wart so ängstlich, das war wirklich … uncool«, zieht sie ihn lachend auf. Nando lacht auch. »Ja stimmt, ich erinnere mich, dass manchmal ein paar Kinder kamen. Einer von ihnen hat meiner Schwester eine Spinne in den Pullover gesteckt und ich habe ihn verprügelt, ich war sicher nicht uncool. Meine Brüder und ich sind immer abgehauen und haben uns irgendwo faul hingelegt, so wie jetzt.«

Er schließt die Augen. »Wer weiß, vielleicht haben wir uns damals schon getroffen, vielleicht warst du einer der Jungen, die ich geärgert habe.« Er öffnet die Augen wieder. »Ja, da waren auch Mädchen, aber ich denke nicht, dass du dabei warst, sonst hätte ich mich da sofort in dich verliebt. Ich würde mich an eine kleine dunkle Schönheit mit Mandelaugen und langen Locken erinnern.« Celina wird wieder leicht rot bei seinen Worten.

»Hättest du nicht, als du dreizehn warst, war ich elf, außerdem habe ich da meine Haare nie offen getragen. Die Jungs haben mir irgendwann immer an den Haaren gezogen, und meine Mutter hat sie mir jeden Morgen zusammengebunden, bevor ich rausgegangen bin.« Fernando lacht. »Ich hätte sie mir alle für dich vorgeknöpft.« Celina legt sich wieder zu ihm und platziert ihren Kopf auf seiner Schulter, er genießt das Gefühl, dass sie beginnt, ihm zu vertrauen. »Einen hättest du wirklich verprügeln dürfen, Hernandez Capri. Er hat mir einmal meine Haare so fest gezogen, dass er einen Büschel davon in seiner Hand hatte, bis heute wachsen die an dieser Stelle langsamer.« Fernando küsst ihre Stirn. »Ich hätte ihn fertiggemacht, dann hättest du dich in mich verliebt, und ich hätte dich mitgenommen in die Stadt.«

Celina schüttelt den Kopf. »Niemals!« Er beugt sich über sie. »Oh doch, Celina, hättest du, ich wäre mit meinem coolen Fahrrad gekommen und hätte dich entführt, da bin ich mir sicher. Ich hätte dir nie widerstehen können, egal wie alt ich war.« Er nähert sich, doch bevor er seine Lippen auf ihre legt, hält er ein. »Wärst du mit mir gekommen?« Celina streichelt mit ihrem Finger über seine Lippe. »Wäre ich.« Als er Celina küsst, weiß er, wie wahr seine Worte sind, er könnte ihr nie widerstehen.

»Bist du sicher, Celina? Wir müssen nicht.« Nachdem sie zu ihrem alten Haus aufgebrochen sind, ist sich Nando nicht mehr so sicher, ob es eine gute Idee ist. »Doch, ich muss.« Sie zeigt Nando den Weg und steigt sofort ab, als sie ankommen. Fernando hört ihr leises Aufkeuchen, sieht ihre Tränen und flucht auf. Es ist nur noch eine große Baustelle zu sehen. »Wir hätten nicht herkommen sollen.« Fernando stellt sich vor sie und wischt ihre Tränen von den Wangen. »Gott, ich kann das gar nicht sehen, hör auf zu weinen, Süße, okay? Komm, wir fahren.«

»Nein, … nein, ich musste das sehen, damit ich loslassen kann, Fernando.« Celina scheint etwas zu entdecken. »Warte, komm mal.« Sie läuft zu einer alten Scheune. Ohne sich umzudrehen öffnet sie diese, steigt eine morsche Leiter hinauf, entfernt ein paar Dielen und holt einige alte Sachen aus einem Geheimversteck. Nando muss lachen, als er sie dabei beobachtet. »Du warst eine ganz schön Wilde.« Sie zieht fünf Fackeln aus dem Versteck. »Der Ufo-Platz!« Nando kann nur noch lachen, er folgt Celina mitten in ein Kornfeld, sie erzählt ihm, dass hier einmal ein Ufo gelandet sein soll und die Kinder sich hier nachts immer hergeschlichen haben.

Als sie dann tatsächlich in einem kleinen Kreis stehen, grinst er sie frech an. »Das war aber ein kleines Ufo.« Celina steckt die Fackeln in die Erde und zündet sie an. »Es sieht so aus, als gab es hier mal einen Brand oder jemandem ist zu viel Dünger ausgelaufen«, murmelt Nando, doch Celina sieht nur fasziniert auf den kleinen durch die Fackeln erleuchteten Kreis und breitet die Decke in diesem aus, dann wirbelt sie zu Fernando um. »Das ist so typisch Stadtkind, vielleicht war es auch einfach ein kleines Ufo. Woher willst du wissen, dass es nur große Ufos gibt, ... ungläubiger Stadtjunge?« Fernando grinst und zieht sie an sich, seine Hand legt sich auf ihre Wange. »Immerhin glaube ich an das Schicksal... stures Landmädchen.« Er küsst sie.

Fernando weiß nicht, ob er heute schon so weit mit Celina gehen soll, er hätte nichts lieber, als sie ganz zu spüren. Aber sie ist ihm zu wichtig, um sie zu verschrecken, doch sie macht die ersten Schritte. Als sie ihm sein Shirt auszieht und mit ihren zarten Fingern über seine Brust streicht, kann er sich kaum zurückhalten. Er dirigiert sie beide auf die Decke. Lina ist etwas Besonderes für ihn, er hofft, dass sie das weiß, es spürt. Er entfernt langsam alle ihre Anziehsachen, dabei kann er seine Lippen nicht von ihrem Körper nehmen.

Auch sie erkundet ihn, ist nicht schüchtern. Nando haben schon so viele Frauen berührt, bei keiner war es wie bei Celina. Ihre Berührungen gehen ihm unter die Haut, bis auf die Knochen. Als sie ganz ausgezogen sind, zieht er sich etwas zurück, um sie ganz ansehen zu können, und ihr Blick wird unsicher. Er sieht auf sie hinab, ihre dunklen Haare liegen auf der Decke ausgebreitet, ihre geröteten Wangen und ihren wunderschönen Körper. Genau in diesem Augenblick wird Nando bewusst, dass er sich bereits bis über beide Ohren in sie verliebt hat. »Ich habe noch nie so etwas Schönes wie dich gesehen«, flüstert er ehrfürchtig, bevor er anfängt, sie am ganzen Körper zu verwöhnen. Nando spürt, wie Celina unter seinen Berührungen leicht zittert. Er dringt in sie ein und liebt sie aus ganzem Herzen.

Er hatte schon viel Sex, mit den unterschiedlichsten Frauen, doch noch nie hat es sich so gut und richtig angefühlt wie bei ihr. Als Celina sich so dreht, dass sie auf ihm sitzt und er sie ansieht, weiß er, dass er sein Glück gefunden hat und er es nicht mehr hergeben wird.

»Das tut so gut«, flüstert Celina, sie liegen danach noch lange ineinander verschlungen auf der Decke, er will sie nicht mehr loslassen. »Was genau?« Fernandos Stimme ist leise. »Hier bei dir zu sein, so gehalten zu werden, ich merke, dass ich das brauche ...einfach mal nur gehalten zu werden. Es ist, als ob ich alle Lasten, die im Moment auf meinen Schultern liegen, loslassen kann … Du hast keine Ahnung, wie gut das tut.« Nando streicht ihre Haare nach hinten und sieht sie an. »Ich würde dir gerne alles abnehmen, aber du sträubst dich so dagegen.« Er küsst ihre Nase. »Das musst du nicht, halte mich einfach, das reicht mir schon.« Es gibt in diesem Moment nur sie beide, und nichts auf der Welt könnte das ändern, er würde das nicht zulassen.

Als sie später mit dem Motorrad in Richtung Stadt aufbrechen, ist es schon mitten in der Nacht. Fernando will sie nicht gehen lassen, er hat die Befürchtung, dass es wie vorher wird. Also hält er, bevor sie in die Stadt hineinfahren und wendet sich zu ihr um. »Was heißt das jetzt für uns, Celina? Wenn wir wieder Fernando Nato und Celina, die so etwas wie mich eigentlich hasst, sein werden?« Er lächelt und sie schaut weg. »Ich weiß es nicht.« Nando beugt sich zu ihr und küsst ihre Wange entlang. »Ich denke nicht …, ich weiß, dass ich darauf nicht verzichten will, nicht kann, nicht nachdem, was wir heute hatten, Celina, das ist unmöglich.«

Celina lächelt zwar, doch antwortet ihm nicht, und sein schlechtes Bauchgefühl nimmt zu.

Er gibt Gas und fährt zurück in die Stadt.

Kapitel 7

Den ganzen nächsten Tag über hat Nando nur die gestrigen Stunden mit Celina im Kopf. Am liebsten würde er sie sofort nach dem Aufstehen wiedersehen, doch er weiß, dass sie arbeitet. Also lenkt er sich ab, er übernimmt sogar einen Termin von Gabriel, nur um etwas zu tun zu haben. Wenn er genauer darüber nachdenkt, ist es auch die Ungewissheit. Wie wird sie sich jetzt ihm gegenüber verhalten? Hat gestern alles zwischen ihnen geändert? Er hofft es. Gewissheit wird er erst haben, wenn er sie sieht. Er versucht sie mehrmals anzurufen, doch sie geht nie an ihr Handy. Fernando wird unruhig. Deswegen kann er es auch nicht erwarten, bis er abends ins Black Butterfly geht.

Celina ist noch nicht da und Nando vertieft sich in ein Gespräch mit Alonzo. Trotzdem behält er die Treppe im Auge, wo nur kurze Zeit später Lina hochgehastet kommt. Nandos Herz schlägt sofort schneller, auch wenn er sieht, wie geschafft sie ist. Erst jetzt bemerkt er, dass ihre Arbeitskollegen eine Überraschung für sie vorbereitet haben. Celina sieht ihn gar nicht und lässt sich von allen zu ihrem gestrigen Geburtstag beglückwünschen. Sie haben Kuchen und ein Geschenk für sie. Nando beobachtet alles von seinem Platz aus. Auch als einer der Kellner, der ihm schon des öfteren in ihrer Nähe aufgefallen ist, Lina mit Kuchen zu füttern beginnt.

Nando wird sauer, ist er also der einzige, der gestern Bedeutung schenkt? Erst als sie alle wieder an die Arbeit gehen, wirft Celina einen Blick in ihre Ecke und schenkt ihm ein Lächeln, nur ist er schon viel zu sauer und aufgebracht, um das zu erwidern. Es stört sie auch nicht weiter, sie verschwindet mit dem anderen Kellner in den Normalo-Bereich. Nando lehnt sich zurück und reibt sich über die Augen. Vielleicht ist das auch einfach seine Strafe, weil er es bisher mit keiner Frau ernst gemeint hat, und nun zeigt die erste Frau, für die er etwas empfindet, ihm die kalte Schulter.

Er steht immer wieder auf und geht zum Geländer, um in den anderen Bereich zu sehen, wo Celina hin und her rennt. Jetzt weiß er wirklich nicht mehr, was er anstellen soll, damit sie ihm vertraut. Er hat alles getan, was er konnte. Als Nando sich zum Tisch zurücksetzt, mischt er sich in das laufende Gespräch ein und versucht Celina auszublenden, es wird ihm eh nichts anderes übrig bleiben. Als er sich das nächste Mal umsieht, trifft er direkt auf Celinas Augen, die mit einem Teller voller Essen bei der Bar steht und ihm andeutet mitzukommen. Nando kneift die Augen zusammen, er hat eigentlich nicht vor, ihr weiter hinterherzurennen, doch er steht auf und folgt ihr.

Celina geht vor zu einem der Räume des B.B., in die man sich zurückziehen kann.

»Hey!« Sie setzt sich und zieht dabei ihre Schuhe aus, Nando sieht, wie geschafft sie ist. »Hallo.« Fernando kommt näher und setzt sich neben sie. »Ich habe dich heute viermal angerufen. Warum bist du nicht rangegangen?« Celina beißt von einem Sandwich ab und bietet ihm gleichzeitig auch eines an. »Tut mir leid, ich habe es nicht gehört, mein Handy spinnt gerade. Ich kann den Klingelton nicht lauter stellen und überhöre es ständig. Der Tag heute war sowieso die Hölle. Nach der Arbeit habe ich Malik abgeholt, bin zu Hause eingeschlafen und habe verschlafen, da habe ich gar nicht mehr auf das Handy gesehen.«

Sie lehnt sich müde zurück. »Ich bin echt fertig.« Fernando nimmt ihren Arm und sieht sich ihr neues Armband an. »Bei anderen fällt es dir also leichter, ein Geschenk anzunehmen.« Dann tut Celina etwas, was ihn alles andere sofort vergessen lässt, mit einer kleinen Geste macht sie seine Wut zunichte und er weiß, dass er ihr bereits voll und ganz verfallen ist. Sie lacht, legt ihren Kopf an seine Schulter und kuschelt sich an ihn. Nando kann gar nicht anders, als sie in seine Arme zu nehmen, woraufhin sie zufrieden aufseufzt.

Er lächelt. »Ich dachte wirklich, dass du jetzt so tun willst, als kennen wir uns nicht mehr«, murmelt er leise an ihren Kopf, bevor er ihr einen Kuss auf ihren Scheitel gibt. »Ich weiß nicht, was wir tun sollen und was nicht, ich bin zu müde, um darüber nachzudenken. Auf jeden Fall finde ich es schon mal sehr beruhigend, dass du dich heute von anderen Frauen ferngehalten hast.«

Fernando rückt sie so hin, dass sie ihn ansieht. »Wie kommst du darauf?« Celina zuckt die Schultern. »Na ja, ich dachte nach gestern wendest du dich heute vielleicht wieder anderen Frauen zu.« Nando wird ernst. »Hast du eigentlich eine Vorstellung, was du hier gerade mit mir machst? Celina, seit ich dich kenne, erkenne ich mich selbst kaum wieder. Normalerweise interessieren mich die Frauen nur für eine Sache, und dann kommst du hierher und wirbelst alles um. Zum ersten Mal muss ich mich um jemanden bemühen und ich habe immer noch das Gefühl, bei dir gegen eine Mauer zu rennen. Noch nie hatte ich so etwas, wie wir beide gestern hatten, noch nie habe ich danach eine Frau noch so lange in meinen Armen gehalten und gewünscht, sie nicht mehr loslassen zu müssen, noch nie habe ich mir gewünscht, dass jemand bei mir bleibt in der Nacht.

Für gewöhnlich schicke ich die Frauen danach nach Hause und das war es dann. Heute Morgen, als ich aufgewacht bin, habe ich mir gewünscht, du wärst bei mir. Noch nie bin ich sauer geworden, wenn ich eine Frau mit einem anderen Mann gesehen habe, aber wenn ich noch einmal sehe, dass dieser komische Kellner so seine Arme um dich legt, hat er die bald nicht mehr ... und Celina, noch nie bin ich hinter einer Frau hergelaufen, so wie ich es bei dir mache. Ich weiß selber nicht, was du mit mir gerade anstellst, aber dass ich an einer anderen Frau Interesse habe, ist ausgeschlossen, also mach dir mal deswegen keine Sorgen.«

Nando ist sauer, er wollte das alles gar nicht sagen, aber es ist einfach aus ihm herausgesprudelt. Wie kann sie immer noch daran zweifeln, dass er es ernst meint? Celina sieht ihn etwas überrascht an, doch dann setzt sie sich ganz auf seinen Schoß und nähert sich seinen Lippen.

»Und noch nie, Fernando, habe ich die Küsse und Berührungen eines Mannes so schnell und so stark vermisst wie deine.« Nando küsst sie, er liebt es, sie wieder bei sich zu haben. »Was machst du bloß mit mir, Celina?« Er küsst ihren Hals entlang, nachdem er sich von ihren Lippen getrennt hat. »Warum nennst du mich eigentlich als einziger Celina und nicht Lina?« Wie auch gestern zittert sie wieder leicht unter seinen Berührungen. »Weil ich das schöner finde.« Er küsst sie wieder, wenn es nach ihm ginge, würde er auch nicht mehr aufhören. »Wie lange hast du Zeit?« Celina kuschelt sich immer mehr an ihn, und er ist zufrieden als er spürt, dass sie ihn auch vermisst hat. »Ich muss gleich wieder arbeiten.« Also genießen sie die paar Minuten, die sie haben.

Als sie danach den Raum verlassen, haben sie die Aufmerksamkeit des gesamten Clubs, alle sehen zu ihnen. Nur der Kellner, der Nando eh schon ein Dorn im Auge ist, merkt nichts. »Kommst du noch einmal kurz runter, Lina? Mir ist langweilig unten.« Nando macht sich nicht mehr die Mühe zu verbergen, dass er den Idioten gleich umbringen wird, doch Lina stoppt ihn. Sie stellt sich auf die Zehenspitzen und gibt ihm einen Kuss, vor allen. »Damit wäre wohl alles gesagt.« Er blickt auf den Natos-Tisch, doch Celina schüttelt den Kopf. »Nein, noch nicht ganz. Janosz steht auf Männer, also ganz ruhig bleiben.«

Sie gibt ihm grinsend noch einen Kuss. Fernando sieht ihr lächelnd hinterher.

Als Fernando am nächsten Morgen aufwacht und noch im Bett liegen bleibt, setzt sich wieder ein Lächeln auf seine Lippen, weil er an den gestrigen Abend denken muss. Er hat Celina gleich nach der Arbeit nach Hause gebracht. Sie hatten nicht viel Zeit, aber als er ihr im Black Butterflys noch Geld geben wollte, hat sie ihm mal wieder den Kopf gewaschen. »Fernando, ich weiß, dass du es gut meinst, aber merk dir eins, ich werde kein Geld von dir nehmen, und ich werde mich nicht von dir aushalten lassen. Du weißt, wo du solche Frauen findest, aber ich tue so etwas nicht. Ich bin mit dir zusammen, weil ich das möchte und nicht wegen des Geldes.« Sie ist unbezahlbar, aber er will versuchen, ihr das Leben trotzdem etwas zu vereinfachen, also führt ihn sein erster Gang am Morgen in ein Elektrogeschäft, wo er ihr ein neues Handy besorgt. Er weiß, dass sie heute Vormittag nicht arbeitet und fährt danach direkt zu ihr nach Hause. Gerade als er klingeln will, kommt ihre Mutter aus der Tür und lässt ihn herein. Sie umarmt ihn und freut sich, ihn zu sehen, Celina ist noch unter der Dusche.

Fernando schließt die Tür hinter der Mutter. Genau in dem Moment geht die Dusche aus, aber es dauert noch etwas, bis Celina heraustritt. »Madre mia…« Celina schreckt zusammen. »Verdammt, Nando, du hast mich erschreckt.« Fernando grinst und schließt die Haustür ab. Wie oft musste er an diesen Anblick denken, seit er sie nur mit einen Handtuch bekleidet im Hausflur gesehen hat, doch dieser Anblick ist noch so viel besser. Sie trägt nur einen Slip, sonst nichts. Ihre langen Haare sind noch nass, und sie sieht ihn etwas verärgert an.

»Was tust du hier?« Nando hält das Paket hoch. »Deine Mutter hat mich hereingelassen. Ich habe dir ein Handy gekauft.« Nando muss sich zusammennehmen, nicht laut loszulachen. »Du hast was?« Fernando geht näher zu ihr, sein Blick wandert über ihren Körper. Er legt das Paket zur Seite. Auch wenn sie gerade noch so sauer war, kommt sie sofort in seine Arme. »Warst du nicht gerade sauer?« Celina küsst seine Schulter und sieht ihn an. »Bin ich… absolut, aber ich habe dich vermisst.« Nando lächelt. »Deswegen habe ich mir auch etwas ausgedacht. Das Handy habe ich für mich gekauft, damit ich dich erreichen kann.« Er zieht stolz seine Augenbrauen hoch und grinst zufrieden über seine Erklärung. »Das hast du dir ja schön ausgedacht.« Er lacht und gibt ihr einen kurzen Kuss auf den Mund.

»Du hast mir auch gefehlt.« Lina streckt sich zu ihm hoch. »Du mir mehr.« Wieder ist sie es, die den ersten Schritt macht, doch Fernando kann sich nicht lange zurückhalten und will die Führung übernehmen, aber Celina lässt das nicht zu. Sie zieht ihm ungeduldig das Shirt aus, ihre Hand wandert in seine Jeans. Fernando kann nicht sagen, dass es ihn stört die Kontrolle abzugeben, als ihre Lippen ihrer Hand folgen. »Celina.… du machst mich verrückt.« Nando muss sich mit den Händen an der Wand abstützen. Als sie wieder hochkommt, übernimmt er die Führung.

Fernando genießt die nächste Zeit mit Lina, sie arbeitet viel, in seinen Augen zu viel, doch es lässt sich nicht ändern. Er genießt die wenige Zeit, die er mit ihr hat, dafür intensiver. Celina vertraut ihm immer mehr, das merkt er spätestens dann, als sie ihn anruft und bittet, Malik von der Kita abzuholen, da sie sonst niemanden erreichen kann. Er merkt, dass es ihr unangenehm ist, doch er lässt das gar nicht zu. Im Gegenteil, er holt den Kleinen schon früher ab und sie treffen Alonzo und dessen Sohn Jason. Alonzo muss noch ein Paket abholen. Nando nutzt die Zeit, um sich ein paar neue Schuhe zu kaufen. Da sie schon in einem Sportgeschäft sind, lässt er Malik die freie Auswahl.

Wenn er auch seiner älteren Schwester ähnlich sieht, hat er diese Eigenschaft zum Glück nicht übernommen, sondern lässt sich von Fernando gleich zwei paar neue Schuhe, einige Shirts und Hosen kaufen. Danach fahren sie in ein Café, wo sie Kicker und Dart spielen. Als Celina anruft, um zu fragen, wo sie sind, hört er ihr schlechtes Gewissen sofort heraus und versteht nicht, wo ihr Problem liegt. Er bestellt ihr Essen. Sobald sie eintritt, alle begrüßt und sich hingesetzt hat, fängt sie an zu weinen.

Nando wird sich nie daran gewöhnen, sie weinen zu sehen, am liebsten würde er jede Träne auffangen und sie ihr zurückgeben. Sie entschuldigt sich, ihn in ihre Probleme hineinzuziehen, dass Nando jemanden verdient hätte, mit dem er es leichter hat als mit ihr. Nando wird sauer. »Was redest du da, ich will aber dich, und es ist überhaupt kein Stress für mich, Celina.« Sie will wegsehen. »Ich meine es ernst, es macht mich krank, dass du so viel arbeitest. Ich habe schon so viel Geld für Frauen ausgegeben, die mir nichts bedeutet haben. Am liebsten will ich, dass du gar nicht mehr arbeiten gehst, aber du lässt mich dir nicht helfen. Auf Malik aufzupassen ist für mich kein Problem, ich tue es gerne, darum musst du mich nicht bitten. Celina, bitte zögere nicht, mich wegen irgendetwas um Hilfe zu bitten. Ich habe sowieso das Gefühl, zu wenig zu tun, um dir zu helfen, also lass es mich wenigstens auf diese Weise tun.«

Celina stimmt zu, doch ihre Blockade ist noch zu spüren. Auch wenn da immer noch die Sache mit seiner Familia ist, die sie sich ihm noch nicht ganz öffnen lässt, geht sie wenigstens kleine Schritte auf ihn zu. An diesem Abend gibt sie ihm auch das Versprechen, mit zu ihm zu kommen, seine ganze Familie will die Frau kennenlernen, die ihm so den Kopf verdreht hat. Zwar will sie nicht in dem Bett schlafen, in dem auch schon die ganzen anderen Frauen mit ihm waren, doch das sollte das kleinste Problem sein. Für sie würde Nando sein ganzes Haus renovieren, wenn er dadurch die Möglichkeit hat ihr zu zeigen, wie sie wirklich sind.

Aber schon der nächste Tag zeigt ihm, dass das nicht so einfach werden wird. Nando verschläft fast ein sehr wichtiges Treffen, er bringt Malik noch zum Kindergarten, bevor er mit Gabriel und José einige Sachen für die Familia aufklärt. Schon seit einiger Zeit ist ihnen aufgefallen, dass in einem der Außenbezirke der Stadt immer weniger Umsatz gemacht wird und das nimmt zu, so dass sie sich das heute einmal persönlich angucken werden. Im Auto fragen ihn seine Brüder über Celina aus. Nando will nicht zuviel darüber reden, nicht solange er selber spürt, dass sie sich nicht ganz sicher ist, doch er ist auch zu glücklich, um nicht wenigstens etwas von ihr zu schwärmen.

Mehr als ein 'dass dich mal eine bändigt' kriegt er eh nicht zu hören. Sie konzentrieren sich wieder auf das, weswegen sie fast zwei Stunden fahren müssen. Als sie dann in den Außenbezirk kommen, treffen sie dort auf die Mitglieder der Natos, die für hier zuständig sind. Man sieht ihnen ihren Respekt an, sie bekommen die engere Familia nicht oft zu sehen. Die Männer erklären, dass es immer öfter passiert, wenn sie einen Deal abschließen wollen oder etwas verkaufen, die meisten wieder abspringen oder sich nicht mehr an die Natos wenden. Einer erzählt, dass gerade ein Geschäft nach Waffen gefragt hat zum Schutz vor Einbrechern, doch als er heute welche vorbei gebracht hat, hatten sie plötzlich das Interesse verloren.

Fernando bittet ihn, dass er sie zu dem Geschäft bringen soll. Sie brauchen sich in dem Laden nicht vorzustellen, sie werden gleich erkannt. Es sind ein jüngerer und ein älterer Mann im dem Schmuckladen, Sohn und Vater, wie man sieht. Man sieht auch die Angst in den Augen der beiden, als sie hereinkommen. Nando muss an die Leute in Lares denken. Die Männer der Natos, die hier zuständig sind, gehen die Männer forsch an, doch Nando stoppt das sofort. »So erledigen wir unsere Geschäfte nicht«, ermahnt er die Männer. Er bemerkt den verwunderten Blick seiner Brüder, doch er fragt die Ladenbesitzer höflich nach dem Grund, weshalb sie keine Geschäfte mit den Natos machen wollen.

Fernando weiß, dass es sicher nicht mit der Art und Weise, wie er mit ihnen redet, sondern allein der Tatsache, dass die Männer Angst vor ihnen haben, zu tun hat, da sie ihnen schließlich sagen, dass sie günstigere Ware von einer anderen Familia angeboten bekommen haben. Als er schließlich den Namen sagt, steigt Nandos Wut.

Jorge.

Schon lange ist ihm der Mistkerl mit seiner immer größer werdenden Familia ein Dorn im Auge, sie sind eine der wenigen Familias, die nicht den nötigen Respekt vor den Natos haben. Auch seinen Brüdern sieht man an, dass sie genauso denken. Sie bedanken sich bei den Besitzern und sagen ihren Leuten, dass sie nichts tun sollen, er selbst kümmert sich darum. Im Auto verfluchen sie den Mistkerl Jorge, sie haben schon viel zu lange ein Auge zugedrückt. Zu ihrem Unglück bleiben sie auch noch mehrere Stunden in einem Stau stecken, Nandos Wut steigt immer mehr. Sie probieren telefonisch weiterzukommen, doch sie stecken in einem Funkloch. Auf halbem Weg treffen sie auf Alonzo, der mit zwei weiteren Männern in die Richtung unterwegs ist, wo sich öfter die Familia von Jorge trifft. José wechselt zu ihnen, sie wollen Ausschau halten. Nando versucht telefonisch weiter, ihn an den Apparat zu bekommen.

Da es schon so spät ist, zieht er sich nur kurz zu Hause um und sie fahren anschließend direkt ins Black Butterfly. Sobald er Celina sieht, geht er auf sie zu, egal wie sein Tag war, es tut gut sie zu sehen. »Hey!« Sie sieht ihm an, dass er sauer ist und mustert ihn. »Hallo, Süße.« Fernando will sie aus diesen Sachen heraushalten und gibt ihr einen Kuss. »Was ist los?« Er zieht sie an sich und vergräbt seine Nase in ihrem Hals. »Nichts…, wir haben ein bisschen was zu tun. Ich wollte dich aber noch sehen.« Gabriel tritt zu ihnen, er ist der hellhäutigste von ihnen, nicht umsonst wurde er nach einem Engel benannt. »Celina, das ist mein Bruder Gabriel«, stellt Fernando beide vor, und sie geben sich die Hand. »Ich habe schon viel von dir gehört, Lina, du hast ja meinem Bruder ganz schön den Kopf verdreht, jetzt verstehe ich auch, warum.« Fernando lacht und küsst ihre Wange, während Lina wieder etwas rot wird und sich bedankt.

Celina muss wieder arbeiten. Doch dieses Mal kommt es Nando ganz recht. Sie erklären allen anderen, was genau los ist und versuchen weiter Jorge zu erreichen, bis sie den Anruf bekommen, dass Alonzo und José zu ihnen ins B.B. unterwegs sind. Es dauert keine zehn Minuten, da betreten sie den Club, gefolgt von einigen der Familia um Jorge. Er ist nicht dabei, aber sein jüngerer Bruder. Nando ist so sauer, dass er ihn sich am liebsten hier sofort vorknöpfen würde, doch sie erheben sich und deuten allen an dazubleiben. Das klären sie selber, nur die Brüder. Fernando sieht sich noch einmal kurz nach Lina um, doch er sieht sie nirgends und verlässt, gefolgt von allen, den Club.

Er dirigiert die Gruppe nach hinten auf den Parkplatz. Kaum sind sie bei den Autos angekommen, dreht er sich zu dem Bruder um und packt ihn am Kragen, um ihn gegen sein Auto zu schlagen. »Was denkt ihr, mit wem ihr euch gerade anlegt?« Der Bruder wehrt sich nicht und deutet seinen Leuten, ruhig zu bleiben. Nando muss seinen Brüdern nichts deuten. Gabriel und José lehnen sich entspannt zurück, sie wissen, dass Nando das ohne Probleme allein schaffen kann.

Der Bruder von Jorge erklärt umständlich und lange, dass er zwar auch zur engeren Familia gehört, aber Jorge alleine die Geschäfte führt und er nicht viel Einblick hat. Nando will ihm gerade deutlich machen, wie ernst er es meint und Jorge ein Zeichen geben, was ihm blüht, wenn er sich nicht ab sofort aus ihren Geschäften heraushält, da hört er Celina. »Fernando?« Sie kommt direkt zu ihnen. Fernando lässt Jorges Bruder los. »Du hast wirklich Glück, sag Jorge, dass ich es ernst meine.« Der Mann nickt schnell und ist sichtlich froh, dass Lina dazugekommen ist. »…und jetzt verschwindet.«

Ohne ein weiteres Wort zu verlieren, gehen die Männer zu mehreren Autos und fahren los, während Fernando zu Celina geht. Er sieht, dass sie nicht weiß, was hier los ist, er wollte nicht, dass sie das überhaupt sieht.

»Tut mir leid, dass du das mitbekommen hast.« Gabriel und José treten zu ihnen und lachen. »Meine Güte, wer hätte das gedacht? Unseren Nando hat es echt erwischt, ich hätte nicht gedacht, dass du ihn so davon kommen lässt.« Gabriel küsst Celina auf die Wange. »Willkommen in der Familie, Lina. Kommt ihr noch mit rein?« José und Gabriel gehen wieder in Richtung des Clubs, doch Fernando verneint, er sieht, dass für Celina die Sache noch nicht geklärt ist.

»Ich bringe Celina nach Hause.« Die Brüder richten noch ein paar Abschiedsworte an sie und gehen dann gutgelaunt ins B.B. zurück. Nando zieht Celina in seine Arme. »Es tut mir wirklich leid, du hättest drinnen warten sollen. Ich wäre nicht ohne dich gegangen.« Fernando dachte, Celina wäre vielleicht eingeschüchtert, verwirrt, doch plötzlich schreit sie ihn an. »Was zur Hölle war das gerade, Fernando?« Nando hebt erklärend die Hände. »Ich hatte etwas zu klären, nichts Wichtiges«, erklärt er unschuldig. »Nichts Wichtiges?« Celina windet sich aus seinen Armen und will gehen, doch er hält sie zurück. »Celina, warte … hey, … geh nicht. Rede mit mir!« Sie dreht sich zu ihm um. »Tut mir leid, Fernando, aber ich verstehe dich nicht. Du sagst, das war nichts Wichtiges? Es sah so aus, als würdet ihr euch gleich umbringen. Und warum gehst du alleine mit deinen Brüdern raus, während die hier viermal so viele sind wie ihr, bist du irgendwie lebensmüde? Was meinte dein Bruder damit, dass du ihm, wenn ich nicht gekommen wäre, was angetan hättest? Was hat er denn so schlimmes getan, Fernando, das so etwas rechtfertigt?«

Nando blickt zu Boden, genau das wollte er verhindern. Es ist so schon nicht leicht, dass sie das jetzt mitbekommen hat, erschwert es noch mehr. »Er hat versucht, in den Geschäften meiner Familie mitzumischen, das Celina … das verstehst du sowieso nicht, glaube mir einfach, wenn ich dir sage, ich hatte meinen Grund.« Sie wird nur wütender. »Das sollte ich aber, ich sollte es verstehen, Fernando, wenn du mit mir zusammen bist, oder? Ich dachte zumindest, wir wären es, und da sollte ich doch Bescheid wissen, warum du so aus dem Club stürmst. Wir wissen beide, dass wir da ganz unterschiedlicher Meinung sind. Wenn ich dich so sehe, das ist für mich….«

Nando unterbricht sie. »Ich habe dir bereits gesagt, meinetwegen sollst du dir keine Gedanken machen.« Er wird langsam auch sauer, er kann daran nichts ändern. Sie soll sich keinen Kopf seinetwegen machen. »Das tue ich aber. Wenn ich sehe, dass irgendetwas nicht stimmt, ich merke, wie du hier bist, was dir passieren kann. Wenn du nicht damit umgehen kannst, dass sich jemand um dich Gedanken macht, dass du mir wichtig bist … «

Fernando blickt auf und lächelt. »Ich finde das überhaupt nicht lustig.« Doch Fernando lächelt weiter, es ist schön zu wissen, dass er ihr mehr bedeutet. »Ich weiß, dass du anders über viele Sachen denkst und das alles hasst, aber das werden wir noch öfter haben …« Celina schnauft leise auf. »Wie beruhigend.« Fernando tritt näher. »Ich liebe es, dass du jetzt in meinem Leben bist und ich verspreche, darauf Rücksicht zu nehmen und dich, soweit es geht, von allem fern zu halten.« Fernando gibt ihr einen Kuss, doch sie zieht ihn eng an sich. »Und dass du auf dich aufpasst.« Als er sie jetzt küssen will, entzieht sie sich ihm. »Versprochen, ich tue alles, damit du bei mir bleibst.«

Kapitel 8

Wieder schläft Fernando bei Celina.

Als er aufwacht, ist Celina schon los zur Arbeit. Sein Rücken schmerzt von der Couch, es wird Zeit, dass sie zu ihm kommt. Einen Teil seiner Familie kennt sie ja nun bereits. Celinas Mutter ist da und bereitet ihm ein großes Frühstück. Trotzdem sieht Nando, dass der Kühlschrank der Familie fast leer ist. Also fährt er schnell nach Hause und zieht sich um, bevor er in einem Möbelgeschäft einen Katalog für Betten holt. Sein Bruder Arturo begleitet ihn, er muss noch ein paar Sachen für Olivia besorgen. Wie er es am Tag davor versprochen hat, holt er Malik ab. Arturo ist ganz begeistert von dem Kleinen. Sie gehen zusammen Lebensmittel für Olivia besorgen. Normalerweise bleibt Nando im Auto, er hat keine Geduld für diese Geschäfte, doch dieses Mal setzt er Malik in einen Einkaufswagen und sie beiden füllen ihren und auch noch den von Arturo komplett. Danach verabschiedet sich sein älterer Bruder, sie fahren Celina von der Arbeit abholen.

Celina ist zwar nicht ganz so begeistert, dass Nando Geld für sie ausgegeben hat, doch sie gewöhnt sich zum Glück langsam daran. Sie haben etwas mehr Zeit zusammen als sonst und verbringen diese mit Malik. Erst als dann dessen Freund auftaucht, ziehen sie sich in den Tortilla-Laden zurück, wo Nando Celina die Betten zeigt. Mit etwas Überredungskunst sucht sie sich auch eines aus. »Nando? Nando Nato?« Fernando ist gerade mit Celina beschäftigt, als er die Stimmen von zwei Männern hört. »Nando?« Er hat keine Lust gestört zu werden, doch sieht sich zu den Männern um. »Nando, hallo, ich bin Eduardo, das ist mein Freund Tajo. Vielleicht hast du schon von uns gehört, wir versuchen schon seit einer Weile, mit dir oder deinen Brüdern Kontakt aufzunehmen. Wir haben da eine Idee und wollten sie mit euch besprechen. Wenn du… das dauert nur ein paar Minuten.« Fernando zeigt auf seinen

Teller. »Wie ihr seht, esse ich gerade.« Die Jungs nicken und schauen zu Celina.

Er hasst es, wieder bekommt sie so etwas mit. »Ich lasse dir meine Handynummer hier, dann können wir uns später treffen?« Nando antwortet nicht. Die Jungs gehen zur Theke, lassen sich etwas zum Schreiben geben und legen Fernando einen Zettel hin. »Rufst du an?« Fernando nimmt den Zettel und sieht auf, anscheinend ist das für die Männer Antwort genug und sie verlassen den Laden. »Tut mir leid.« Er hasst es wirklich. »Du kannst ja nichts dafür.« Fernando zieht Celina an sich. »Ich werde alles dafür geben, das Ganze so weit wie möglich von dir fernzuhalten, aber manches lässt sich nicht vermeiden.«

Celina streichelt über sein Gesicht und sieht ihm in die Augen. In dem Moment weiß er, dass er sie liebt, schon sehr liebt. »Das ist einfach so ... ich weiß wirklich nicht, ob das gut gehen kann.« Fernando trennt ihren Blickkontakt nicht. »Ich denke nicht, dass ich dich noch gehen lassen kann. Ich weiß nicht, ob ich noch ohne dich sein kann, Celina.« Fernando küsst sie und legt all seine Gefühle für sie in diesen Kuss.

Als er sie nach dem Kuss ansieht, hat sie Tränen in den Augen. »Ich liebe dich, Celina, noch nie habe ich so etwas für eine Frau empfunden. Ich habe keine Ahnung, wie man so etwas wie eine feste Beziehung hat, also werde ich sicherlich Fehler machen, aber ich liebe dich.« Sie versucht die Tränen herunterzuschlucken. »Ich liebe dich auch, Fernando.« Er gibt ihr wieder einen Kuss. »Ich werde nichts an dich herankommen lassen.«

Doch auch, wenn er die nächsten Tage wirklich alles tut, um sie nichts mitbekommen zu lassen, die Sache mit Jorge spitzt sich zu. Die Warnung hat wohl nicht viel Wirkung gezeigt, und sie haben erfahren, dass er ein paar Städte entfernt gerade Urlaub macht. Also werden sie hinfahren und ihm zeigen, wie ernst sie das Ganze meinen. Zwar weiß Celina nicht, worum es geht, doch es stört Nando, sie allein lassen zu müssen. Bevor er fährt, lässt er ihr Geld da und kauft einen weiteren Anhänger für das Armband, was er ihr bereits geschenkt hat. Neben dem Engel hat er ihr ein Herz besorgt mit einer Gravur, dass er sie liebt. Er verabschiedet sich, bevor er losfährt, doch trotz allem überkommt ihn ein ungutes Gefühl, als er zusammen mit seinen Brüdern die Stadt verlässt.

Sie finden Jorge nicht gleich im Hotel, wo er eigentlich sein sollte. Er hat bereits ausgecheckt, als sie eintreffen. Er wird mitbekommen haben, dass die Nato-Brüder ihn suchen, und seine Flucht ist wie ein stilles Schuldeingeständnis. Also müssen sie sich erst einmal umhören und ihre Kontakte spielen lassen, das macht Fernando nur noch wütender. Er will alles schnell hinter sich bringen und zurück zu Celina. Auch wenn seine Nerven angespannt sind, versucht er, es sich nicht anmerken zu lassen, wenn sie telefonieren. Zum Glück fragt Lina nach keinen Details, doch er hört auch immer ihre Sorge mit raus, auch er hat extra einigen seiner Männer Bescheid gegeben, dass sie im Black Butterfly ein Auge auf Celina haben sollen.

Dann finden sie Jorge, er hat sich in einer Wohnung versteckt, die seiner Familia als Drogenlager dient. Nur durch einen teuren Tipp sind sie darauf gekommen. Als er Jorge dann in die Finger bekommt, ist seine Wut schon zu groß, um nur zu reden. Seine Brüder müssen ihn von ihm herunterziehen, nachdem er sich auf ihn gestürzt hat, doch Nando hat noch lange nicht all seine Wut ausgelassen. Jorge setzt sich an der Wand auf und hält sich seine blutende Nase. Gabriel übernimmt das Reden, Jorge entschuldigt sich viele Male und schwört von nun an, alle Geschäfte, in denen die Natos mitmischen, zu meiden und einen großen Bogen darum zu machen.

Arturo ist derjenige, der ihm dann noch einmal die Konsequenzen verdeutlicht, was passiert, wenn dies nicht der Fall sein sollte. Doch Jorge sieht immer wieder zu Nando, der noch immer vor Wut bebt. Die Angst in seinen Augen bestätigt seine Worte, dass er von nun an aufpassen wird. Fast wie im Zwang ruft Nando danach Celina an. Es tut gut, ihre Stimme zu hören, sie ist zu seiner Ruhe geworden. Als er ihr mitteilt, dass er morgen nach Hause kommt, freut sie sich und sagt ihm, wie sehr sie ihn vermisst hat. Sie legen auf, weil sie mit Malik unterwegs ist. Nando kann es kaum erwarten, wieder bei ihr zu sein. Als er sie in der Nacht noch einmal sprechen will, geht sie aber nicht an ihr Handy. Nando kann sich zwar denken, dass sie bereits schläft, doch dieses ungute Gefühl, was er bereits beim Verlassen der Stadt hatte, wächst plötzlich wieder.

Als sie sich auf den Rückweg machen, versucht Fernando den ganzen Tag über sie zu erreichen, doch sie geht nicht an ihr Handy. Fernando gibt Gas so schnell er kann, es stimmt etwas nicht. Als er im B.B. anruft, ist sie noch nicht da. Fernando spürt, dass etwas passiert sein muss. Es dauert, bis sie in die Stadt kommen, und er fährt sofort ins Black Butterfly. Er geht direkt nach oben, dicht gefolgt von seinen Brüdern, die natürlich auch merken, dass irgendetwas nicht stimmt. Oben angekommen, sieht er direkt in Celinas Augen. Er kann nicht erkennen, wie sie reagiert, denn sie dreht sich augenblicklich weg von ihm. Fernando geht zu ihr.

»Celina, was ist los? Warum gehst du nicht ans Telefon?« Sie sieht ihn schon fast abwesend an, er erkennt den Ausdruck in ihren Augen nicht wieder. Kurz sieht sie zu den Brüdern, die hinter ihm stehen. Fernando sieht an ihr herunter. Dann zieht sich sein Magen schmerzlich zusammen, als er einen großen frischen Kratzer an ihrem Hals entdeckt. Die Kette, die sie immer getragen hat, ist weg. »Was ist passiert?« Seine Finger streichen über den Kratzer. »Wo ist deine Kette? Verdammt, Celina, sprich mit mir.« Sie sieht ihn regungslos an und wird wütend. Auch seine Brüder kommen noch einen Schritt näher. »Weißt du noch, die Männer im Tortilla-Laden, die dir ihre Nummer gegeben haben?«

Fernando ist angespannt. »Was ist mit denen?« Tränen steigen in ihre Augen. »Du hast sie nicht angerufen, Fernando ... und sie sind deswegen sauer. Malik und ich sind ihnen gestern zufällig über den Weg gelaufen.« Fernando schließt seine Augen, diese Bastarde. »Sie haben nach dir gefragt, warum du dich nicht meldest, mich als Nutte beschimpft, einer von ihnen hatte scheinbar Interesse an mir und hat mich berührt. Er war sich ziemlich sicher, dass du sowieso schon eine Neue hast… und Malik, er hatte solche Angst. Der eine von ihnen hat ihm in die Wange gekniffen, dann dachten sie, es wäre wohl am besten einen Pfand zu nehmen, um sicher zu gehen, dass du dich auch meldest. Mir ist es egal, wie sie mich behandelt haben, dass sie mir wehgetan und mich berührt haben, auch meine Kette ist unwichtig… aber Fernando, sie wollten, sie haben überlegt… sie hätten beinahe Malik mitgenommen.«

War Fernando wütend auf Jorge, so weiß er nicht, wie er beschreiben soll, was jetzt in ihm vorgeht. Die beiden hätten sie nicht einmal ansehen dürfen. Die Angst und die Tränen in Celinas Augen zerreißen sein Herz, alle sind still bis auf sie. »Was hätte ich denn tun sollen? Wie hätte ich verhindern sollen, dass sie ihn mir wegnehmen? Weißt du, wie sehr er geweint und gezittert hat? Was sollte ich sagen, als er wissen wollte, warum die Männer ihn gefragt haben, ob er weiß, mit welchen Männern ich rummache … sag mir, was ich hätte tun sollen?«

Fernando kann nichts sagen, er ist so wütend, dass er nicht mehr klar denken kann, er dreht sich um und geht. Sein Bruder will ihn aufhalten. »Nando, warte erst mal noch kurz, lass uns…« Doch Fernando schüttelt seinen Arm ab und geht wieder die Treppen hinunter. Alonzo flucht, doch alle folgen Fernando. Wie von Sinnen fährt er los zu dem Platz, an dem er die beiden Bastarde schon mehr als einmal gesehen hat. Es ist auch ein Club, aber die billige Variante vom Black Butterfly. Er wartet nicht, er redet nicht mit seinen Brüdern. Sobald er die beiden im Club entdeckt, zieht er seine Waffe und geht auf sie zu. Fernando ignoriert das hysterische Aufkreischen der Frauen um sich herum.

Ohne zu zögern hält er dem einen von ihnen, der mehr als überrumpelt ist, die Waffe an den Kopf. »Ihr hättet sie nie anfassen dürfen.« Nur das Einschreiten von Alonzo, der ihm die Hand auf die Schulter legt, hindert ihn am Abdrücken. »Lass sie, sie sind es nicht wert. Überlass sie deinen Brüdern, Fernando. Geh und kümmere dich um Celina. Du hast gesehen, wie fertig sie ist.« Nando denkt an das völlig verzweifelte Gesicht von Lina und nickt, doch dann entdeckt er die Kette am Hals einer der Frauen, die um den Tisch herum sitzen und reißt sie ihr vom Hals. »Wir wussten nicht, dass sie deine Freundin ist, wir dachten, sie wäre ...« Gabriels Schlag in sein Gesicht verhindert, dass der Mann weiterspricht. Fernando spuckt vor ihre Füße, bevor er sich umdreht und sie seinen Brüdern überlässt. »Ihr hättet sie nicht einmal ansehen dürfen!«

Er eilt zurück in den Club und kommt an einem Schmuckladen vorbei, der wie die meisten Geschäfte die ganze Nacht geöffnet hat. Er legt einige Scheine auf den Tisch. Der Besitzer erkennt auch in seinen Augen, wie eilig das Ganze ist. Nando legt müde sein Gesicht in seine Hände und betet zu Gott, dass alles zu reparieren geht. Als er danach im Auto vor dem Eingang des B.B. auf Celina wartet, weiß er, dass es schlimm wird, er spürt es. Sie kommt aus dem Club und steigt zu ihm ins Auto. Nando gibt ihr die Kette wieder.

»Hier, ich habe sie gleich reparieren lassen.« Sie nimmt sie, doch die Kälte ist schon fast greifbar. »Danke, aber darum geht es nicht.« Fernando fährt los. »Es tut mir so leid, Celina, ich wollte das nicht. Ich liebe Malik, das weißt du, wenn ich ...«, erklärt Fernando. »Das weiß ich. Mir ist klar, dass du das nicht wolltest, aber es ist passiert. Ich mache dir auch gar keinen Vorwurf, ich mache mir selber einen.« Fernando greift nach ihrer Hand und küsst sie. »Celina, ich schwöre dir, ich werde dafür sorgen, dass so etwas nicht mehr passiert. Die dachten, du wärst einfach irgendeine, mit der ich mal rumgemacht habe. Hätten sie geahnt, dass du meine Freundin bist, hätten sie dich nie angesprochen. Ich rede mit Malik und ...«

Celina unterbricht ihn. »Wie willst du so etwas verhindern? Willst du jetzt Tag und Nacht bei mir sein? Oder mich nur noch mit Begleitschutz rauslassen? Das geht nicht Fernando, ich hätte das einfach von Anfang an bedenken müssen. Wir wussten doch beide, dass ich so ein Leben gar nicht will, dass ich mit all dem nichts zu tun haben will.« Fernando hält vor ihrer Haustür. »Was willst du damit sagen, Celina? Mir ist auch klar, dass es nicht einfach wird, aber ich liebe dich und ich will, dass du bei mir bleibst.« Celina schaut ihn an, und in diesem Moment sieht er, dass er sie verloren hat.

»Ich liebe dich auch, Fernando, so sehr, dass es mich innerlich zerreißt, aber ich kann das nicht. Du, deine Natos, das alles ist nicht gut für mich, dieses Leben ist nicht das, was ich führen will. Und egal, wie sehr ich dich liebe, dass meine Familie in Sicherheit und in Ruhe leben kann, ist mir wichtiger.« Fernando sieht durch die Frontscheibe, er hat das Gefühl, nicht mehr atmen zu können. »Ich bin nicht gut für dich? Ich … was willst du damit sagen, Celina?« Sie weint, sie weint so sehr, dass man ihre Stimme kaum erkennen kann. »Wenn du mich liebst, dann musst du von mir und meiner Familie fernbleiben. Ich kann dieses Leben nicht führen, …es geht nicht.«

Fernando senkt seinen Kopf, er sagt kein Wort mehr. Was sollte er zu diesem Wunsch von ihr noch sagen? Er hört sie aussteigen, doch er schafft es nicht, sie noch einmal anzusehen. Sobald sie das Auto verlassen hat, gibt er Gas und muss das erste Mal in seinem Leben selbst mit den Tränen kämpfen.

Das war das letzte Mal, dass er seinen Engel Celina gesehen hat.

Kapitel 9

1 Jahr später

»Fernando, Fernando!!« Alonzo wedelt mit der Hand vor seinem Gesicht herum, so dass Nando gar keine andere Wahl hat, als zu ihm zu gucken. »Ich habe gefragt, wie du die kleine Dunkelhaarige da findest. Guck mal, sie sieht die ganze Zeit her.« Fernando hebt den Blick von den Männershirts, denen er schon eine Weile seine Aufmerksamkeit schenkt und sieht zu der Verkäuferin, die in ihre Richtung blickt. »Nicht mein Fall!« Er entfernt sich von den Klamotten, Nando hasst es einkaufen zu gehen, doch Alonzo hat ihn hier rein geschleppt, nachdem sie sich ein paar neue Spielkonsolen gekauft haben.

Momentan laufen die Geschäfte gut und alles ist ruhig geworden, so dass sie viel Zeit haben. Normalerweise sollte man sich darüber freuen, doch für Fernando kann es gar nicht genug zu tun geben, das Nichtstun verleitet ihn zum Nachdenken. »Malik, Malik, warte!« Nandos Herz beginnt zu rasen, er wirbelt herum, nur um einen kleinen Jungen an ihm vorbeirennen zu sehen, seine Mutter mit ein paar neuen Hosen, die er anprobieren soll, hinterher. Jetzt zieht sich sein Herz schmerzhaft zusammen. Es ist besser so, dass es nicht der Malik war, den er kennt, der, den er noch immer tief in sein Herz geschlossen hat, wenn es auch sicher schon ein Jahr her ist, dass er ihn das letzte Mal gesehen hat.

Fernando versucht nicht mehr daran zu denken, all das hinter sich zu lassen, doch er kann zwar seine Augen vor dem verschließen, was er nicht sehen will, aber nicht sein Herz vor dem, was er nicht fühlen will. Seine Gedanken kehren immer wieder zu diesem Abend zurück, an dem er Celina verloren hat. Er fragt sich, hätte er etwas anders machen sollen? Hätte er es verhindern können, hätte er kämpfen sollen? Es hat ihn getroffen. Ihr Wunsch, von ihr und ihrer Familie fernzubleiben, wenn er sie liebt, hat ihn tief getroffen.

Die nächsten Wochen war er für niemanden ansprechbar, er war wie in einem Trancezustand, kam sich vor wie ein Monster, das für jeden eine Gefahr darstellte und zu dem wurde er auch. Wann immer er seine Wut rauslassen konnte, hat er das getan, bis ihn Arturo gestoppt und mit José weggeschickt hat. Sie sind auch nie wieder ins Black Butterfly gegangen. Er hat auf ihren Wunsch gehört und alle haben den Club gewechselt. Kurz danach ist das Black Butterfly bis auf die Grundmauern abgebrannt. José und er waren einen Monat in der Dominikanischen Republik, haben neue Kontakte geknüpft und einfach Urlaub gemacht.

Dort hat Fernando auch zum ersten Mal darüber geredet und José hat versucht, ihm den Kopf zu waschen. Dass Fernando vielleicht von Anfang an viel mehr für Celina empfunden hat als sie. Je mehr Fernando darüber nachgedacht hat, desto wahrscheinlicher wurde dieser Gedanke. Sie hat ihn bestimmt schon längst vergessen, sie wollte ihn von Anfang an nicht. Wie lange musste Nando kämpfen, damit sie ihn überhaupt sieht, mit ihm redet, kämpfen für ihr kleines kurzes Glück. In der Dominikanischen Republik konnte er damit einigermaßen lernen umzugehen, wie sie es gesagt hat, er muss sie loslassen, wenn es das ist, was sie glücklich macht.

Als sie nach ihrem Urlaub nach Hause gekommen sind, wurde gerade das Schlafzimmer fertig, welches er extra für Celina als Überraschung hatte bauen lassen. Olivia hatte ihn beraten, es sollte nun einen Traum für jede Frau darstellen. Helle Möbel, ein Kamin, ihr Traumbett, großes Bad, großer Kleiderschrank. Olivia hat sogar passende Kerzen bestellt, doch Nando setzte sich nur auf das Bett und starrte Stunden auf das Bild, was er extra anfertigen lassen hat. Es zeigt Lares, ihre Heimat.

Nando hat sich vorgestellt, wie glücklich es sie machen würde, wenn sie jeden Morgen aufwachen und darauf schauen würde. Deswegen sieht es aus, als würde man aus einem Fenster sehen. Er ist aufgestanden und zu ihr gefahren, obwohl er das nie wieder tun wollte. Er wollte nur einmal sehen, wie es ihnen geht, ob alles in Ordnung ist, doch sie waren weg. Der Sohn des Hausmeisters erzählte ihm, dass sie vor kurzem ausgezogen sind, zurück aufs Land. Das war der Punkt, an dem Fernando aufgegeben hat, er gehört nicht mehr in ihr Leben, hat es wahrscheinlich nie wirklich. Aber eines wollte er noch für sie tun.

Er hat sich José und Gabriel sowie ein paar zuverlässige Männer geschnappt und ist mit ihnen nach Lares gefahren. Alles dort hat ihn an Celina erinnert, doch das hat er versucht zu ignorieren. Sie mussten zwei Dörfer weiterfahren, bis sie auf die Kleingang gestoßen sind, die hier in der Gegend Geld einsammelt und, wie sie selber sehen konnten, davon gut zu leben scheint. Keiner der anderen wusste genau, worum es geht, doch sie ließen Nando einfach machen. Der Chef der Familia war sehr überrascht, plötzlich mehrere Mitglieder der Natos vor sich zu haben. Nando dachte darüber nach, ob er es vielleicht ist, der Celinas Vater auf dem Gewissen hat, doch dann verwarf er den Gedanken schnell wieder. Es bringt nichts, darüber Vermutungen anzustellen, davon wird es auch nicht ungeschehen. Er konnte nur dafür sorgen, dass in Zukunft so etwas nicht mehr passiert.

Wie es zu erwarten war, willigte der Anführer sofort ein und versprach, die Dörfer, die eh im Einflussgebiet der Natos liegen, in Ruhe zu lassen. Was blieb ihm auch anderes übrig? Nando ist sich der Tatsache bewusst, die anderen wissen sehr wohl, dass die Natos gar nicht die Zeit haben, das zu überprüfen. Deswegen ging er auf Nummer sicher und sagte, dass er direkten Kontakt nach Lares hat und es erfahren wird, wenn sie dort noch einmal auftauchen. Wenigstens dort will er die Kleinbanditen nicht mehr wissen.

Auf dem Rückweg hielten sie bei dem Laden von Rosamaria, in dem Celina und er an ihrem Geburtstag waren. Natürlich fragte sie sofort nach Lina, was Nando zeigte, dass sie vielleicht aufs Land gezogen sind, aber nicht zurück nach Lares. Wer weiß, wo sie jetzt leben. Er sagte, dass er nicht wüsste, wie es Celina geht und Rosamaria schien zu verstehen. Trotzdem verwöhnte sie ihn und die anderen, bis sie fast schon zurück in die Stadt kugelten.

Nando hat probiert einfach weiterzumachen, an andere Frauen war aber trotzdem nie zu denken. Er hat es probiert, aber es ging nicht, bis er auf Francis getroffen ist. Francis ist Celina in vielem ähnlich, selbst optisch. Und zum ersten Mal konnte er sich wieder mit einer anderen Frau befassen, ohne dass es zu sehr weh getan hat. Nando und sie haben sich gut verstanden. Weil er nicht noch einmal zurück in das Loch fallen wollte, hat er ihren Antrag angenommen, den sie ihm nach einem Monat gemacht hat, vielleicht hat sie gespürt, dass er nie ganz da war und wollte ihn so halten.

Es war nie so, dass er Liebe für Francis empfunden hätte. Respekt, Zuneigung, doch er kann nach den für Celina empfundenen Gefühlen nicht mehr von Liebe sprechen. Doch es war gut, mit ihr in die Zukunft zu sehen, zu planen. Sie wollte das ganze Haus renovieren. Bei allem guten, was es in der Zeit gab, es ist ihm immer wieder passiert, dass er aufgewacht ist, neben sich auf die langen schwarzen Haare geblickt hat und sein Herz schneller angefangen hat zu schlagen. Wenn Francis sich dann umgedreht hat, war jedes Mal ein Ziehen im Herzen, was er nicht abstellen konnte, egal wie sehr er es versucht hat.

Als dann Alonzo eines Tages zu ihm gekommen ist und ihm erzählt hat, dass er zufällig Celina begegnet ist, war das wieder ein Zeichen des Schicksals. Fernando kam sich dumm vor, ihn nach jeder Kleinigkeit auszufragen, doch es war das erste Lebenszeichen von ihr seit langem. Alonzo erzählte, dass sie gut aussieht, sie war gut gelaunt, hat nach Nando gefragt, erzählt, dass es ihr und der Familie gut geht. Für ihn war die Einsicht, dass sie ihr Leben schon lange ohne ihn weiter lebt, ernüchternd und schmerzlich zugleich. Wahrscheinlich hat sie schon einen neuen Partner, einen Mann, der nicht zu einer Familia gehört, der sie nicht einer ständigen Gefahr aussetzt.

Auch wenn es gut ist zu wissen, dass es ihr gut tut, schmerzt es ihn. Er hat sie wirklich geliebt, sie fehlt ihm jeden Tag. Auch, wenn sie nicht soviel Zeit zusammen hatten, wird er diese nie vergessen. Er hätte alles für sie aufgegeben, auf alles verzichtet, doch das was er ist, wozu er geboren wurde, seine Familie trennt ihn von ihr, das ist das Einzige, was er nicht ändern kann. Manchmal, wenn er mit seinen Brüdern im Auto durch die Stadt fährt und verliebte Paare sieht, normale Paare, bei denen der Mann vielleicht einen Laden hat, ein Büroangestellter ist, erwischt er sich selbst dabei, wie er es verflucht zu der Familia zu gehören, doch dann kommt er wieder zur Besinnung.

Er darf und wird seine Familie nie anzweifeln. Er lässt das mit Francis einfach laufen, er wird sich eines Tages ganz damit abfinden. Solange wird er darauf hinarbeiten, eine Familie zu haben. Allerdings merken er und Francis schnell, dass es so nicht geht. Als sie beginnt zu planen, wie das Haus renoviert wird und in das Schlafzimmer will, was fast immer verschlossen ist und das für Celina und ihn gedacht war, bringt es Nando nicht übers Herz. Er kann diese Erinnerung nicht löschen, auch wenn er es eigentlich sollte. Nach einem langen Gespräch mit Francis ist beiden klar gewesen, dass sie keine Zukunft haben. Sie hat ihm Glück gewünscht und gesagt, er solle erst einmal mit der Vergangenheit abschließen, bevor er über eine Zukunft nachdenkt.

Fernando hat danach ein Loch in die Tür geschlagen, aus der sie hinaus ist. Er versucht es ja, er versucht es wirklich, weil er es will. Er ist Fernando Nato, er hat Macht über fast alles und jeden, aber sein Herz kann er nicht steuern.

»Du musst sie endlich vergessen!« Fernando sieht auf dem Weg zum Parkplatz in das Schmuckgeschäft, wo er das Armband und die Anhänger für Celina gekauft hat. »Das habe ich schon längst!« Er weiß, dass er seinem besten Freund und auch seinen Brüdern nichts vormachen kann, er bemerkt oft genug ihre Blicke auf ihm. Nach außen wirkt es so, als wäre er eiskalt geworden. Er hat selbst gehört, wie Mitglieder der Natos getuschelt haben, dass Fernando in den letzten Monaten kaum wiederzuerkennen ist, doch seine engsten Vertrauten wissen, dass er alles andere als kalt ist, sie kennen ihn zu gut. Da kann er 'Es ist alles in Ordnung' sagen, so oft er will.

Als sie sich ins Auto setzen, seufzt Alonzo laut auf und greift an Fernando vorbei ins Handschuhfach. »Ich weiß nicht, ob das wirklich so eine gute Idee ist, aber das habe ich bekommen.« Alonzo braucht gar nicht weiterzureden, als er mehrere helle Karten mit schwarzen Schmetterlingen drauf herausholt. Es sind persönliche Einladungen von Casper. Das Black Butterfly eröffnet ein Jahr nach dem großen Brand wieder, und sie sind alle zu der großen Feier eingeladen. Fernando weiß, sie wird auch da sein, auch wenn sie weggezogen sein sollte, das wird sie nicht verpassen. »Ich denke, es wäre besser … « Nando unterbricht seinen besten Freund. »Wir gehen hin!« Und wenn nur um zu sehen, wie glücklich sie ist und um sie sich ein für allemal aus dem Kopf zu schlagen, aber Fernando wird an diesem Samstag zu der Feier gehen.

Fernando kann die Tage bis Samstag kaum abwarten, er weiß nicht, was er sich verspricht, es wird nichts ändern, aber vielleicht muss er Lina einfach noch einmal sehen. Sehen, wie glücklich sie ist. Vielleicht reicht es schon mit ihr zu sprechen, um zu merken, dass da nicht mehr viel zwischen ihnen ist, er hat sonst alles versucht, vielleicht ist es einfach das, was er noch braucht. Er weiß nicht einmal, was sie gerade tut oder macht.

Eigentlich ist die Wahrscheinlichkeit, dass sie überhaupt auftaucht, gering, doch irgendetwas in ihm sagt ihm, dass sie kommen wird. Als sie alle zusammen das frisch renovierte Black Butterfly betreten, pfeift José durch die Zähne, auch Nando nickt anerkennend mit dem Kopf, das hat Casper sehr gut hinbekommen. Es wirkt sogar noch edler als vorher, dabei hat der Club schon vorher zu den besten in San Sebastian gehört.

Da taucht Casper auch schon auf und begrüßt sie freundschaftlich. Er begleitet sie höchstpersönlich zu ihren alten Tischen und gibt eine Runde aus, natürlich würde er sich freuen, sie wieder zu seinen Stammkunden zählen zu können.

Kaum haben sie Platz genommen und ihre Getränke bekommen, stellt sich Casper an das Geländer, von dem man in den Normalo-Bereich gucken kann und beginnt mit einer Rede. Er erzählt vom Brand und der neuen und alten Philosophie des Black Butterfly. Er ist schon fast am Ende, da scheint er etwas zu erblicken.

»Willkommen, Schönheiten, kommt mal her.« Nandos Herz beginnt schneller zu schlagen, als er Celina und Josy die Treppen heraufkommen sieht. Nando hatte Celina jeden Tag vor seinem inneren Auge und doch haut ihn ihre Schönheit erneut um. Sie ist nur noch hübscher geworden. Ihre Locken länger, das rote Kleid, was sie trägt, schmiegt sich an ihre Haut. Auch wenn das Licht gedämmt ist, strahlen ihre Augen mit ihrem Lächeln um die Wette. Sie begrüßen Casper freudig und er wendet sich wieder an die Leute im Club.

»Wie ihr seht, war das Black Butterfly schon immer berühmt dafür, die schönsten Kellnerinnen im ganzen Land zu haben, diese beiden sind der Beweis dafür, auch wenn sie wie immer zu spät kommen.« Nando muss lächeln. »Auch jetzt werden wir diesen Standard halten und ich verspreche euch, dass dieser Club wieder die beste Adresse in San Sebastian, nein, in ganz Puerto Rico wird ... und nun amüsiert euch.« Celina und Josy wenden sich gleich zur Bar und begrüßen Joe stürmisch. Nando kann seinen Blick nicht von ihr lassen. Erst als sie Joes Glatze küsst, als dieser sie hochhebt, wendet er sich ab.

Es ist schon schlimm genug, sich die ganze Zeit ihretwegen zu quälen und dass seine Familie das mitbekommt, er muss sie nicht auch noch vor allen anstarren, also klinkt er sich in das Gespräch von Alonzo und seinem Cousin ein. Erst als er einen Schluck trinkt, sieht er sich wieder um und trifft genau auf Celinas Augen. Fernando muss wirklich schlucken, als er ihr nach so langer Zeit wieder in die Augen sieht. Doch er lässt keine Gesichtsmimik zu, und es kommt ein anderes Gefühl hoch, wenn er sie so sieht: Wut.

Wut darüber, dass sie nicht mehr zu ihm gehört, dass er ihr nicht gut genug ist. Celina beginnt zu lächeln. Einen Moment lang bildet sich Nando ein, Tränen in ihren Augen zu sehen, doch dann kommt Casper und stellt sich genau vor sie und trennt somit ihren Augenkontakt.

Sie setzen sich an einen Tisch und Casper beginnt auf Celina einzureden, dann taucht auch noch der Kellner auf, der Nando früher immer ein Dorn im Auge war. Sie lachen, nur Casper wirkt etwas angestrengt. Nando ist sich sicher, er probiert, Celina wieder für das Black Butterfly zu gewinnen. José spricht ihn an und bringt ihn somit dazu, endlich aufzuhören Celina anzustarren. Ihr Cousin will ihnen ein paar Bilder zu einigen neuen Warenmodellen zeigen, sie stehen auf und ziehen sich in eine der Nischen um die Tanzfläche herum zurück, damit das nicht mitten im Geschehen passiert.

Während er sich die Bilder nur mit halbem Interesse ansieht, kommen Fernando Zweifel, ob es wirklich so eine gute Idee war herzukommen. Er hätte auf Alonzo hören und es sein lassen sollen. Sie bereden ein paar Details zu dem Deal und wollen zurück zum Tisch. Celina sitzt an der Bar. Als sie vorbeigehen, steht sie gerade auf und stolpert fast in Fernandos Bruder hinein. »Lina!« Fernando steht hinter seinem Bruder und würde am liebsten laut los fluchen. Was für eine unangenehme Situation. »José!« Sein Bruder umarmt sie, Nando weiß, dass er sie immer gemocht hat. Er stellt sich neben ihn, jetzt kommt er eh nicht mehr drumherum. Als sein Bruder sie loslässt, sieht sie ihn unsicher an.

»Celina!« Fernando versucht sich nichts anmerken zu lassen, sie braucht nicht zu wissen, dass sie noch täglich in seinen Gedanken ist. Auch er nimmt sie in den Arm, es fühlt sich so gut an sie wieder zu halten und ihren Geruch um sich zu haben, doch schnell löst er sich wieder. »Du bist ja immer noch so zerbrechlich«, lächelt er. »Wie geht es dir?« Fernando mustert sie. Sein Bruder klopft ihm auf die Schulter. »Ich gehe zu ...Theresa.« Fernando lacht leise. »Ich glaube, sie heißt Tessa.«

José zuckt die Schultern. »Wie auch immer«, grinst er seinen älteren Bruder an, bevor er davongeht und Nando sich wieder Celina zuwendet. Er setzt sich auf einen Barhocker und deutet ihr, sich zu ihm zu setzen. Wenn sie jetzt schon in der Situation sind, will er auch wissen, was bei ihr und ihrer Familie so alles passiert ist. »Also erzähl mal, Celina, wie geht es dir und deiner Familie?« Und Celina beginnt wirklich zu erzählen. Sie sind umgezogen, weil ihre Mutter eine Arbeit auf dem Land bekommen hat, also nicht ganz auf dem Land, aber am Stadtrand in einem Altersheim. Sie muss nicht mehr soviel arbeiten und versteht sich sehr gut mit dem Besitzer. Celinas Lächeln lassen ihn ihre unausgesprochenen Worte erahnen. Sie erzählt von dem Haus, in dem ihre Mutter und Malik nun leben und dass der Kleine jetzt zur Schule geht.

Zu seiner Verwunderung ist Celina aber in der Stadt, die sie eigentlich so gehasst hat, geblieben und wohnt nun mit Josy zusammen in einer Wohnung. Sie arbeitet bei einem Anwalt, was Nando etwas die Augenbrauen hochziehen lässt, doch sie scheint glücklich zu sein und das ist das Wichtigste.

Sie sitzen lange da, Nando genießt es einfach, ihr beim Reden zuzuhören. Erst als sie dann fragt, was es bei ihm Neues gibt, antwortet er ziemlich knapp, dass alles in Ordnung sei, wie sollte er all das Chaos, was sie in seinem Leben hinterlassen hat, auch in Worte fassen?

»Hey, ihr beiden, T… Tessa hat Hunger, wir wollen noch etwas essen gehen. Kommt ihr mit?« Plötzlich steht José mit seiner blonden Begleitung, die er immerhin schon ein paar Tage um sich herum hat, neben ihnen und Celina sieht zur Uhr. Fernando wendet sich zu ihnen um. »Ja, ich habe auch Hunger. Wo wolltet ihr hin?« José zuckt die Schultern. »Keine Ahnung, worauf hast du Appetit?« Er sieht zu der Frau. »Hmm…ich esse eigentlich nur Salat.« Jetzt wendet sich auch Celina um und betrachtet die beiden. »Was haltet ihr von Tortillas? Ich kenne den besten Laden in der Stadt«, wirft Fernando ein und lächelt Celina an. José lacht. »Gute Idee, wir waren schon lange nicht mehr da.« Nando wendet sich an Lina. »Wie sieht es aus, Celina? Kommst du noch mit auf ein Tortilla?«

Er möchte, dass sie mitkommt, doch er versucht, es so gleichgültig wie es nur geht klingen zu lassen. »Ich weiß nicht, ich denke…« Die Begleitung von José unterbricht sie. »Ach, komm mit, sonst bin ich mit den beiden alleine. So ist es doch viel lustiger.« José grinst. »Ja, Lina, komm schon, was ist schon dabei?« Fernando gibt schon die Hoffnung auf, als Celina vom Hocker steigt. »Okay, ich habe auch Hunger, ich muss nur … wo ist bloß Josy?« Fernando steht bereits neben ihr. »Die sitzt dort an der Tanzfläche.«

Celina geht ihr schnell Bescheid sagen. Als sie dann zusammen aus dem Club gehen, weiß Fernando nicht mehr, ob es gut oder schlecht sein wird, aber er will sich darüber jetzt keine Gedanken machen. Er genießt es viel zu sehr, dass er sie um sich herum hat. Während der Fahrt zum Tortilla-Laden wird Fernando mehr als einmal daran erinnert, dass dies keine so gute Idee ist. Celina sitzt neben ihm, ihr Duft hüllt ihn ein, er versucht, sich auf die Straße zu konzentrieren.

Doch alles an ihr zieht ihn wieder magisch an, wie sie sich aufregt, als er und sein Bruder sie wegen ihrer kleinen Schrottkarre belächeln. Josés Begleitung besteht darauf, das Lied, was gerade gespielt wird, laut zu hören. Die letzten Wochen wurde es ständig im Radio rauf und runter gespielt, ein Mann besingt seinen Schmerz, wie es ist, jeden Tag ohne die Frau zu sein, die man liebt. 'Es ist einfach nur ein neuer Tag ohne dich.' Er will das Lied ausschalten, wie auch schon die Tage davor, doch die anderen hindern ihn daran. Er möchte nicht zeigen, dass ihn diese Worte treffen, zeigen, wie sehr Celina ihn fehlt.

Als sie dann im Tortilla-Laden sind, in Celinas alter Gegend und die Begleitung von José. »Schlimme Gegend hier« murmelt, kann Celina nur lächeln, doch Fernando sieht sie ernst an, als er auf ihren Blick trifft. Berührt sie all das gar nicht mehr? Sein Bruder bestellt und plötzlich hält ihn Celina am Arm zurück. »Können wir kurz reden … allein?« Es ist keine gute Idee, doch er wird ihr diesen Wunsch nicht abschlagen. Nando nimmt etwas zum Essen und zum Trinken und wendet sich an seinen Bruder. »Wir sind draußen.« Sie laufen zusammen zum Fußballplatz und setzen sich auf eine Bank. Es ist kurz still, beide essen etwas, bis Celina zu reden beginnt.

»Fernando, ich wollte es dir eigentlich schon die ganze Zeit sagen, aber irgendwie habe ich ....war ich immer zu feige. Es tut mir so leid, was damals passiert ist. Ich hätte damals nicht so reagieren dürfen, das war ungerecht von mir, und du hast das nicht verdient. Die ganze Zeit quält mich mein schlechtes Gewissen deswegen, es tut mir so leid«, sprudelt es plötzlich aus ihr heraus. Fernando weiß nicht, wie er das einordnen soll. Lag es ihr wirklich die ganze Zeit auf dem Herzen? Es hat nicht so gewirkt, ihr scheint es doch sehr gut zu gehen. Wahrscheinlich hat sie trotz seiner Bemühungen gleichgültig zu wirken, gemerkt, wie sehr er sich zum Trottel macht und hat einfach nur Mitleid. »Es muss dir nicht leid tun, ich habe es verstanden, nachdem was dir und Malik passiert ist.«

Fernando lehnt sich zurück und sie sieht in sein Gesicht. »Aber ich hätte dir das nicht vorwerfen dürfen....« Er unterbricht sie. »Das hast du nicht, Celina, glaube mir, ich kann mich noch an jedes Wort erinnern. Du hast es mir nicht vorgeworfen, du hast nur gesagt, dass du damit nicht leben kannst und das verstehe ich.« Celina sieht ihn verwundert an nach seiner Aussage. Er muss es ja verstehen, was bleibt ihm anderes übrig?

»Ich wollte nur, dass du weißt, dass ich es bereue.« Jetzt sieht er sie verwundert an. »Dass du was bereust?« Fernando wendet den Blick nicht von Celina ab. Er schaut ihr ins Gesicht, während sie wegsieht und da erkennt er, dass es auch für sie nicht so leicht ist. Sie sieht plötzlich wieder so verletzlich aus und es tut ihm leid, dass er ihr offenbar so ein schlechtes Gewissen bereitet. »Du musst keine Schuldgefühle haben, Celina.« Nun sieht sie ihn doch an. Er bildet sich ein, Tränen in ihren Augen zu sehen. »Habe ich aber.«

»Hier seid ihr, können wir langsam?« José unterbricht sie. Fernando versucht die ernsten Themen zu vergessen. Celina bekommt ihre scharfe Tortilla wohl nicht, denn sie leert zu schnell ihre

Getränkedose, Fernando gibt ihr seine auch noch und muss lächeln. »Bist du schon so entwöhnt?«

Sie fahren zurück. Tessa, die Begleitung seines Bruders, redet von nichts anderem, als der Geburtstagsfeier seiner kleinen Nichte, die morgen ein Jahr alt wird. Fernando weiß, dass José eigentlich nicht vor hat sie dorthin mitzunehmen und er fragt sich, wie sein Bruder aus der Sache wieder rauskommen will. Plötzlich wendet sie sich an Celina. »Kommst du morgen auch? Dann gibt es wenigstens eine Person, die ich dort schon kenne.«

Celina scheint ihr nicht zugehört zu haben, sie hat die ganze Zeit gedankenverloren aus dem Fenster geblickt. »Wohin?« Tessa lacht. »Wo bist du mit deinen Gedanken? Am Montag zur Geburtstagsfeier von der kleinen Nichte der beiden?« Celina schüttelt den Kopf. »Nein…ähm, ich komme da nicht hin.« Nando hätte sie selbst einladen müssen. »Du kannst gerne kommen.« Fernando sagt das so unbedeutend wie nur möglich. »Ich habe in letzter Zeit viel gearbeitet und Malik versprochen, morgen was mit ihm zu unternehmen.« Fernando lächelt. »Umso besser, Alonzos Sohn kommt auch dahin, es sind viele Kinder da … ich würde Malik wirklich gerne einmal wieder sehen.« Nun lächelt Celina auch. »Okay, wir können ja kurz vorbeikommen, Malik hat dich auch vermisst, er freut sich sicher.« Bei ihren Worten sieht Fernando wieder stur auf die Straße, er darf das ganze nicht wieder zu nah an sich heranlassen.

Als sie Lina an ihrem Auto herauslassen, schreibt Fernando noch eine SMS mit der Adresse, zu der sie morgen kommen soll, sie weiß ja bis heute nicht, wo er wohnt. Sobald sie vor seinem Haus halten, verabschieden sich José und Tess. Fernando zieht sich sein Shirt aus und geht direkt in das Schlafzimmer, was er für Celina hat anfertigen lassen. Als er sich auf das Bett setzt, hat er noch ihren Geruch in der Nase, er sieht ihre strahlenden Augen vor sich und auch ihr verletztes Gesicht, als sie geredet haben. Nando flucht laut auf, er wollte immer, dass sie zu ihm kommt, dass sie seine Familie kennenlernt. Doch dass sie das jetzt tut, nachdem sie beide getrennt sind, fühlt sich falsch an. Er weiß, dass es morgen für ihn schwer sein wird.

Nando legt sich zurück und schließt die Augen. Es hat ihn noch nie etwas in die Knie gezwungen, doch diese Frau zu vergessen, scheint für ihn der schwerste Kampf zu werden, den er jemals geführt hat.

Kapitel 10

Fernando kann nicht gut schlafen und geht schon früh rüber zu Arturo. Die Frauen laufen hektisch im Garten herum, er und seine Brüder stellen noch Tische hin und hängen gefüllte Piñatas auf. Er hebt seine Nichte Cassandra auf seine Schultern und lässt sie sich an ihrem Geburtstag noch größer fühlen, wofür er sich gleich einen warnenden Blick seiner Schwägerin einfängt. Cassandra ist von ihnen allen der Sonnenschein, und sie sagt, sie wird zu verwöhnt von ihren vielen Onkel.

Der Garten füllt sich immer mehr, Fernando sieht immer wieder zur Eingangstür, doch irgendwann gibt er auf. Vielleicht kommt sie doch nicht, wahrscheinlich hat sie es sich doch noch einmal überlegt, mit einer Familia zusammen zu feiern. Es wird wohl auch besser so sein. Doch irgendwann hört er José nach ihm rufen und entdeckt Celina und Malik neben ihm, Gabriel und Arturo. Er muss Cassandra, die gar nicht mehr von seinem Arm will, absetzen, als Malik strahlend zu ihm gerannt kommt und ihm in die Arme springt.

»Hey Großer!« Als er Malik einen Kuss auf die Wange gibt, wird ihm bewusst, wie lange die Trennung schon her ist, der Kleine ist wirklich schon viel größer geworden. Ein Jahr verändert vieles. »Wie schnell bist du gewachsen? Ich habe gehört, du bist jetzt ein Schulkind?« Malik nickt und grinst. »Guck mal, ich habe zwei Zähne verloren.« Nando lacht und wuschelt ihm über den Kopf, bevor er Celina begrüßt.

»Hey!« Celina lächelt leicht. »Hallo!« Arturo stellt sich neben Fernando, Cassandra ist nun auf seinem Arm, will aber wieder zu ihrem Lieblingsonkel, wie sie ihn heimlich nennt. »Nannndoo«, brabbelt sie, und Fernando nimmt sie seinem älteren Bruder ab. »Ist sie das Geburtstagskind?« Fernando braucht Celina nicht zu antworten, Cassandras breites Grinsen verrät alles. »Ja, das ist meine Nichte Cassandra.« Malik reicht ihr ein Geschenk und beide beglückwünschen sie, was Cassandra sichtlich freut, sie gibt Malik sogar einen kleinen Kuss auf die Wange. Jason, Alonzos Sohn, taucht auf. »Hallo Malik, da bist du ja, komm wir spielen Fußball. Nando und mein Vater spielen auch mit.« In dem Moment kommt auch Tessa zu ihnen. »Ach, hier seid ihr?« Celina sieht sich etwas überfordert um, wie immer wenn sie Feste feiern, ist es sehr voll im Garten. Doch dann nickt sie zu Malik. »Geh nur spielen.« José sieht genervt zu Tessa. »Ich spiele auch mit.«

Arturo und Gabriel werden von Olivia zu Hilfe gerufen, und Nando geht näher zu Celina. »Da drüben findest du Essen und Trinken … ähm, wir spielen hier vorne.« Er zeigt auf eine der Rasenflächen. »Falls du … Malik suchst.« Celina nickt und Tess hakt sich bei ihr ein, als die Männer zum Rasen gehen, um Fußball zu spielen.

Fernando muss während des Spiels immer wieder lachen, Malik macht wirklich alle fertig, er hat unglaubliches Talent. Sein Blick geht auch immer wieder automatisch zu Celina, doch sie scheint sich wohl zu fühlen. Irgendwann sitzt seine Schwägerin Olivia bei ihr und sie unterhalten sich. Es versetzt Fernando einen Stich zu sehen, dass jetzt das eintrifft, was er sich schon die ganze Zeit gewünscht hat, dass sie kommt und seine Familie kennenlernt. Sich selbst ein Bild macht, dass sie nicht die bösen Menschen sind, wie man es von Anführern einer Familia erwartet, sondern trotz allem eine normale Familie.

Fernando sieht auf die vielen engeren Mitglieder, die hier versammelt sind. Auch wenn das Wohngebiet sehr gut bewacht ist, sieht man bei einigen Waffen im Hosenbund, zumindest halbwegs normal. Als er dann beobachtet, wie Arturo sich zu Celina setzt und mit ihr redet, hofft er für seinen Bruder, dass er nicht noch einmal mit ihr über die Vergangenheit spricht. Als das Spiel beendet ist und sie noch ein neues beginnen, lehnt Nando ab. Er sieht Arturo ins Haus gehen. Celina hat noch nichts gegessen, also häuft er auf zwei Teller für sie und für sich alle Leckereien auf und geht zu ihr.

»Du hast noch gar nichts gegessen.« Fernando setzt sich ihr gegenüber. »Danke, aber ich habe keinen Hunger.« Er zieht die Augenbrauen hoch. »Du solltest etwas essen.« Er lächelt, als sie ihn ansieht. »Wenigsten ein bisschen was.« Celina lächelt zurück und beginnt zu essen. »Magst du Olivia?« Lina nickt. »Ja, sie ist sehr nett und Cassandra ist wirklich niedlich.« Nando nickt. »Sie mag dich, eigentlich kommt sie sonst nur zu ihren Onkel«, erklärt er stolz. »Ich glaube, das liegt an meinen Haaren.«, erwidert Lina lachend. Nando hat gesehen, wie Cassandra ihre langen Locken immer wieder angefasst hat. »Dein Bruder ist auch sehr nett.« Fernando lehnt sich zurück. »Welcher?« Celina sieht sich um. »Alle, aber Arturo scheint der ruhigste von euch zu sein. Ich habe mich vorhin mit ihm unterhalten.«

Er nickt. »Das habe ich gesehen, worüber habt ihr geredet?« Celina sieht wieder auf ihren Teller, wieder sieht sie so verletzt aus. »Über das, was passiert ist … mit Malik damals.« Nando seufzt auf. »Meine Brüder sind Klatschweiber, sie sind wirklich schlimm.« Celina lacht. »Einer von euch fehlt doch, oder?« Fernando nickt. »Nathan und meine Schwester, beide sind gerade in Italien und haben es nicht geschafft…« In dem Moment kommen Olivia und Tess zu ihnen. »Nando, der Fotograf will von euch Brüdern auch ein paar Fotos machen, kommst du?«

Fernando hasst es, aber seine Schwägerin besteht darauf und er folgt ihr, während Tess bei Celina bleibt. Es werden erst Bilder von der engsten Familia gemacht, dann kommen die Frauen dazu. Eine Cousine, die er lange nicht gesehen hat, stellt sich zu Nando. Er küsst ihre Wangen zur Begrüßung, sie war schon immer seine Lieblingscousine, deswegen genießt er die Familienfeste, weil alle mal wieder zusammenkommen.

Plötzlich sieht Nando, wie Celina ins Haus verschwindet. Tess sieht ihr besorgt hinterher. Als sich Tess umdreht und auf Nandos Blick trifft, zuckt sie verwundert die Schultern. Nando zögert keine Sekunde und folgt Celina. Im Haus steht sie an einer der Säulen im Hausflur und weint. Nando geht zu ihr. »Was ist los?« Lina schreckt zusammen, sie hat ihn nicht bemerkt. »Nichts.« Hastig wischt sie sich die Tränen ab. »Ich muss Malik langsam nach Hause bringen, er hat morgen Schule.«

Fernando hält ihren Arm fest, als Lina an ihm vorbei will. »Was soll das? Was ist los? Warum bist du so schnell hier rein?« Sie entzieht ihm den Arm. »Ich brauche nur kurz... ich musste nur einmal durchatmen.« Celina konnte ihm noch nie gut etwas vormachen. »Deswegen gehst du ins Haus... um durchzuatmen? Versuch mich nicht für dumm zu verkaufen.« Lina sieht ihn an. »Was willst du hören, Fernando?« Er verschränkt die Arme. »Die Wahrheit.« Dann sieht er wieder das Verletzte in ihrem Gesicht. »Die Wahrheit? Die Wahrheit, Fernando, ist, dass ich das nicht ertrage. Ich kann mir das nicht ansehen. Vielleicht ist das schwer zu verstehen, denn immerhin war ich diejenige, die dich weggeschickt hat, die gesagt hat, dass sie das nicht kann, nicht mit dir leben kann, aber Fernando, ich bereue das inzwischen so sehr. Die ganzen letzten Monate habe ich das alles so bereut, ich wünschte, ich könnte alles nochmal zurückdrehen, denn dann würde ich anders handeln. Ich würde mit allem leben, nur, damit du bei mir bleibst. Und dich jetzt zu sehen,.... ich dachte, es wäre leichter für mich, wenn ich sehe, dass du glücklich bist mit deiner Frau. Du hast das auch verdient, aber zu merken, dass du mich nicht mehr liebst, ich kann es nicht ertragen, es tut zu sehr weh.«

Celina wischt sich die Tränen weg. Bei jedem ihrer Worte ist Fernando wütender geworden, ist das ihr Ernst? Nach allem, was er getan hat, um sie zu vergessen, sagt sie ihm jetzt so etwas? Auch Celina sieht ihn wütend an. Einen Augenblick tun sie beide nichts anderes als sich wütend anzustarren. »Lina, Nando? Ich habe euch gesucht, wir wollen Tischtennis spielen.« Malik und Gabriel kommen ins Haus, Gabriel sieht verwirrt zwischen ihnen hin und her. Die Spannung muss für ihn spürbar sein. »Kommt ihr?« Malik stellt sich zwischen beide. »Malik, ich muss deiner Schwester etwas zeigen, wir bleiben aber in der Nähe. Gabriel kümmert sich um dich, wenn was ist, sag ihm Bescheid und er ruft uns, okay? Wir kommen gleich wieder.« Malik zuckt die Schultern. »Okay.«

Nando kann nicht aufhören, Celina wütend anzusehen, er kann das gerade nicht glauben. »Gabriel, pass kurz mal auf Malik auf.« Celina räuspert sich. »Ich will nichts mehr sehen.« Gabriel scheint noch verwirrter als Nando zu sein. »Oh doch, das wirst du, Celina!« Nando ist wütend, zu wütend, um es jetzt noch runterspielen zu können. »Ich passe auf Malik auf, alles okay?« Gabriel sieht seinen Bruder an, doch der nickt und deutet Celina mitzukommen. »Wohin willst du? Ich habe….« Er unterbricht sie. »Es ist nur zwei Häuser weiter, das wird dich schon nicht umbringen, also komm.«

Celina folgt ihm zu seinem Haus. »Ich verstehe gar nicht, warum du so sauer bist! Du wolltest doch die Wahrheit hören.« Fernando bleibt stehen und sieht sie an, dann flucht er und läuft weiter. Als sie vor seinem Haus stehenbleiben, sieht sich Celina um. »Was willst du hier?« Auch sie wird immer gereizter. »Das ist mein Haus«, erklärt Nando leichthin und schließt die Haustür auf. Fernando geht direkt nach oben zu dem Schlafzimmer, zu ihrem Schlafzimmer. »Was soll das, Fernando? Was soll ich hier?« Sie sieht ihn an. »Sieh richtig hin, Celina.« Er ist immer noch sauer. Fernando beobachtet jeden ihrer Schritte, er sieht genau den Zeitpunkt, als sie erkennt, wo genau sie gerade ist. Sie sieht lange auf das Bild von Lares. »Warum ... gibt es das Zimmer noch?« Diese Frage bringt Nando dazu, eine Vase vom Kamin zu zertrümmern, bei dem er steht. Celina sieht sich erschrocken zu ihm um.

»Warum, Celina? Ich glaube, du hast keine Vorstellungen davon, wie das letzte Jahr für mich war.« Sie setzt sich auf das Bett. »Doch, du hast geheiratet.« Fernando lacht bitter auf. »Nichts habe ich. Siehst du irgendwo eine Ehefrau oder einen Ehering? Wie sollte ich…« Er flucht. »Weißt du, wie verrückt ich geworden bin, als du mich verlassen hast? Ich habe es verstanden und versucht zu akzeptieren. Du hast gesagt, ich bin nicht gut für dich, dass ich dich in Gefahr bringe, und ich habe jeden verdammten Tag mit mir gekämpft, nicht wieder bei dir aufzutauchen, dich zu bitten zu mir zurückzukommen, nur damit ich nicht gegen deinen Wunsch gehandelt hätte, dich und deine Familie in Ruhe zu lassen.

Es hat mich wahnsinnig gemacht, ohne dich zu sein, ich habe dich jede Sekunde vermisst. Ich bin für einen Monat weggefahren, weil ich dachte, das hilft … hat es aber nicht. Als ich wiederkam, habe ich es nicht mehr ausgehalten und bin zu euch gekommen, aber ihr wart schon weg. Dann habe ich erneut alles daran gesetzt dich zu vergessen. Ich habe eine Frau getroffen, die dir wenigstens etwas ähnlich war, doch ich konnte nichts für sie empfinden, weil mein Herz nur für dich schlägt, Celina. Als sie mich gefragt hat, wollte ich sie heiraten. Glaub mir, ich hätte alles getan, um dich nur etwas zu vergessen, doch irgendwann bin ich aufgewacht. Nie durfte jemand in diesen Raum, nur ich habe mich immer wieder hierher zurückgezogen. Als sie dann daran dachte den Raum zu verändern und ich ihr gesagt habe, dass sie nicht mal im Traum daran denken soll, ist uns wohl beiden klar geworden, dass die Idee mit der Hochzeit nichts bringt.

Es gibt niemanden, der deinen Platz einnehmen kann. Und weißt du, irgendwann habe ich mich damit abgefunden, dass ich dich wohl immer lieben werde, aber mich von dir fernhalten muss. Als ich von der Feier im B.B. gehört habe, wollte ich dich nur mal wieder sehen. Ich hatte die Hoffnung dich wiederzusehen und wollte gucken, ob es dir gut geht... und jetzt stehst du hier, nachdem ich jeden einzelnen Tag gegen meine Liebe gekämpft habe, weil du gesagt hast, du kannst nicht damit leben, wer ich bin oder was ich bin und sagst mir einfach mal so, dass du es doch kannst?«

Fernando hat gar nicht gemerkt, dass er immer lauter geworden ist. Erst als er fertig ist, erkennt er, dass er Celina angeschrien hat. »Als ich das alles damals gesagt habe, meinte ich es auch so. Aber ich habe gemerkt, wie wichtig du mir bist und dass ich damit leben muss, weil ich nicht ohne dich sein will«, versucht Celina zu erklären. Fernando fängt an, durch den Raum zu gehen. »Wirklich? Warum hast du dann nicht einfach angerufen? Ich dachte bis gerade eben, dass du noch immer dieser Meinung bist.« Celina wird auch immer lauter. »Weil ich glaubte, du bist inzwischen verheiratet. Ich habe Alonzo getroffen, er hat gesagt du heiratest. Ich wollte… weißt du, wie das für mich war, als ich dachte, dass du jetzt eine Frau hast? Gestern und heute bin ich fast daran zerbrochen, dich zu sehen und zu wissen, dass du eine andere liebst.« Nando wirbelt zu ihr um. »Das tue ich nicht, Celina, und das hat mich vorhin so wütend werden lassen. Nach allem, was passiert ist, zu hören, dass ich dich nicht lieben soll, wärst du nicht diejenige, die mir das gesagt hat, sondern jemand anderes hätte es gewagt, ich hätte die Person….«

Celina steht vom Bett auf. »Aber ich dachte es doch, woher sollte ich denn wissen, dass es nicht so ist. Du warst so …gleichgültig mir gegenüber.« Nando sieht zur Terrasse hinaus. »Was sollte ich tun, Celina? Denkst du, es ist leicht für mich, dich mit meiner Familie zu sehen, das zu sehen, was ich mir immer gewünscht habe? Ich wusste ja nicht, dass du mittlerweile deine Meinung geändert hast und nun doch damit leben kannst.«

Fernando hört selbst, wie abwertend er das sagt, doch es hat sich zuviel in ihm angestaut, die Tür knallt laut zu und Celina ist weg. Nando flucht und läuft ihr hinterher. Mitten auf der Treppe hält er sie zurück. »Du machst mich wahnsinnig, Celina, warum haust du jetzt einfach ab?« Sie wirbelt zu ihm um. »Denkst du etwa, ich lasse mir jetzt von dir vorwerfen, dass meine Liebe zu dir stärker ist? Dass ich damit leben kann, nur um mit dir zusammen sein zu können? Hätte ich dir das etwa nicht sagen sollen? Du wolltest doch die Wahrheit hören, vielleicht wäre es besser, wenn ich nichts gesagt hätte, dann müsste ich mir das jetzt nicht vorwerfen lassen und…«

»Und was? Wir wären beide weiterhin unglücklich? Kannst du nicht verstehen, dass nach diesem Jahr diese Neuigkeit etwas viel für mich ist? Mein ganzes Leben war ich immer stolz, ein Los Natos zu sein, immer. Ich liebe meine Familie über alles, ich würde für unsere Familia sterben, nie habe ich das in Frage gestellt, und diese paar Wochen mit dir, nachdem was dir und Malik passiert ist, dass ich dich verloren habe, weil ich ein Nato bin... das erste Mal habe ich mir gewünscht, es nicht zu sein, und das war das Schlimmste. Ich war so nicht gut für dich, und ich hätte alles getan, um gut für dich zu sein. Ich wollte einfach, dass du wieder bei mir bist....« Nandos Handy klingelt, er geht genervt ran. »Was?« Er muss zurück, sie brauchen ihn. »Wir müssen rüber.«

Sie beide sind noch wütend, als sie zu Arturos Haus zurückkehren. Vor dem Haus stehen Arturo, Gabriel und José. Celina geht an ihnen vorbei ins Haus. Die Brüder ziehen die Augenbrauen hoch, es ist wohl nicht zu übersehen, dass es laut wurde. »Alles klar bei euch?« Celina quetscht sich ein »Alles klar« heraus. Sie stellen Nando die gleiche Frage, die er genauso wütend mit einem »Alles klar« beantwortet. Sie sehen alle Celina hinterher. »Man sieht, dass alles klar ist!« José grinst, doch Nando beachtet ihn nicht weiter, sondern geht in die Küche, wo die riesige Torte ist, die sie extra für Cassandra haben machen lassen. Sie müssen sie zu viert halten. Als sie sie im Garten vor der freudig hüpfenden Kleinen abstellen, muss Nando sie auf den Arm nehmen und auf einen Stuhl klettern, damit sie die Kerzen ausblasen kann.

Sie verteilen Kuchen und Nando sieht, wie Celina sich mit Olivia unterhält. Sein Kopf droht zu platzen, er kann das alles nicht fassen. Hat er sich ein Jahr umsonst gequält, Tag für Tag, sie wollte auch nichts anderes als zu ihm zurück? Er ist richtig froh, als ihm Gabriel einen nervigen Geschäftspartner am Handy reicht und er sich für ein paar Minuten zurückziehen kann, doch als er wieder in den Garten kommt, sind Celina und Malik weg. »Sie mussten los!« Sein Bruder klopft ihm auf die Schulter, Nando will etwas antworten, doch er kommt nicht dazu. Viele gehen und sie verabschieden alle, bevor Nando zu sich rüber geht.

Er knallt seine Haustür zu. Was hat er getan? Celina sagt ihm, was er sich das ganze Jahr über gewünscht hat und er schreit sie an? Eigentlich haben beide nichts anderes getan als sich ihre Liebe zu gestehen, wenn auch zu laut. Er nimmt sein Handy heraus und wählt ihre Nummer. Er wird sie nicht noch einmal gehen lassen. Er verlässt das Haus, genau in dem Moment kommt ihr Auto in die Einfahrt gefahren, sie ist von alleine zurückgekommen. Nando lässt sie nicht einmal richtig aussteigen und zieht sie sofort in seine Arme.

»Es tut mir leid, dass ich vorhin so ausgeflippt bin, ich dachte einfach…« Er nimmt ihr Gesicht in seine Hände und küsst ihre Wangen, bevor er sie wieder ganz in seine Arme nimmt. »…ich dachte, dass ich dich nie wieder bei mir haben würde, und ich danke Gott dafür, dass ich mich getäuscht habe.«

Celina seufzt zufrieden auf, kuschelt sich an ihn und küsst seinen Hals, er könnte in diesem Moment nicht glücklicher sein. »Du hast mir so gefehlt, Fernando.« Er umfasst ihren Nacken, küsst ihr Gesicht. »Du bist mein Leben, Celina. Du darfst mich nicht mehr verlassen, du gehörst zu mir.«, flüstert er und sie lächelt. »Werde ich nicht mehr, ich bleibe bei dir, ich will gar nichts anderes.« Endlich finden seine Lippen ihre. In diesem einen Kuss erkennt Fernando, dass ihre Worte wahr sind und sie ihn genauso vermisst hat wie er sie. Als sie sich lösen, gibt er ihr noch einige Küsse auf den Mund, bevor sie es pfeifen und klatschen hören. Sie sehen zu der Seite, von wo die Geräusche kommen und entdecken seine Brüder auf einer der Terrassen von Arturos Haus.

»Na endlich, das wurde aber auch Zeit«, grölt Gabriel. Fernando lacht und küsst Celinas Nase. »Ich sag doch, Waschweiber.« Fernando greift nach Celinas Hand. »Kommt ihr noch einmal rüber. Jetzt können wir Lina richtig in die Familie aufnehmen. Nicht, dass wir das nicht schon vor euch wussten, wir wollten euch nur nicht den Spaß verderben.«, gibt José seinen Senf dazu und lacht, wobei er sich eine Nackenschlag von Arturo einfängt. Fernando grinst in die Richtung seiner Brüder. »Morgen, so lange müsst ihr noch warten.« Er kann es nur so lange aushalten bis sie die Haustür geschlossen haben, dann küsst er sie wieder. Er legt all seine Liebe in den Kuss und Celina beginnt zu weinen. Fernando küsst ihre Tränen weg. »Hör auf zu weinen, mein Herz.« Aber Celina kann nicht und schmiegt sich in seine Arme. »Ich dachte wirklich, du wärst verheiratet, das hat mich fast umgebracht.« Er lächelt mild. »Ich bin gar nicht dazu in der Lage, jemanden anderes zu lieben.« Er sieht sie ernst an.

»Du willst es wirklich, Celina? Kannst du damit leben, dass ich zu den Los Natos gehöre?« Sie küsst ihn. »Ich weiß nicht, ob ich mich jemals ganz daran gewöhne, und ich werde sicher immer um dich Angst haben. Aber ich weiß von ganzem Herzen, dass ich nicht ohne dich leben will. Und wenn ich mich dann damit abfinden muss, dann tue ich das. Meine Liebe zu dir ist so viel stärker als alle Bedenken.« Fernando nickt. »Ich verspreche dir, dass du dir keine Sorgen um mich zu machen brauchst. Jetzt habe ich mehr Grund als jemals zuvor, gut auf mich aufzupassen, denn jetzt gibt es jemanden, zu dem ich immer wieder gesund zurückkommen möchte.«

Sie küssen sich und Nando bringt sie ins Schlafzimmer. Sie beide können sich nicht mehr bremsen. Es dauert keine zwei Minuten und alle Kleider sind weg. Als er sie dann aufs Bett legt, werden seine Bewegungen langsamer, er genießt es zu sehr sie wieder zu spüren. Zu merken, dass es ihr genauso geht, verstärkt das Gefühl nur noch mehr.

Keiner kriegt in dieser Nacht genug vom anderen, sie sagen sich immer wieder, wie sehr sie sich lieben. Celina wieder bei sich zu haben, zu wissen, dass sie wieder zu ihm gehört, sie wieder so zu spüren, macht ihn so glücklich, wie er es im letzten Jahr nicht einmal war. Irgendwann schläft sie ein, Fernandos Augen fallen zwar auch immer wieder zu, doch er zwingt sich wach zu bleiben und beobachtet Celina beim Schlafen. Er will sie nie wieder missen, das wird ihm jede Minute klarer. Ganz früh klingelt ihr Handy. Er sieht, dass es Josy ist und geht schnell ran, bevor Celina wach wird. Erst einige Zeit später öffnet sein Engel die Augen.

»Guten Morgen, mein Herz.« Sie lächelt. »Morgen ... hast du nicht geschlafen?« Sie gibt ihm einen Kuss. »Nicht viel.« Celina gibt ihm noch einen Kuss und er muss leise lachen. »Warum? Ich habe so gut geschlafen, wie lange nicht mehr.« Er lächelt. »Das habe ich gesehen. Keine Ahnung, wenn ich ehrlich bin, habe ich heute Nacht ein neues Gefühl kennengelernt. Ich habe schon so viel erlebt, Celina, ich habe schon viel mitgemacht. Ich wurde verletzt, Waffen wurden auf mich gerichtet,« Als sie auf seine Worte zusammenzuckt, streicht er mit dem Daumen über ihre Wange.

»Noch nie habe ich Angst verspürt. Heute Nacht habe ich zum ersten Mal so etwas wie Angst gespürt. Ich hatte Angst einzuschlafen und zu merken, dass ich nur geträumt habe, dass du wieder bei mir bist. Dass du dir das alles noch einmal anders überlegst... ich habe Angst, dich wieder zu verlieren«, gibt Fernando zu.

»Das brauchst du nicht, Fernando, ich bleibe bei dir.« Er gibt ihr einen Kuss auf die Nasenspitze. »Ich liebe dich.« Lina lächelt. »Ich liebe dich auch.« Sie sieht zur Uhr. »Oh mein Gott, ich habe verschlafen.« Celina will aufspringen, doch Fernando wirft sich lachend auf sie. »Josy hat auf deinem Handy angerufen, ich bin rangegangen ... sie freut sich übrigens für uns. Sie hat deinen Chef angerufen und dich für zwei Tage entschuldigt. Außerdem soll ich dir sagen, dass Casper sich Boxershorts gekauft hat.« Celina lacht glücklich, doch er hört auch, wie ihr Magen knurrt. Fernando hebt die Augenbrauen. »Du hast gestern kaum was gegessen, lass uns frühstücken.« Celina kneift die Augenbrauen zusammen. »Ich habe gar nichts zum Anziehen.«

Fernando will das Telefon vom Nachttisch nehmen. »Ich rufe Olivia an, sie bringt dir etwas rüber. Sie wartet bestimmt schon mit dem Frühstück auf uns.« Celina sieht ihn fragend an. »Na ja, das ist hier eher ein Männerhaushalt. Hier gibt es nichts zu essen, außer kalter Pizza.« Sie nickt. »Gehen wir nachher einkaufen, damit wir hier Essen haben?«

Fernando lächelt. »Bleibst du hier ... bei mir?« Celina küsst Fernando und der Kuss ist so süß und zärtlich, dass er keinen Zweifel an ihrer Liebe hat. »Willst du darauf morgen früh verzichten?« Fernando dreht sich auf den Rücken und zieht sie auf seinen Schoß, sodass Lina auf ihm sitzt. Er streicht ihre langen Locken auf ihrem Rücken, damit er einen freien Blick auf seinen Engel hat.

»Nie wieder.«

El Destino 2

Epilog aus El Destino

Nando und ich betreten zusammen das Grundstück meiner Mutter und entdecken Eduardo, der auf der Terrasse sitzt und uns entgegen lächelt. »Celina, du siehst müde aus, du arbeitest zu viel, genau wie deine Mutter.« Edi umarmt mich. »Das liegt wohl in der Familie«, lacht Nando hinter mir und umarmt Edi auch freundschaftlich. »Hier sind die Medikamente, die du brauchst.« Er überreicht Edi ein Paket und setzt sich auf die Terrasse vor dem Haus meiner Mutter. »Wo ist Mama?« Edi sieht ins Paket. »Die macht gerade das Essen. Danke, Nando, das erspart mir immer diesen Weg in die Stadt.«

»Mama, wir gehen«, tönt es von drinnen und Malik und Petro treten aus dem Haus heraus. Ich kann nicht fassen, wie groß mein kleiner Bruder geworden ist. Mittlerweile ist es über ein Jahr her, dass Nando und ich endgültig zusammengefunden haben. Es gibt keine Sekunde, in der ich die Entscheidung für Nando und gegen meine Einstellung bereut habe, im Gegenteil. Wir sind glücklich, wirklich glücklich. Vom ersten Tag an bin ich quasi bei ihm eingezogen. Nando und ich haben uns aufeinander eingespielt, was bei uns beiden einfach heißt, wir haben für alles einen Kompromiss gefunden.

Nando wollte gerne, dass ich aufhöre zu arbeiten, ich habe davor mehr als acht Stunden jeden Tag gearbeitet, nun arbeite ich nur noch dreimal die Woche. Nando wollte mir ein neues Auto kaufen, ich wollte meinen Allez behalten, nun fahre ich eines von Nandos Autos, und Allez steht trotzdem noch in unserer Einfahrt. Nando hat mir seine Kreditkarten gegeben, ich habe unsere Konten zusammengelegt, so dass mein Gehalt auf unser Konto kommt und ich nicht so ein schlechtes Gewissen habe Geld auszugeben, auch wenn mein Beitrag ein Nichts ist zu den Beträgen, die auf unserem Konto liegen.

Ich habe mich nicht wirklich damit abgefunden, dass Nando einer der Anführer der größten Gang Puerto Ricos ist, und er nimmt Rücksicht darauf. Natürlich komme ich nicht darum herum, einiges von den Geschäften mitzubekommen, die sie betreiben, aber Nando hat sich für mich etwas zurückgezogen. Hat er sich früher fast immer allein um die Angelegenheiten der Familia gekümmert, so gibt er jetzt auch einiges in die Hände von Gabriel und José. Alle Brüder haben von Anfang an darauf geachtet, dass die Beziehung von Nando und mir bekannt wird.

Anscheinend kann keiner so wirklich vergessen, was Malik und mir passiert ist, und noch immer wird vor allem Arturo nicht müde, mich als Nandos Verlobte vorzustellen, egal wen wir treffen. Ich begleite Nando, wenn sie woanders hin fahren oder fliegen müssen, fast immer und bei unserem ersten Aufenthalt in Barbados hat er mir einen Antrag gemacht.

Ganz romantisch, mit Fackeln und leckerem Essen am Strand bei Sonnenuntergang, ich konnte gar nicht anders, als ja zu sagen, und ich wollte es auch nicht anders. Nandos Familie ist zu meiner geworden, so wie er ein Teil meiner Familie ist. Es ist für mich schon normal, dass Gabriel ständig bei uns schläft, dass José und Nathan bei uns den Pool benutzen, weil ihrer umgebaut wird und Arturo mich besonders lieb hat. Cassandra ist mein kleiner Liebling geworden, mindestens einmal die Woche schläft sie zwischen Nando und mir in unserem Bett. Auch hat sie sich seit ihrem ersten Geburtstag geweigert, sich die Haare schneiden zu lassen, nur ich darf manchmal ihre Spitzen schneiden. Vor ein paar Monaten ist sie zwei geworden, und ihre Haare gehen ihr jetzt wie bei mir bis zu den Hüften. Sie liebt es, wenn ich sie ihr eindrehe, sodass sie solche Locken bekommt, wie ich sie habe.

Genauso ist Malik öfter bei uns. Gabriel, José und Nathan behandeln ihn wie ihren kleinen Bruder. Mehrmals die Woche holt ihn einer von ihnen von der Schule ab und unternimmt etwas mit ihm. Nando und Malik haben noch immer ein ganz besonders enges Verhältnis.

114

Malik klatscht mit Nando ab und gibt mir einen Kuss auf die Wange, auch Petro klatscht bei Nando ab und lächelt mich an. »Hallo Celina.« Nando lacht leise, ob Petro wohl jemals über mich hinwegkommt. »Wohin geht ihr denn?« Malik sucht seinen Ball. »Wir treffen uns mit Freunden.« Ich mustere meinen Bruder. »Mit welchen?« Er sieht zu mir. »Mit Freunden eben.« Ich verschränke die Arme. »Was ist das denn für eine Aussage?« Malik grinst zu Nando. »Du hast recht, die Arbeit bei einem Anwalt tut ihr gar nicht gut.« Nando grinst zurück und ich funkele ihn böse an. »Er trifft sich mit ein paar Mädchen«, ruft meine Mutter belustigt von drinnen. Ich lächele. »Wirklich? Oh mein Gott ... wer ist es denn? Wie sieht sie aus?« Malik seufzt schwer auf. »Du kennst sie nicht, und die kommen nur beim Fußballspielen zugucken, mehr nicht. Mädchen nerven, zicken sowieso nur herum.« Er lacht und klatscht bei Petro ein und ich stelle fest, dass mein kleiner Malik nicht mehr so klein ist, wie ich es gerne hätte. Ich gehe zu Malik und ziehe ihn in meine Arme.

»Celina, ich bin schon zu alt für so etwas.« Ich muss lachen. »Vor einer Weile hast du noch mit mir in einem Bett geschlafen und mit mir gekuschelt. Du fehlst mir.« Er richtet sich seine Haare und sieht mich an, in solchen Momenten erkenne ich meinen kleinen Malik wieder. Er lächelt und gibt mir einen Kuss auf den Mund. »Ich liebe dich.« Ich verwuschele seine Haare. »Ich dich auch, viel Spaß.« Bevor er rausgeht, pfeift Nando noch mal, und Malik und Petro drehen sich um. »Vergiss nicht das Vorspiel in diesem neuen Verein morgen. Ich hole dich von der Schule ab.« Malik nickt. »Kommst du mit Gabriel? Sein Auto ist der Hammer.«

Nando zuckt die Schultern. »Bestimmt.« Malik will gehen, doch dreht sich nochmal um. »Vergiss nicht ... sechzehn.« Nando lacht. »Versprochen.« Als Malik und Petro davonrennen, drehe ich mich zu meinem Verlobten um. »Was ist mit sechzehn?« Nando bekommt wieder diesen Blick, den er immer hat, wenn er weiß, dass ich sauer werden könnte. »Ich habe ihm versprochen, dass ich ihm dann sein erstes Auto kaufe.« Ich lächele mild. »Das ist eine gute Idee.« Nando zieht mich auf seinen Schoß und streicht meine Haare weg, sodass er an meinen Nacken heran kann, den er liebevoll küsst. »Wirklich?« Ich nicke. »Ja, so ein gebrauchter Allez ist genau das Richtige für einen Fahranfänger.« Nando lacht. »Mein Herz, das ist kein Auto.« Ich muss auch lachen und kuschele mich an ihn.

Auch nach der Zeit, die wir uns jetzt schon wieder haben, kriegt keiner genug vom anderen. Während Nando und Edi sich über ein paar Veränderungen in der Stadt unterhalten, lasse ich meine Gedanken schweifen und genieße die Luft hier draußen. Nando und Edi sind eigentlich von Grund auf die unterschiedlichsten Menschen, die man sich vorstellen kann. Der Besitzer eines Altenheimes und na ja, Nando eben ... aber die beiden verstehen sich sehr gut. Jeder scheint das von Nando trennen zu können, selbst mein Chef, ein eingefleischter Anwalt, hat Nando mittlerweile sehr in sein Herz geschlossen und sogar schon ein paar Sachen für Nandos Familie erledigt. Dass man bei Nando vergisst, was oder wer er ist, scheint nicht nur mir so zu gehen, man kann ihn sich kaum in dieser Rolle als Anführer der Los Natos vorstellen, aber es gibt diese Seite in ihm, und mittlerweile habe ich diese Seite auch schon öfter an ihm gesehen.

Es bleibt nicht aus, dass ich bei ihm bin, wenn er auf jemanden trifft, mit dem er was zu klären hat. Wenn er auf seine Geschäftspartner trifft, dann zeigt Nando eine Seite an sich, die selbst mir manchmal das Blut in den Adern frieren lässt. Nando kann brutal und gefährlich sein, und ich verstehe mittlerweile, warum er diesen Ruf hat und sich kaum einer an ihn herantraut, doch irgendwann habe ich auch diese Seite an ihm zu akzeptieren gelernt, und ich weiß genau, dass er diese Seite niemals in der Familie und bei den Menschen, die ihm etwas bedeuten, zeigt.

Meine Mutter kommt mit einer Paella raus. »Hallo, ihr beiden.« Sie gibt erst mir und dann Nando einen Kuss. Meine Mutter und Nando haben auch ein ganz besonderes Verhältnis. Manchmal denke ich, dass liegt daran, dass Nandos Mutter gestorben ist, denn Nando liebt meine Mutter wirklich sehr. Nicht nur mit mir am Wochenende, sogar unter der Woche kommt er öfter bei ihr vorbei, wenn er Malik von der Schule abholt oder auch mal einfach so, und ich weiß, dass meine Mutter ihn ebenfalls sehr lieb hat. Wenn ihr Schwiegersohn vorbeikommt und sie besucht, dann lässt sie alles stehen und liegen und verwöhnt ihn mit Leckereien, bevor sie sich zu ihm setzt und die beiden sich unterhalten.

»Celina, Schatz, du siehst müde aus, du arbeitest zu viel.« Ich gähne. »Nur diese Woche. Es läuft gerade ein wichtiger Prozess.« Nando umfasst meinen Bauch und verschränkt unsere Finger. »Ihr Chef ist wirklich der unbestechlichste Anwalt, den ich kenne.« Ich muss lachen. »Deswegen mag ich ihn auch so.« Meine Mutter tut uns allen auf, und dabei ist sie bedacht darauf so zu tun, als wäre Edi nur ein guter Freund. Als sie noch einmal in die Küche geht, lache ich leise. »Wann hört sie denn auf damit so zu tun, als wäret ihr kein Paar. Sie weiß doch, dass wir es schon lange wissen und nichts dagegen haben.« Edi lächelt verschmitzt. »Na ja, du weißt doch, so ist deine Mutter eben.« Also lasse ich meine Mutter weiter ihr Spiel treiben, und wir unterhalten uns über die geplante Hochzeit, die in einem Monat stattfindet. Wir feiern auf einem großen freien Feld, genau in der Mitte zwischen Lares und San Sebastian. Es sind zwar nur die engsten Freunde und die Familien eingeladen, doch das sind trotzdem bei uns eine Menge. Unsere beiden Familien alleine, dann noch viele Freunde aus Lares, aus dem B.B., doch ich kann es kaum erwarten. Ich habe schon ein traumhaftes weißes Kleid und habe eine spezielle Hochzeitstorte in der Bäckerei in Lares bestellt.

Nando und ich verbringen den ganzen Nachmittag bei meiner Mutter und Edi. Danach fahren wir in die Stadt zum B.B. Josy und Casper haben es auch geschafft, und Josy ist nicht nur seine feste Partnerin, sondern leitet mit ihm zusammen das B.B., sodass wir öfter da sind, um alle zu besuchen. Bevor wir jedoch eintreten, halte ich Nando am Arm. »Weißt du noch, als wir uns hier im B.B. das erste Mal begegnet sind?« Er lächelt. »Ja, daran kann ich mich gut erinnern.« Ich ziehe die Augenbrauen hoch. »Du warst gerade mit einer anderen Frau beschäftigt.« Sein Lächeln wird breiter. »Aber als ich dich gesehen habe, wusste ich, dass du die schönste Frau bist, die ich je gesehen habe. Deine Augen, dein schönes Gesicht, deine Figur und deine Haare ... ich wusste sofort, dass ich dich will. Und jetzt sieh uns an, ich habe meinen Willen bekommen.«

Ich muss lachen. »So einfach hattest du es aber nicht bei mir.« Er gibt mir einen Kuss. »Zugegeben, am Anfang wollte ich es einfach wieder sein lassen nach deinen ganzen Abfuhren, die du mir erteilt hast, aber als ich dich genau hier gesehen habe«, er zeigt auf die Stufen, auf denen wir stehen, »wie du deine Beine in den Regen gehalten hast und verträumt in den Himmel gesehen hast, wusste ich, dass ich alles tun würde, um dich für mich zu gewinnen. Ich kann es nicht erwarten, dass du meine Frau wirst, Celina.«

Ich lege meine Arme um seinen Nacken, und er umfasst meine Taille. »Ich liebe dich, Nando.« Ich führe meine Lippen an seine. »Ich dich auch.«

Manchmal erscheint es mir schon so ewig her, dass ich Nando zum ersten Mal im B.B. gesehen habe. Wenn ich daran denke, dass ich nicht einmal an den Tisch wollte, muss ich heute lachen. Egal wie viel Zeit vergeht, wenn ich Nando so küsse und er mich so liebevoll im Arm hält, weiß ich, dass ich davon nie genug bekommen kann.

Wenn mich jetzt jemand fragt, ob ich an El Destino, an das Schicksal glaube, kann ich aus tiefstem Herzen ja sagen.

Kapitel 1

Überglücklich betreten sie das B.B.

In solchen Momenten hat Celina überhaupt keine Zweifel an allen Dingen, die kommen werden. Nach und nach sind viele Kellnerinnen, die schon vor dem Brand hier gearbeitet haben, wieder ins B.B. zurückgekehrt. Sie kann es verstehen. Auch wenn sie jetzt einen ganz anderen Weg geht, fühlt es sich immer noch wie ihr zweites Zuhause an, sobald sie den Laden betritt. Während Nando nach oben in den VIP-Bereich und zu Joe an die Bar geht, sucht Celina ihre beste Freundin Josy in den Umkleideräumen der Frauen und findet sie mit einem jungen Mädchen vor, das offensichtlich heute seinen ersten Tag hier hat.

Unsicher betrachtet sich das Mädchen mit den wilden Locken im Spiegel. »Dein Name, wenn du hier arbeitest, ist Dilara, hier ist dein Ansteckschild.« Celina muss lächeln, als sie an ihren ersten Tag hier zurückdenkt und zwinkert Josy zu. »Keine Sorge, es dauert etwas, aber du wirst dich an all das hier gewöhnen und dann wirst du es hier lieben.« Das Mädchen wendet sich zu Celina um und lächelt sie dankbar an. Josy grinst frech, offensichtlich denkt sie ebenfalls an Celinas ersten Abend zurück. »Vergiss nicht, dass du dir hochhackige Pumps besorgen musst.« Celina lacht und lässt sich auf einem der gemütlichen Sofas nieder, die Josy besorgt hat, da sie selbst so lange hier als Kellnerin tätig war und weiß, wie sehr man so einen gemütlichen Platz zum Füße hochlegen nach mehreren Stunden Arbeit braucht.

Sobald die neue Kellnerin zum Einarbeiten abgeholt wurde, setzt sich Josy zu ihr und beide strecken ihre Beine aus. »Und, wie laufen die Vorbereitungen für das große Fest?« Sie lächelt mild. »Es ist alles, wie ich es mir immer erträumt habe, die Hochzeitstorte ist ein Traum, schade, dass du sie nicht mitkosten konntest.« Josy sieht ihre beste Freundin wissend an. »Ich meine nicht das, du weißt genau, worauf ich hinaus will!« Celina legt den Kopf nach hinten und atmet tief ein. Sie ist glücklich, sie liebt Nando, er ist alles für sie, doch manchmal, wenn sie abends im Bett liegt, kommen ihr Zweifel. Nicht an ihrer Liebe, nicht an Nando, aber eine Hochzeit ist ein so gewaltiger Schritt, sie hat Angst, dass sich danach alles ändert. Ob sie noch lange in der Anwaltskanzlei arbeiten wird? Vielleicht hätten sie einfach noch ein bis zwei Jahre warten sollen.

Celina weiß nicht, ob das alles vielleicht einfach etwas zu überstürzt ist und hat ihre Bedenken vor Josy geäußert. »Es ist alles in Ordnung, ich liebe Nando, ich schätze mal, dass sich jeder so kurz vor der Hochzeit mit solchen Gedanken herumschlagen muss.« Josy zuckt die Schultern. »Ich weiß es nicht, kann sein, ich habe nicht vor zu heiraten, auch wenn ich Casper liebe, aber ich habe mir immer geschworen, nicht wie unsere Mütter so früh zu heiraten, sondern so lange wie nur möglich ungebunden zu bleiben.«

Celina lacht und gibt Josy einen Kuss auf die Wange. »Du bist vielleicht nicht verlobt oder verheiratet, doch dein Herz ist gebunden.« Josy zieht sie auf die Beine und beide verlassen die Umkleidekabinen. »Ja, das stimmt und ich werde dich in allem unterstützen was du tust, also denke immer daran, wenn irgendetwas ist ...«

»... melde ich mich sofort bei dir, ich weiß und dafür liebe ich dich.« Celina wird von hinten umarmt. »Ich dachte, du liebst nur mich?« Nando gibt Josy zur Begrüßung einen Kuss auf die Wange, lässt seine Verlobte dabei aber nicht los. Josy lacht auf. »Die Liebe zwischen uns beiden ist etwas ganz Besonderes«, neckt sie Nando. Celina weiß, dass sich Josy und Nando sehr mögen und es ist ihr auch wichtig.

Celina und Nando bleiben noch eine Stunde im B.B., bevor sie sich auf den Nachhauseweg begeben, wenn sie dort auch momentan nicht so gerne ist. Die ganze Familie von Nando lebt eng bei ihnen. Mit Arturo, Olivia, Gabriel, José, Nathan, mit allen versteht sich Celina sehr gut. Sie sind mittlerweile auch zu ihrer Familie geworden, doch seit einigen Tagen ist Nandos Schwester Elisa mit ihrem Mann aus Italien da, sie bleiben bis zur Hochzeit bei Arturo im Haus. Sie hat von der ersten Sekunde an gespürt, dass Elisa sie nicht mag.

Olivia hat ihr immer nur von Nandos einziger Schwester vorgeschwärmt und erzählt, wie sehr Elisa besonders an Nando hängt, sodass sich Celina richtig darauf gefreut hat, die Schwester endlich kennenzulernen. Allerdings hat sie schon wenige Minuten nach ihrer Ankunft gemerkt, dass es nicht leicht wird, Elisa für sich zu gewinnen.

Die hübsche Frau, die, auch wenn sie das einzige Mädchen ist, trotzdem viel Ähnlichkeit mit ihren Brüdern aufweist, hat sie sofort mit einem Blick begrüßt, der mehr als tausend Worte sagte. Sie hat es versucht zu ignorieren und sich trotzdem sehr freundlich ihr gegenüber verhalten, doch egal, was Celina tut, Elisa lässt sie jedes Mal auflaufen.

Angefangen bei dem Angebot bei ihnen im Haus zu wohnen, was Elisa mit den Worten ausgeschlagen hat, dass ihr die neue Einrichtung, die natürlich Celina ausgewählt hat, nicht so sehr zusagt. Als sie für alle gekocht hat, war Elisas einziger Kommentar, dass sie wohl sehr verliebt sein müsse, da sie so großzügig mit dem Salz umgegangen sei. Sie lässt abwertende Bemerkungen über Celinas Arbeit fallen, nicht auffällig, immer freundlich, aber mit einem bitteren Beigeschmack.

Sie kritisiert alles, bei den Hochzeitsvorbereitungen ist jeder Vorschlag von Nando für sie großartig, alles was Celina einbringt unnötig oder nicht den Ansprüchen der Los Natos Familia würdig. Celina konnte sich nur schwer zurückhalten, Nandos Schwester nicht daran zu erinnern, dass sie doch gar nichts von den Los Natos mitbekommt, so weit weg in Italien, wo sie lebt, außer den regelmäßigen Zahlungen, die sie von ihren Brüdern bekommt und womit sie sich ihren Lebensstandard leisten können. Ihr Mann arbeitet nicht und beide leben nur von dem Geld, was sie von Nando und den anderen Brüdern bekommen.

Elisas Mann betrachtet sie nur abwertend, er ist immer still und abwesend. Es scheint so, als würde er sich gar nicht trauen, seinen Mund gegenüber seinen mächtigen Schwagern aufzumachen.

Wenn Celina Nando oder Olivia deswegen anspricht, belächeln sie sie nur und sagen, sie nimmt das falsch auf. Elisa mag sie angeblich sehr, doch sie weiß genau, dass es nicht so ist. Also flüchtet sie momentan so oft es geht von ihrem Zuhause und dem Viertel der Los Natos, um Elisa aus dem Weg zu gehen, bevor es noch schlimmer wird. Da die Familien alle beieinander wohnen, wird die Nähe, die Celina vorher genossen hat, gerade zur Qual für sie.

Nando lacht erneut, als seine Verlobte ihn auf dem Nachhauseweg darauf anspricht. Sie fahren in ihre Einfahrt und hören aus dem Garten von Arturo fröhliches Lachen. Keine Minute später kommt Cassandra zu ihnen gelaufen und springt Celina fröhlich in die Arme. Sie liebt die kleine Maus von ganzem Herzen. Olivia und Elisa folgen ihr, die Männer rufen ihnen nur ein paar Worte zur Begrüßung zu. Elisa lächelt die beiden freudig an. Celina kuschelt sich demonstrativ an Nando, während sich Cassandra an sie schmiegt. Sie wird sich nicht von Elisa aus der Familie vertreiben lassen.

»Da seid ihr ja, ich habe eine Überraschung für euch. Olivia hat mir heute die Blumen für eure Tischdekoration gezeigt. Lina, ich weiß ja zum Glück, wie aufgeregt man vor seiner Hochzeit ist und dass einem viele Fehler unterlaufen können. Als sie mir deine Auswahl gezeigt hat, musste ich schnell eingreifen. Gott sei Dank konnte ich die Floristin erreichen und habe die Farbwahl abgeändert, jeder weiß doch, dass rosa Blumen unangebracht sind und man das doch lieber im klassischen Stil halten sollte: rot und creme. Wir können von Glück reden, dass ich rechtzeitig informiert wurde und eingreifen konnte.«

Celina traut ihren Ohren nicht und sieht Elisa an, die sie nun selig anlächelt. Olivia bemerkt ihren Gesichtsausdruck und greift schnell ein. »Sie hat wirklich eine schöne Auswahl getroffen, Lina, das wird super aussehen.« Nando nickt zufrieden. »Danke Elisa, Celina und ich achten nicht so sehr auf die Kleinigkeiten, wir wollen einfach heiraten und haben beide sehr viel zu tun. Es ist gut, dass du dich darum gekümmert hast.«

Celina könnte ihn erschlagen, er war ja nicht dabei, als sie sich zwei Stunden mit Josy beim Floristen den Kopf darüber zerbrochen hat. Elisa hebt die Augenbrauen, als warte sie nur auf eine falsche Reaktion von ihr, doch den Gefallen wird sie ihr nicht tun. Celina ist stärker als das, Nandos Schwester wird es nicht schaffen, einen Keil zwischen ihnen zu setzen, also beißt sie sich auf die Lippen und setzt ein genauso falsches Lächeln auf wie Elisa es tut. »Danke Elisa, das ist wirklich sehr nett von dir.« Elisa nickt, Celina spürt, dass sie eine andere Reaktion erwartet hatte und sicherlich enttäuscht ist.

»Kommt ihr noch rüber? Deine Brüder fangen gleich an Karten zu spielen, mal sehen, ob ich dich immer noch schlagen kann.« Elisa kann so ehrlich lieb sein, wenn sie sich an Nando wendet. »Klar doch, wir kommen gleich.« Celina sieht auf die Uhr, sie muss morgen arbeiten und hat auch keine Lust mehr auf Elisa. Die zwei Minuten heute waren schon zuviel. »Ich muss schlafen, ich habe morgen viel zu tun, aber viel Spaß, Schatz.«

Olivia gibt Celina einen Kuss auf die Wange und nimmt ihr Cassandra vom Arm, während sie ihr eine gute Nacht wünscht. Elisa geht zufrieden vor, kann sich aber einen Kommentar nicht verkneifen. »Arbeite nicht zuviel, Lina, nicht dass du meinen armen Bruder vernachlässigst!« Sie lacht und Celina lächelt sie zuckersüß an. »Keine Sorge, das werde ich niemals tun!« Nando dreht Celina zu sich um. »Siehst du mein Engel, du machst dir umsonst Sorgen, meine Schwester liebt dich, wie sollte sie auch nicht, ich heirate die beste Frau, die es gibt.« Er gibt Celina einen Kuss, der sie wieder milder stimmt und sie schweigt, auch wenn sie ihn am liebsten anschreien und von ihm fordern würde, nicht so blind zu sein.

Als sie dann allein in ihr Haus geht und sich nach einer abkühlenden Dusche ins Bett legt, hört sie das Lachen aus Arturos Garten.

Sie wird die Zeit einfach einiges einstecken müssen, Nando zuliebe und um des Frieden willens. Immerhin ist Elisa danach wieder weit weg und kann sich nicht mehr einmischen, das ist das Einzige, was Celina das Ganze überstehen lässt. Das und die starken Arme des Mannes, der sie kurze Zeit später wieder an sich zieht, als hätte er sie Jahre nicht gesehen und den sie über alles liebt.

Allerdings fühlt sich Celina am nächsten Morgen immer noch nicht besser, sie ist glücklich mit Nando, doch die bevorstehende Hochzeit und Elisa zerren an ihren Nerven. Sie ist froh über die Abwechslung, die sie im Büro hat und stürzt sich auf die Arbeit. Erst am Mittag, als Señor Torres aus dem Gericht kommt und sie zum Mittagessen einlädt, sieht sie wieder von den Akten auf.

Celina mag den gemütlichen alten Mann, der aber, wenn er einen Mandanten hat, trotz aller Gelassenheit nichts unversucht lässt, um diesen gut zu vertreten. Seit Celina bei ihm arbeitet, hat er es auch fast immer geschafft die Fälle zu gewinnen. Er erzählt ihr von dem Fall, der heute im Gericht verhandelt wurde.

Ein Minenarbeiter hat es gewagt, sich mit der mächtigen Firma, für die er gearbeitet hat, anzulegen. Als Celina den Mann das erste Mal gesehen hat, hatte sie Mitleid mit ihm. Er hat sich bei der Arbeit verletzt, da die Firma nicht das Geld für die entsprechenden Sicherheitsvorkehrungen ausgeben wollte. Anstatt ihm nach seinem Unfall zu helfen, hat ihn die Firma aufgrund der Fehlzeiten entlassen. Jetzt steht der Mann mit drei Kindern und seiner Frau vor dem Ruin, er hat keine Absicherungen, alles Geld ist für die Arztkosten, die er durch den Unfall hatte, ausgegeben worden.

Solche Fälle übernimmt Señor Torres unentgeltlich, das liebt Celina besonders an ihm. Er hat viele gutbetuchte Klienten, die ihm ein gutes Leben ermöglichen und dennoch nimmt er sich die Zeit und hilft ärmeren Menschen.

Als er ihr jetzt erzählt, dass sie sich mit dem Richter und der Firma, die keinen öffentlichen Prozess und keine Schlagzeilen wollte, auf eine gute Abfindung für den Mann geeinigt haben, freut sich Celina von ganzem Herzen, solche Augenblicke sind es, die sie an ihrer Arbeit so schätzt.

Señor Torres erzählt ihr von einem neuen Klienten, zu dem er gleich fahren muss, da dieser nicht in die Stadt kommen möchte. Es ist ein Fotograf aus Frankreich, der einige Anzeigen vom Tisch haben möchte. Er macht gerade Urlaub hier und hat von Señor Torres und seiner Art, Fälle schnell und unkompliziert zu lösen, gehört und möchte sich jetzt beraten lassen. Als er Celina die Adresse nennt, ist ihr bewusst, dass dieser Klient einer der ganz Reichen ist. Der Vorort, in dem er seinen Urlaub verbringt, sagt schon alles aus. Nur das Gebiet, in dem sie selbst lebt, übersteigt diesen Luxus.

Señor Torres hat sichtlich keine Lust auf diesen Termin und fragt, ob Celina ihn begleiten möchte. Sie sieht auf die Uhr. Das würde bedeuten, dass sie wieder erst spät nach Hause kommt. Die Ablenkung und das Wissen, Elisa nicht sehen zu müssen, lässt sie aber zusagen.

Sie brauchen fast eine Stunde durch den dichten Verkehr von San Sebastian, bis sich vor ihnen die riesige Ferienvilla des Mannes auftut. Celina hat auf dem Weg erfahren, dass der Mann als Fotograf durch die ganze Welt zieht. Er hat keinen festen Wohnsitz, somit ist es für Señor Torres kaum zu verstehen, wie die ganzen Anzeigen an ihn herangekommen sind. Die einzige Möglichkeit besteht über seine Agentur, doch das werden sicher nur die schweren Anzeigen sein. Er weiß noch nicht genau, was auf ihn zukommt und was er überhaupt für den Mann tun kann.

Das Anwesen ist groß und alles deutet darauf hin, dass hier regelmäßig gefeiert wird. Celina blickt auf die vielen Bierdosen und Wodkaflaschen, die hier überall verstreut herumliegen, bevor sie an der Haustür klingeln. Es scheint erst niemand da zu sein, erst als sie mehrere Male geklingelt haben, öffnet ihnen eine verschlafene Frau, die nur mit einem Tanga bekleidet ist, die Tür. Señor Torres zieht die Augenbrauen hoch und fragt nach dem Fotografen. Die

Frau deutet ihnen zu folgen und sie durchqueren mehrere verlebte Räume, bis sie in einem Schlafzimmer stehen, was nur aus vielen Matratzen, Kissen und Decken besteht. Die Decke ist komplett mit Spiegeln verziert. Celina merkt, wie sie leicht errötet, als sie sieht, wie sich nach und nach Frauen aus den Kissen erheben.

Inmitten der nackten Frauen setzt sich langsam ein Mann auf und sieht verwundert zu ihnen, bis ihm offensichtlich einfällt, dass sie einen Termin haben. Er steht auf und kommt auf sie zu. Celina wendet schnell den Blick ab. Er ist nackt. Als der Franzose das bemerkt, lacht er und entschuldigt sich, es wäre wohl gestern etwas später geworden. Als Celina wieder hinsieht, hat er sich eine Shorts angezogen und begrüßt sie nun richtig.

Eine Stunde später weiß Celina immer noch nicht, ob sie von diesem Mann geschockt oder fasziniert sein soll. Pierre, er besteht auf dieser formlosen Anrede, ist ein sehr selbstbewusster Mann. Er sieht gut aus, ist etwas älter als Celina, hat dunkelbraune Locken und herausstechende blaue Augen und ist, wie Celina es leider schon vollständig betrachten konnte, sehr gut gebaut. Er nimmt das Leben generell sehr locker, ohne ein schlechtes Gewissen legt er ihnen bei kalten Getränken mindestens zehn Anzeigen auf den Tisch.

Celina erhascht nur einen kurzen Blick darauf, bevor sich Señor Torres um die Papiere kümmert. Sie hat zwei Vaterschaftsklagen entdecken können, aus Marokko eine Anzeige wegen illegalen Drogenkonsums, und es sind nicht die einzigen Sachen, die ihm vorgeworfen werden, aber nicht zu stören scheinen. Celina kennt Señor Torres und merkt, dass er sich am liebsten die Hände über den Kopf schlagen würde, doch er verzieht keine Miene, als er die Unterlagen durchsieht, während Pierre unverschämt offen mit Celina zu flirten versucht.

Er versucht sie für ein Foto zu gewinnen, er ist fasziniert von ihrem Gesicht, doch Celina lehnt höflich ab, was den Fotografen nur schmunzeln lässt. Erst als Señor Torres mit der ersten Durchsicht der Unterlagen fertig ist, widmet er sich wieder ihm und Celina atmet durch.

Ihr Chef erklärt, dass er versuchen kann, sich telefonisch mit den Parteien auseinanderzusetzen und eine Einigung zu erlangen. Als er Pierre seine Vorstellungen zu seinem Honorar mitteilt, merkt Celina, dass er mehr verlangt, als er es normalerweise tut, vielleicht mit der Hoffnung, dass der Fotograf ablehnt, doch der nickt nur und unterschreibt einen Scheck für die Anzahlung.

Celina ist froh, als sie das Anwesen wieder verlassen. Alles was Señor Torres bei der Rückfahrt dazu noch einfällt, ist »Typisch Franzose!«

Kapitel 2

Als Celina endlich zu Hause ankommt, ist es schon mitten in der Nacht, doch Nando ist noch nicht nach Hause gekommen. Sie war so in Gedanken und abgelenkt, sie hat gar nicht bemerkt, dass er sich noch nicht gemeldet hat. Das letzte Mal haben sie miteinander gesprochen, als sie zum Fotografen aufgebrochen sind. Normalerweise sprechen oder schreiben die beiden aber ständig miteinander. Verwundert versucht sie ihren Verlobten zu erreichen, doch sein Handy ist aus.

Sie versucht es bei Gabriel und José, doch auch sie sind nicht zu erreichen. Erst Alonzo geht an sein Handy. Er ist offensichtlich mehr als verwundert und fragt sie, warum sie noch nicht da ist. Seine nächsten Worte lassen ihr Blut gefrieren. Es gab einige Probleme und Nando ist bei Señor Lopez, dem Privatarzt der Familia. Celina legt auf, mechanisch greift sie sich die Autoschlüssel und fährt den Weg zur Privatklinik, den sie mittlerweile im Schlaf kennt. Señor Lopez kümmert sich um alles, was die Familia betrifft, sie selbst war schon oft bei ihm. Egal, was ihr fehlt, Nando schleppt sie immer zu ihm, selbst bei der kleinsten Erkältung. Er selbst war nie bei ihm, nicht ein einziges Mal, doch Celina wusste innerlich immer, dass es einmal so weit sein wird. Dass sie die Worte 'es ist etwas schief gegangen' hören wird.

Sie kämpft gegen die Tränen, als sie in die Empfangshalle tritt und die Schwester ihr sagt, wo sie den Arzt und Nando findet. Im Flur vor dem Zimmer ist niemand, doch sie hört Geräusche aus dem Raum und tritt nach einem zaghaften Klopfen ein. Ungläubig sieht sie auf das Bild, was sich ihr bietet. Nando wird gerade an seinem Bein verarztet, während Gabriel sich ein Tuch auf eine Platzwunde hält und José einen Verband am Arm bekommt.

Elisa und Janine, mit der sich José seit ein paar Wochen trifft, sitzen neben Alonzo und Arturo. Keiner bemerkt sie, sie alle scheinen sich prächtig zu amüsieren. Nando und José lachen, auch wenn man sieht, dass es ihnen weh tut. Erst als Celina beim Anblick der blutverschmierten Kompressen laut aufkeucht, blicken alle zu ihr. »Hey, hat deine Arbeit heute so lange gedauert?« Celina hört sofort den etwas scharfen Unterton aus Nandos Stimme heraus. »Was ist passiert?« Sie tritt näher zu ihm.

Als Nando sieht, dass sie Tränen in den Augen hat, werden sein Blick und seine Stimme weicher. »Wir hatten ein Treffen und die Männer dachten, sie könnten uns hereinlegen, aber da haben sie sich geirrt!« José grinst über beide Wangen. Nando verzieht kurz sein Gesicht, als der Arzt sein Bein näht. Ihr schwirrt der Kopf vor Tausenden von Fragen. »Und was ist mit deinem Bein?«

Nando bekommt wieder diesen Ausdruck, Celina hat sich schon daran gewöhnt. Er bekommt ihn immer, wenn es um die Familia geht und er nicht möchte, dass sie zuviel erfährt. Es erinnert ihn daran, dass sie ihn nicht wollte aufgrund der Familia, und er möchte sie so wenig wie nur möglich damit konfrontieren. »Einer war schneller, wir haben das Messer nicht gesehen, aber halb so schlimm.« Alonzo zwinkert ihr zu. »Die anderen sehen schlimmer aus!« Celina kann das nicht glauben, niemandem in diesem Raum scheint es etwas auszumachen, dass sie verletzt wurden, sie will gar nicht wissen, wie die anderen aussehen, doch das wird sie nachher allein mit Nando klären. Ihr Blick fällt auf Elisa und Janine. »Wieso hat mich niemand angerufen und mir Bescheid gesagt? Ich wäre doch sofort gekommen.«

Nun sieht auch Nando verwundert zu Elisa. »Du wolltest doch allen Bescheid sagen.« Elisa lächelt wieder ihr Engelslächeln. »Es war ja nicht so schlimm und Lina ist immer so beschäftigt, dass ich sie nicht stören wollte, ihre Arbeit scheint ihr zu wichtig zu sein.« Celina ist fertig mit den Nerven, der lange Tag, die Angst um Nando. Ihr Vorhaben, Elisa gegenüber ruhig zu bleiben, löst sich in Luft auf. »Er ist mein Verlobter, du hättest mich anrufen müssen, meine Arbeit ist mir doch nicht wichtiger als er!«

Celina weiß selbst, dass sie laut geworden ist, doch das ist ihr egal. »Wir sind doch da, du hättest hier eh nichts tun können.« Celina hat das Gefühl gleich zu platzen. »Aber Janine hast du Bescheid gesagt? Sie konnte hier etwas tun?« Die Freundin von José sieht auf den Boden, Celina mag die ruhige Studentin eigentlich und hofft, sie fasst es nicht gegen sich auf. Zum ersten Mal fällt Elisa nichts ein. Sie nutzt die Ablenkung durch den Arzt, der die Männer mit einigen mahnenden Worten und der Bitte, morgen nochmal zur Kontrolle zu kommen, nach Hause gehen lässt. Auch wenn Elisa denkt, dem Thema ausgewichen zu sein, Celina wird das nicht unter den Tisch fallen lassen, dieses Mal ist sie zu weit gegangen. Arturo stützt Nando, als sie die Klinik verlassen und fährt sie auch nach Hause, da Nando sein Bein schonen soll.

Celina hatte nicht einmal die Möglichkeit, sich die Wunde genauer anzusehen, alles ist durcheinander, sie geht direkt zu ihrem Wagen und wundert sich etwas, als Janine zu José sagt, dass sie mit ihr fährt. Da aber nur drei andere Autos da sind, nickt er und gesellt sich zu seinem Bruder auf Arturos Rückbank. Als sie hinter der Wagenkolonne herfahren, atmet Celina laut aus, das war gerade zuviel für sie. Erst als sie zur Seite blickt, bemerkt sie, dass Janine etwas blass ist und auf die Fahrbahn vor ihnen starrt.

»Passiert das öfter?« Josés Freundin spricht so leise, dass sich Celina bemühen muss, ihre Worte zu verstehen. »Dass sie verletzt werden? Seit ich Nando kenne, ist es das erste Mal, dass ich das wirklich mitbekommen habe. Ich weiß aber nicht, wie oft sie schon in Gefahr waren, ich erfahre solche Sachen nicht.« Janine sieht sie neugierig von der Seite an. »José hat mir erzählt, dass du Nando deswegen verlassen hast, doch jetzt akzeptierst du es?«

Celina lächelt mild, wenn man ihre ganze Geschichte nicht kennt, ist es sicherlich schwer zu verstehen. »Ich muss es akzeptieren, weil ich Nando liebe, ich habe mich mit der Familia auseinandergesetzt und weiß jetzt, dass sie nicht so sind, wie ich es mir immer vorgestellt habe, auch wenn ich nicht so naiv bin zu denken, dass so etwas wie heute nicht passieren kann. Es stellt sich nicht mehr die Frage, ob ich es akzeptiere, dass Nando zu den Natos gehört, er ist es. Sie sind es, es ist kein Beruf, es ist keine Sache, die man wieder ausschalten kann oder verleugnen. Sie sind dazu geboren und ich lebe damit, weil ich Nando über alles liebe.«

Janine sieht sie ernst an. »Ich kann das nicht!« Celina ist froh, dass sie an einer Ampel warten müssen und die Straßen so voll sind, dass es noch einige Schaltungen dauern wird, bis sie weiterkommen, sonst wären sie schon fast da. »Was genau meinst du?« Sie sieht die hübsche Freundin von José an.

Janine kommt nicht aus Puerto Rico. Ihr Vater ist vor einiger Zeit in die Produktion seiner Firma hier nach Puerto Rico versetzt worden, davor hat sie in einer verschlafenen Kleinstadt in Deutschland gelebt, wie sie ihr es damals beim ersten Zusammentreffen erzählt hat. Sie konnte schon spanisch sprechen, in der Schule hat sie einen Intensivkurs gemacht, als die Familie von dem Umzug erfahren hat. Dass sie hier in Puerto Rico mit einem etwas anderen Dialekt sprechen, hat sie erst abgeschreckt und sie hat sich nicht wohlgefühlt.

Mittlerweile kann sie sich gut verständigen, auch wenn man hört, dass ihr die Sprache noch etwas schwer fällt. Nando hat ihr nicht viel erzählt, nur, dass es ein sehr dramatisches erstes Aufeinandertreffen mit Janine und José gab. Seitdem hat Celina die junge blonde Frau mit der sehr hellen Haut und den Sommersprossen auf der Nase ein paar Mal gesehen. Celina weiß nicht, ob José ernsthafte Absichten hat, zumindest hat er sie öfter getroffen und achtet sehr auf sie, was bei ihm schon viel zu sagen hat.

»Ich mag José, er ist ein wirklich lieber Mensch und sehr aufmerksam und er ... also wenn wir allein sind, ist alles perfekt, ich würde mich gar nicht dagegen wehren, mich in ihn zu verlieben, doch wenn ich das sehe, wenn ich daran denke, wer er ist, ich kann das einfach nicht. Ich sollte lieber jetzt einen Schlussstrich darunter ziehen, bevor es für uns beide ernster wird.« Celina liebt José mittlerweile wie einen eigenen Bruder, sie sollte Janine das Ganze ausreden, sagen, dass sie abwarten soll, doch sie kann es nicht.

Tief im Herzen weiß sie, dass es vielleicht das Beste ist, sie hat damals nicht anders gehandelt.

Sie hat Nando nur schon viel zu sehr geliebt, um daran festzuhalten, doch wenn es bei Janine noch nicht so ist und sie sich den heutigen Abend vor Augen hält, ist es vielleicht das Beste, also sagt Celina nichts dazu. Janine muss es selbst wissen, ihr Herz wird ihr das Richtige sagen, einen besseren Ratgeber kann sie nicht haben und Celina glaubt viel zu sehr an das Schicksal, als dass sie sich da einmischen würde.

»Höre auf dein Herz, es zeigt dir deinen Weg!«

Janine lächelt sie an. Als sie in ihre Einfahrt hineinfahren, warten Nando und die anderen schon, auch Elisa sieht zu ihnen, ihr passt es garantiert nicht, dass sich Janine an sie gewandt hat. »Sie mag dich nicht besonders, oder?« Celina lacht leise auf. »Sie hasst mich, nur bin ich die Einzige, die das so sieht.« Janine lacht ebenfalls und sie steigen aus. Als Celina das Lächeln sieht, was sich bei Janines Anblick auf Josés Lippen bildet, krampft sich ihr Herz zusammen, doch sie versteht Janine vollkommen.

Jeder merkt, wie angespannt die Situation ist. Nando und Celina gehen direkt zu sich ins Haus, wo sie, sobald die Tür ins Schloss fällt, sich zu ihm umwendet.

Sie würde ihm gerne so viel an den Kopf werfen, ihm Vorwürfe machen, doch als sie ihrem Verlobten in die Augen blickt, ist da nur noch die Liebe zu Nando, die sie überkommt. »Komm erst einmal her.« Er zieht sie in seine Arme und Celina kuschelt sich an seine harte Brust, die für sie so weich ist. »Was genau ist passiert?« Nando seufzt auf. »Wir hatten einen Termin mit einigen Leuten, die uns einen neuen Deal vorschlagen wollten. Als wir nicht auf ihre lächerlichen Vorschläge eingegangen sind, sind sie etwas sauer geworden. Aber wir hatten die Situation schnell wieder unter Kontrolle. Du weißt doch, dass du dir keine Sorgen machen brauchst.«

Sie blinzelt ihn wütend an. »Du hast einen Messerstich abbekommen, Nando. Wann verstehst du endlich, dass du nicht unverwundbar bist? Was ist, wenn wir Kinder haben, wie willst du ihnen das erklären und was ist, wenn dir etwas passiert, etwas noch Schlimmeres, was soll ich denn ohne dich tun? Ich erfahre es ja nicht einmal, ich werde nicht mal benachrichtigt, wenn etwas passiert ist.«

Nando gibt ihr einen Kuss. »Mir geht es gut, Celina und ich werde auf mich aufpassen, das heute war eine Ausnahme und das wird sicher nicht nochmal vorkommen. Meine Schwester hat dich bestimmt nur nicht angerufen, weil sie weiß, dass du dir sonst unnötig Sorgen machst.« Celina kann nicht glauben, dass er für alles, was seine Schwester tut, eine Entschuldigung findet, doch sie überhört es und legt ihre Hände an seine Wange.

»Nando, ich meine es ernst. Ich liebe dich über alles, ich will nicht mehr ohne dich sein und du nimmst das nicht ernst.«

Nun wird auch Nando endlich ernster, vielleicht sieht er ihre Sorgen in ihren Augen. »Celina, du weißt, dass du mein Leben bist, ich passe auf mich auf, ich schwöre es.« Celina gibt ihrem Verlobten einen Kuss, bevor sie ihm hilft ein Bad zu nehmen, wobei sie genau darauf achtet, dass sein verletztes Bein nicht ins Wasser kommt, damit der Verband nicht durchnässt. Nando lächelt nur über ihre Fürsorge und fragt sie über ihren Tag aus.

Celina muss sofort an den Franzosen denken, doch sie erwähnt ihn nur kurz und dass er der Grund war, weshalb sie so spät gekommen ist, danach erzählt sie ihm ausführlich von dem Urteil für den Minen-Mitarbeiter. Nando kennt den Fall bereits, Celina hatte soviel Mitleid mit dem Mann, dass sie ihm immer davon erzählt hat und auch er freut sich für die Familie.

Als Celina sich über ihn beugt um etwas warmes Wasser nachzufüllen, packt Nando sie blitzschnell, und bevor sie reagieren kann, liegt sie mit ihren Klamotten bei ihm in der Badewanne. Er lacht laut, als sie sich klatschnass und empört mit ihm in der Badewanne befindet. »Womit habe ich so einen Engel verdient?« Celina haut ihm leicht auf die Brust und will wieder aus der Wanne steigen. »Hast du nicht, du hast nur Blödsinn ...« weiter kommt sie nicht, da Nando sie mit einem Kuss zum Schweigen bringt und sie sich so gerne zum Schweigen bringen lässt. Als sie den Kuss lösen, stützt sich Celina leicht an Nando ab, ihre nassen Haare kleben an ihrem Körper und ihre Kleider ebenso, doch sie sieht und spürt, dass es Nando gefällt. »Du bist unmöglich«, ermahnt sie ihn leise an seinen Lippen, bevor sie dieses Mal ihre Lippen miteinander vereint und sich ihrer nassen Kleidung ebenfalls entledigt.

Als sie später zusammen im Bett liegen und Celina sich in seine Arme kuschelt, sind all diese Bedenken und Sorgen wegen ihrer Zukunft, der Hochzeit, Elisa, wegen allem, so weit weg. Auch wenn sie weiß, dass sie wiederkommen werden, sobald Nando nicht in ihrer Nähe ist, weiß sie, dass diese Sicherheit, die sie genau jetzt verspürt, es wert ist, mit all dem anderen fertig zu werden.

Celina weiß, wie schnell sich etwas ändern kann, dass eine Begegnung ihr ganzes Leben verändert hat, doch in dieser Nacht, in Nandos sicheren Armen, ahnt sie nicht, wie schnell sich auch all das wieder ändern kann und dass das Schicksal es nicht immer nur gut mit einem meint.

Kapitel 3

Am nächsten Tag hat Celina frei, allerdings ist Nando den ganzen Tag unterwegs und sie verbringt die Zeit bei ihrer Mutter auf dem Land. Als sie ihr von Elisa und den neuesten Ereignissen erzählt, versucht sie Lina aufzubauen, dass die Schwester bald weg ist und sie froh sein kann, keine böse Schwiegermutter zu haben. Lachend erzählt sie ihr von einigen Schwiegermuttergeschichten und bringt Celina so auf andere Gedanken. Sie ruft Fernando immer wieder an, er ist mit José und Nathan unterwegs und muss überprüfen, ob eine wichtige Lieferung ankommt und dass sie auch wirklich dahin kommt, wo sie hin soll. Wie immer geht er dabei nicht ins Detail. Celina kommt sich schon richtig dumm vor, ständig anzurufen und zu fragen, ob alles in Ordnung ist und wann er zuhause ist, doch sie lassen die Bilder von gestern nicht los, die ihr wieder bewusst gemacht haben, wie gefährlich das ist, was Nando täglich macht und dass er es zu sehr auf die leichte Schulter nimmt.

Als sie sich von ihrer Mutter verabschiedet, nimmt diese sie noch einmal in den Arm. »Schatz, du wirkst sehr gestresst und angespannt, ich kenne dich so gar nicht. Vielleicht solltest du dir mal eine Auszeit gönnen und ein paar Tage hier bei uns bleiben, das wird dir gut tun.« Celina gibt ihrer Mutter einen Kuss und versichert ihr, dass alles in Ordnung ist. Sie fährt unter dem besorgten Blick ihrer Mutter davon zu ihrem Haus, auch wenn Nando noch nicht zurück ist.

Es ist ruhig bei ihnen, also parkt Celina und geht zum Haus von Arturo. Sie findet Olivia allein im Garten vor auf einer Liege am beleuchteten Pool. Cassandra liegt in eine Decke gekuschelt und schlafend in ihren Armen. Celina ist froh, dass niemand weiter da zu sein scheint. Nachdem sie Cassandra einen vorsichtigen Kuss auf ihre weichen Haare gegeben hat, legt sie sich auf eine Liege neben Olivia und schaut wie sie zum Sternenhimmel.

Olivia erzählt ihr, dass Elisa und ihr Mann ausgegangen und Arturo und Gabriel unterwegs sind. Arturos Frau ist eine sehr ruhige und liebe Person, sie würde sich eher auf die Zunge beißen, als über jemanden aus ihrer Familie schlecht zu reden, doch Celina merkt, dass sie froh ist, Elisa mal los zu sein. Eine Weile sagt keiner etwas und sie genießen diese friedliche Stille, doch dann bricht sie das Schweigen.

»Hattest du manchmal Zweifel wegen Arturo oder Probleme, mit dem Leben der Natos zurechtzukommen?« Sie hofft, dass Olivia das nicht falsch versteht, doch diese blickt sie nur lächelnd an. »Natürlich Lina, ständig, ich hatte und habe oft Bedenken, Zweifel, vor der Hochzeit mit ihm bin ich halb durchgedreht, es gibt heute noch oft Streit, es war mehr als einmal, dass ich alles hinschmeißen wollte … aber das ist ganz normal. Das ist das Leben, das gehört dazu, es muss Streit geben, Zweifel, Auseinandersetzungen. Du bist nicht perfekt, er ist es nicht, doch genau an diesen Zweifeln, an diesem nicht Perfekten, wächst man, wächst die Beziehung und ich bin mir sicher, dass eure Liebe stark genug ist, so wie meine und Arturos, vieles zu bestehen und daran zu wachsen.«

Celina liebt ihre zukünftige Schwägerin dafür, dass sie immer die richtigen Worte findet und stimmt ihr dankbar zu. Natürlich werden sie und Nando alles bewältigen, sie wird für ihre Liebe kämpfen. Celina bedankt sich beim Abschied noch einmal mit einem dicken Kuss auf die Wange bei ihr und Olivia hält sie an der Hand zurück. »Lina und noch etwas, ich mag dich sehr, nein, ich habe dich schon fest in mein Herz geschlossen. Arturo und Nandos andere Brüder auch alle, vergiss das nie.« Lina weiß, sie will ihr damit sagen, dass sie nun auch endlich gemerkt hat, was Elisa für ein falsches Spiel spielt, auch wenn sie viel zu friedlich ist, um es offen auszusprechen und Lina drückt ihre Hand zurück. »Ich habe euch auch alle lieb!«

Es dauert noch eine Stunde, bis Nando durch ihre Haustür kommt. Er sieht erschöpft aus, sein Bein wird ihm garantiert schmerzen, doch er würde sich niemals einen Tag freiwillig ausruhen. Celina hat geduscht und sich eines seiner Shirts übergezogen, sie liebt es, so in ihrem gemütlichen Haus den Abend zu genießen. Nando begrüßt sie und Celina sind die vielen Anrufe schon richtig unangenehm, die sie heute gemacht hat, doch Nando hält ihr Gesicht in seinen Händen und lächelt müde. »Ich habe mir auf dem Weg hierher etwas überlegt … ich meine, wir haben beide nicht viel Zeit, die Hochzeit rückt immer näher. Was hältst du davon, wenn wir am Wochenende verschwinden? Nur du und ich, von mir aus bleiben wir in Lares und verstecken uns vor der Welt. Weißt du noch, nur Celina und Nando, ohne Natos und all die anderen.«

Nichts will Celina lieber als das, genau so eine Auszeit brauchen sie beide. Als sie am nächsten Tag im Büro sitzt, ist sie in Gedanken schon bei ihrem Auszeit-Wochenende, bis der französische Fotograf ohne Termin zur Tür hereinplatzt. Der Mann hat wirklich eine faszinierende Ausstrahlung und Celina ist sich sicher, dass ihm diese auch in seinem Geschäft sehr behilflich ist, doch bei ihr wirkt es nicht besonders, und er muss, auch wenn er sie augenzwinkernd darum bittet, extra fünf Minuten länger im Wartezimmer sitzen, bis sie ihre Arbeit unterbricht und Señor Torres davon in Kenntnis setzt, wer unbedingt zu ihm möchte. Señor Torres wirkt ziemlich geschwächt heute. Celina hätte kein Problem Pierre zu sagen, dass es momentan nicht geht, doch er empfängt ihn trotzdem. Celina ist froh, seinen neugierigen Blicken zu entgehen.

Nach seinem Besuch ist Señor Torres den ganzen restlichen Tag am Telefon beschäftigt und Celina wundert es gar nicht, dass er sie zwei Tage später, einen Tag bevor Nando und sie aufbrechen wollen, anruft und sie um Hilfe bittet, da er krank geworden ist und das Bett nicht mehr verlassen kann. Celina hat sich sehr auf das Wochenende mit Nando gefreut, doch sie ist viel zu zuverlässig und mag Señor Torres viel zu sehr, als dass sie ihn nun im Stich lassen würde.

Als sie Nando mit großem schlechten Gewissen von der Situation erzählt und ihn bittet, ihr Wochenende nächste Woche zusammen zu verbringen, zeigt ihr Verlobter zwar Verständnis, doch sie sieht auch seine Enttäuschung darüber.

Dementsprechend schlechtgelaunt sitzt sie dann am Samstagnachmittag im Büro und arbeitet die dringendsten Unterlagen ab, sodass Señor Torres keine Probleme bekommt. Es ist glühend heiß draußen und sie verflucht sich selbst, jetzt nicht mit Nando am Meer in der Nähe von Lares zu sein. Celina arbeitet stundenlang, bis sie einigermaßen zufrieden am Abend weiß, das Wichtigste erledigt zu haben. Sie nimmt ihre Tasche und will gerade den Schreibtisch verlassen, als ihr der Umschlag mit den wichtigen Papieren für den Fotografen ins Auge fällt.

Celina flucht, Señor Torres hatte ihr extra gesagt, dass diese Unterlagen heute bei ihm sein müssen. Sie hat sie gestern vergessen zur Post zu bringen. Selbst wenn sie den Umschlag jetzt noch einschickt, ist er nicht vor Montag da und so wie sie den Fotografen einschätzt, bedeutet das eine Menge Ärger.

Es bleibt ihr nichts anderes übrig, als sich den Umschlag zu nehmen und den Weg zum Urlaubsanwesen des Fotografen auf sich zu nehmen. Als sie losfährt, ruft sie Nando an, der nun mit Gabriel zu einem Termin in eine andere Stadt geflogen ist, da sie ja keine Zeit hatte. Celina hört im Hintergrund viele Stimmen, oft finden solche Treffen in Clubs oder Cafés statt und sie weiß auch, dass Gabriel dann immer viel Spaß hat. Natürlich hasst sie den Gedanken, dass wahrscheinlich gerade einige Frauen um Nandos Aufmerksamkeit buhlen, doch sie ist selbst schuld, dass er gerade da ist und nicht bei ihr.

Celina sagt ihm, dass sie noch kurz etwas erledigen muss und dann nach Hause fährt. Als sie ihm eine gute Nacht wünscht, hat sie ein ungutes Gefühl, doch sie kann an der Situation jetzt auch nichts mehr ändern. Wegen des dichten Verkehrs kommt sie erst als es bereits dämmert im Haus des Fotografen an. Sie hört Musik aus dem Garten. Natürlich, es ist Samstagabend, der Herr hat sicherlich nichts anderes zu tun als Party zu machen. Also gibt sie nicht auf, auch wenn die ersten Male niemand auf ihr Klingeln reagiert. Irgendwann öffnet ihr dann wieder eine Frau die Tür, dieses Mal hat sie aber wenigstens etwas mehr an, als die, die ihnen letztes Mal geöffnet hat.

Celina fragt etwas genervt nach dem Fotografen, sie will das so schnell wie möglich hinter sich bringen und in ihr Bett kommen. Die Hitze und die viele Arbeit machen sich langsam bemerkbar. Die junge Frau, die bei näherem Hinsehen und unter dem vielen Make-Up vielleicht gerade mal achtzehn ist, lässt Celina eintreten und erklärt leicht angetrunken, dass er noch nicht da ist, aber jede Minute eintreffen kann und sie gerne mit ihr warten kann.

Celina denkt kurz darüber nach, der Frau die Unterlagen zu geben, doch in ihrem Zustand bezweifelt sie, dass diese jemals bei Pierre ankommen würden, also folgt sie der Frau in den Garten.

Celina hat ein schlimmeres Bild erwartet als das, was sich ihr bietet, es sind nur zwei weitere Frauen am Pool, trinken und essen zu Musik auf riesigen Sackkissen, die hier überall verteilt sind. Celina setzt sich auch auf so eins und beschließt, sich auch solche anzuschaffen, man könnte sofort darin einschlafen, so gemütlich sind sie. Die Frauen tragen alle nur einen Bikini, einen Seidenmantel darüber und haben alle viel Make-Up aufgetragen, was Celina neugierig werden lässt. Sie fragt vorsichtig nach, was die Frauen hier machen und diese erzählen ihr bereitwillig, dass sie ein Fotoshooting hatten und jetzt ist Pierre kurz ein bisschen Stoff besorgen, sie wollen noch etwas feiern.

Celina nickt nur, das hätte sie sich auch denken können. Eine der Frauen bringt ihr ein Glas mit einer Erdbeerbowle. Celina ist durstig, aber als sie den Alkohol herausschmeckt, fragt sie nach etwas anderem, sie muss noch Auto fahren und verträgt nicht viel Alkohol. Die Frau bringt ihr ein Glas Orangensaft, der zwar auch mit etwas Sekt gestreckt ist, allerdings wird Celina das vertragen, die Bowle war zu stark. Sie nippt an ihrem Orangensaft und hört den sorglosen Gesprächen der anderen Frauen zu, dabei sieht sie immer wieder zur Uhr.

Sie wird immer müder und nach zwei Gläsern Sekt weiß sie dann, dass es Zeit wird zu gehen, wer weiß, wann der Fotograf wieder auftaucht. Sie will gerade aufstehen und der Nüchternsten der Frauen die Unterlagen geben, als Pierre mit einem weiteren Mann auftaucht und verwundert zu ihr blickt. Celina steht erleichtert auf, endlich kann sie verschwinden. Als sie den Fotografen direkt ansteuert, merkt sie, dass der Sekt doch schon ganz leicht seine Wirkung zeigt. Sie begrüßt die beiden Männer und gibt Pierre die Unterlagen, sie erwähnt, dass es wichtig ist und er sich die Unterlagen heute noch ansehen sollte.

Dann will Celina gehen, doch Pierre hält sie am Arm zurück. »Wieso so schnell wieder weg, meine Hübsche, vielleicht komme ich heute ja endlich zu meinem Bild von dir?« Celina klopft einmal gegen die Unterlagen, sie will erst gar nicht einen falschen Eindruck entstehen lassen. »Nein, nur das Geschäftliche, hier gibt es genug Models und ich habe kein Interesse daran, zudem würde mein Verlobter davon gar nichts halten.« Sie kann Verlobter gar nicht deutlich genug sagen und hört selbst ihren Stolz heraus. »Sie sind verlobt? Ach, der Glückliche, dann müssten Sie aber vor Freude strahlen und nicht so angespannt und aufgeregt wirken.«

Auch wenn Celina diese Worte mit einem Lächeln und einem nochmaligen Winken abtut, um zu verdeutlichen, dass sie nun geht, fühlt sie sich eigenartigerweise ertappt. Pierre sieht kurz in den Umschlag und Celina ist schon fast aus der Tür, doch er hält sie abermals auf. »Warten Sie kurz, ich unterschreibe sie schnell, dann können Sie sie gleich wieder mitnehmen.« Celina stöhnt innerlich auf, doch deutet ihm es zu machen. Pierre geht einen Raum weiter, Celina folgt ihm mit einem gewissen Abstand. Wieder stehen sie in dem Vergnügungsraum, wo sie beim letzten Mal schon war.

Als Schlafzimmer kann man das nicht bezeichnen. Celina sieht zur verspiegelten Decke, während Pierre an eine Bartheke geht und nach etwas zum Schreiben sucht. Er sieht sich die Papiere an und beginnt das erste zu unterschreiben, da bemerkt Celina einige große Bilder, die achtlos in der Ecke stehen. Neugierig geht sie darauf zu. »Sind die von Ihnen?« Auch wenn er sie duzt, will Celina es gar nicht so privat werden lassen. »Ja, das sind meine letzten, kannst du dir gerne ansehen.«

Pierre widmet sich wieder den Unterlagen und Celina sieht sich die Bilder an. Es sind einige mit Models an seinem Pool, aber auch Landschaftsaufnahmen, die Celina gut gefallen. Pierre scheint sich einiges hier angesehen zu haben. Am besten gefällt ihr ein Bild von einem kleinen Jungen, der neben einem großen Hund steht und in die Kamera strahlt. Er erinnert sie an Malik, als er so alt war. Celina vermisst die Zeit manchmal, auch wenn sie es damals so schwer hatten. Ihre Gedanken werden von Pierres lauten Flüchen unterbrochen. So viel Französisch versteht sie, dass sie weiß, dass ihm etwas nicht passt.

Er greift nach einem Glas und schenkt sich aus der Bar Wodka ein, trinkt ihn mit einem Schluck herunter und gießt sich ein zweites ein. »Stoß mit mir an, ich bin jetzt offiziell Vater.« Celina sieht wieder weg. »Nein danke, hier gibt es nur Alkohol!« Pierre öffnet einen Kühlschrank, holt eine Dose Cola heraus und zeigt sie hoch. Celina widmet sich den Bildern. »Ich muss wirklich los, könnten Sie bitte alles unterschreiben!« Wieder sagt er etwas auf Französisch, was Celina diesmal nicht versteht. Kurz danach steht er bei ihr, in der einen Hand sein Glas Wodka, in der anderen ein Glas mit der Cola.

»Einmal anstoßen, dann bin ich auch gleich fertig.« Celina nimmt das Glas und probiert. Nicht, dass er ihr da Wodka reingeschüttet hat. Aber das hat er nicht und sie leert das Glas mit einem Zug und deutet ihm dann weiterzumachen. Pierre grinst sie zufrieden an und geht zurück zur Theke, wo er brav unterschreibt. Eine der Frauen kommt herein. Sie geht zu Pierre und stellt sich genau vor ihn. »Wie lange dauert das noch?« Pierre sieht der Frau lässig in die Augen. Als er merkt, dass Celina sie beobachtet, drängt er sich an die Frau und küsst sie, seine Hände gehen unter ihren Mantel, wobei er den Augenkontakt zu Celina nicht abbricht. Sie sollte weggucken, doch sie kann nicht, sie kann unmöglich den Blick davon wenden. Als er die Brust der Frau befreit und grob daran knabbert, sieht sie dann aber doch weg, ihr ganzer Körper scheint zu glühen, so heiß ist sie.

Pierre lacht und schickt die Frau mit den Worten, dass er gleich kommt davon. Auch wenn sie sich kaum noch konzentrieren kann, sieht Celina auf die Bilder und schiebt das nächste vor. Es ist ein Nacktbild von Pierre. Celina starrt darauf, was tut sie hier? Ihr Körper ist heiß und sie ist todmüde, sie hat das Gefühl, jede Sekunde im Stehen einzuschlafen. »Dir gefällt, was du da siehst, oder?« Celina hat nicht gemerkt, dass Pierre plötzlich hinter ihr steht. Sie sollte gehen, das weiß sie, doch sie kann nicht, sie ist müde, aber ihr ganzer Körper kribbelt, als er ihre Haare zur Seite schiebt und sich herunterbeugt.

Kapitel 4

Müde reißt Celina die Augen auf, sofort hält sie sich den Kopf, er schmerzt, als hätte sie einen schlimmen Autounfall gehabt. Was ist passiert? Sie ist nicht zuhause. Als sie sich umblickt, erkennt sie, wo sie ist und ihr Herz beginnt zu rasen. Nein, nein, nein, das darf nicht wahr sein. Sie sieht neben sich und in das schlafende Gesicht des französischen Fotografen. Celina steht blitzschnell auf, da erst bemerkt sie, dass sie nur noch ihren Slip und das Top anhat und das nicht einmal richtig. Celina blickt auf den nackten Mann vor sich und sieht noch eines der Models von gestern bei ihnen liegen. Sie würde am liebsten losschreien, was ist hier passiert? Sie kann sich an nichts mehr erinnern, nichts. Das letzte, was sie noch weiß, ist, wie Pierre sie geküsst hat, sie hat sich hingesetzt, war zu müde zum Stehen, dann weiß sie nichts mehr. Celina flucht laut auf und bereut es gleich bitterlich, ihr Kopf dröhnt.

Das kann nicht sein, es kann nicht, sie blickt an sich herunter. Sie kann nicht mit diesem Mann geschlafen haben, was hat sie getan? Ihre Gedanken rasen, ihr Puls und ihr Herz schlagen um die Wette. Sie hält sich den Kopf, versucht sich zu konzentrieren, um nicht umzukippen, schließt die Augen, das kann nur ein schlechter Traum sein. Ihr Kopf beginnt sich so sehr zu drehen, dass sie schnell zur offenen Toilette rennt und sich mehrmals übergibt.

Celina beginnt bitterlich zu weinen. Was hat sie getan? Wie konnte es so weit kommen? Jeder weitere Gedanke bringt sie zu neuer Übelkeit und es wird nicht besser. Celina spült sich das Gesicht mit kaltem Wasser ab und sieht in den Spiegel. Sie ist blass, verweint und halbnackt.

Wie konnte das passieren, sie war nicht einmal betrunken, sie erinnert sich, dass sie sich auf einmal vom Fotografen angezogen gefühlt hat, aber sie kann doch nicht so dumm, so ohne Verstand ... Nando, das einzige, was jetzt noch ihre Gedanken beherrscht, lässt sie ins Schlafzimmer zurück wanken, sie kann kaum gerade laufen, so schlecht ist ihr. Sie findet ihren Rock, streift ihn über und schnappt sich ihre Tasche, bevor sie wankend aus dieser Hölle verschwindet. Sie muss weg hier, aufwachen aus diesem Alptraum. Celina stolpert ins Freie und sucht in ihrer Tasche nach dem Autoschlüssel. Sie findet ihn und ihr Handy. Sie hat drei Anrufe verpasst: Josy, ihre Mutter und Nando.

Celina bricht zusammen, sie kniet auf dem harten Boden und beginnt laut zu schluchzen, während sie sich ihren schmerzenden Kopf hält. Was hat sie getan? Wie konnte sie nur? Nando wird gedacht haben, sie schläft schon. Wie sollte er wissen, was sie in Wirklichkeit getan hat? Wie kann sie ihm so etwas nur antun? Sie kann sich an nichts mehr erinnern, aber die Tatsache, dass sie halbnackt neben diesem ekelhaften Kerl aufgewacht ist, lässt sie erneut so einen Ekel bekommen, dass sie sich wieder übergibt.

Celina hat keine Kraft mehr, ihr Körper schmerzt, ihre Seele schreit und sie will nur noch weg. Sie setzt sich ins Auto und rast davon. Die Uhr im Armaturenbrett zeigt ihr, dass es noch sehr früher Morgen ist, die Straßen sind leer und Celina rast nach Hause. Krampfhaft versucht sie sich zu erinnern, zu verstehen, was da passiert ist, doch sie kann es nicht. Nach dem Zeitpunkt, wo sie sich mit dem Fotografen gesetzt hat, ist alles schwarz bis zu ihrem bösen Aufwachen.

Es ist totenstill, als sie in ihrer Einfahrt hält, um diese Uhrzeit werden alle noch schlafen, niemand ahnt, was sie getan hat. Celina geht schnell ins Haus, und sobald sie der vertraute Geruch umhüllt, wird ihr noch schwerer ums Herz. Es kann nicht sein, das kann alles nicht passiert sein. Sie geht nach oben ins Badezimmer, bewusst ohne auf eines der vielen Bilder zu sehen, die sie und Nando zeigen, sie kann ihn jetzt nicht ansehen, nicht so, nicht nachdem, was sie getan hat. Fast wie im Wahn zerrt sie sich die Kleider von ihrem Körper und stellt sich unter die warme Dusche.

Es beruhigt sie, doch es bringt ihr keine Antworten, ihr Körper rebelliert wieder, sie stellt die Dusche ab und zieht sich eine Jogginghose und ein weites Shirt an. Ihre Haare sind klatschnass, doch sie kann nicht eine Sekunde länger mit ihren Gedanken alleine bleiben, also zieht sie sich Flipflops über und nimmt sich wieder die Autoschlüssel.

Es gibt nur eine Person, die sie jetzt sehen will. Celina eilt zum Auto und merkt, dass sie zu schnell ist. Ihr wird schwindelig und sie hält sich kurz am Geländer fest. »Celina?« Erschrocken sieht sie sich um und entdeckt Janine in Josés Einfahrt, die mit einer großen Tasche auch gerade zu ihrem Auto will. Celina versucht einen klaren Kopf zu behalten, doch sie kann nicht einen vernünftigen Satz denken, also nickt sie nur leicht und wankt weiter zu ihrem Auto, sie muss auch hier weg.

Keine zwei Sekunden später eilt Janine zu ihr hinüber. »Celina, meine Güte, was ist passiert, was hast du?« Celina blickt hoch in die besorgten Augen der lieben Blondine und weiß es nicht, sie beginnt erneut zu weinen, ohne einen Ton zu sagen, sie weiß es doch nicht. Janine scheint etwas überfordert und will Celina zurück ins Haus bringen, doch da schaltet sich für einen kurzen Moment Celinas Verstand wieder ein und sie geht weiter zum Auto.

»Ich muss weg hier!« Ihre Stimme ist brüchig und kratzig, Janine steht sofort wieder neben ihr. »Celina, du kannst dich nicht einmal auf den Beinen halten, das geht nicht, komm, wir gehen ins Haus ...« Celina sieht nun, dass es Janine auch nicht gut geht, ihre Augen zeigen, dass auch sie geweint hat, doch Celina hat keine Kraft dafür. »Ich muss zu Josy, jetzt!« Janine scheint die Welt nicht mehr zu verstehen, doch sie stützt Celina. »Okay, von mir aus, aber ich fahre dich, du kannst keinen richtigen Schritt machen.«

Celina gibt nach, Josés Freundin wird nicht locker lassen und Celinas Kopf tut ihr immer mehr weh. Als sie sich in Janines Auto setzen, sieht Celina noch einmal auf die Uhr. Es ist immer noch Wochenende. Gestern war am meisten los im B.B. und so wie sie Josy kennt, wird die noch die Abrechnungen von der Nacht machen und die Arbeit der Reinigungsleute beobachten, bevor sie schließt. Sie hofft es zumindest. Janine fährt los und Celina flüstert ihr zu, wohin sie soll. Ihre Stimme, alle Geräusche dröhnen zehn mal so laut in ihrem Kopf wieder. Als sie schon fast da sind, sieht Janine besorgt zu ihr. »Celina, was ist passiert, du stehst total unter Schock, du kannst mir vertrauen!«

Celina sieht aus dem Fenster, sie beginnt erneut zu weinen. Allein beim Gedanken daran, was passiert ist, sie bringt es nicht über die Lippen. »Hat es etwas mit Nando zu tun? Soll es seine Familie nicht erfahren? Hat er dir etwas angetan?« Janine wirkt immer ratloser und besorgter, sie reicht ihr ein Taschentuch. »Celina, ich weiß, wir kennen uns noch nicht lange, aber ich schwöre dir, was du mir erzählst, bleibt unter uns. Niemand erfährt davon, du kannst mir vertrauen, nur sage mir, was dir Schreckliches passiert ist.« Sie halten vor dem B.B., genau in dem Moment, als Josy mit einer Putzfrau herauskommt und den Laden schließen will. Sie sieht zu ihrem Auto und als sie Celina erblickt, wird sie blass. Celina kann nicht anders, als aus dem Auto direkt in ihre Arme zu wanken, bevor sie endgültig zusammenbricht.

Josy und Janine stützen sie und bringen sie in die Umkleiden, wo sie Celina aufs Sofa legen. Ihr ist schwindelig, wie gern würde sie die Augen schließen und erst wieder aufmachen, wenn der Alptraum vorbei ist, doch sie kann es nicht. Jedes Mal, wenn sie die Augen schließt, dreht sich die Welt und Celina weiß jetzt schon, dass ab sofort nie wieder etwas wie vorher sein wird. Sie spürt etwas Kaltes auf ihrer Stirn und sieht in Josys besorgte Augen. »Was ist passiert, Celina, wer hat dir etwas getan? Wo ist Nando?« Celina beginnt nur noch lauter zu weinen und Janine streichelt ihre Hand. Dass sie denken, Nando könnte etwas getan haben, macht alles nur noch schlimmer.

»Keiner hat etwas getan, ICH habe etwas Schreckliches gemacht!« Sie setzt sich auf und sieht die beiden an. Dann sprudelt alles aus ihr heraus, von dem ganzen stressigen Tag, dass sie die Unterlagen vergessen hat, wie sie auf Pierre warten musste, von dem Sekt, das, was dann passierte und wie sie heute aufgewacht ist. Josy und Janine sehen sie einfach nur an, auch als Celina endet, sagt erst einmal keiner etwas und sie fährt fort. »Wie konnte ich? Nando ist der Mann meines Lebens, mein Leben, ich kann mir keinen Tag ohne ihn vorstellen, wie konnte das passieren?«

Nun nimmt Josy Celinas Hände in ihre. »Celina, ganz ruhig, du stehst total neben dir. Hast du mit ihm geschlafen?« Celina zuckt die Schultern. »Nein, ich könnte das niemals tun, aber ich bin halbnackt neben ihm wachgeworden, was soll ich sonst getan haben? Ich verstehe das selber nicht, ich habe das Gefühl verrückt zu werden, ich kann mich an nichts mehr erinnern, es ist wie ein großes schwarzes Loch.« Janine seufzt leise auf. »Du hast einen Blackout, ich hatte das auch schon mal, ich hatte viel zu viel getrunken und ...«

Celina unterbricht sie. »Ich habe nur zwei Gläser Sekt getrunken, das weiß ich ganz genau!« Josy schüttelt den Kopf, sie scheint es ebenso wenig begreifen zu können, wie Celina selbst. »Aber du kannst dich doch dann kaum noch an etwas erinnern, vielleicht hast du dann doch noch etwas getrunken, was dazu geführt hat. Wir sollten zurück und ...« Celina springt entsetzt auf. »Ich will da nie wieder hin, niemals wieder!« Das war zu schnell, alles beginnt sich wieder zu drehen, Celina rennt zur Toilette. Josy eilt ihr hinterher und hält ihr die Haare aus dem Gesicht. »Als erstes musst du zum Arzt, Celina, du siehst aus wie der Tod persönlich.« Celina legt ihre Wange an die kühlen Fliesen, während ihr Janine ein Glas Wasser hinstellt.

»Ich kann nicht zum Arzt, er ist der Familienarzt und ...« Sie schweigt und alle anderen auch. Nando, allein der Gedanke an ihn zerreißt ihr Herz. Was hat sie getan? Bevor sie aber wieder zu weinen beginnen kann, hält ihr Janine die Hand hin. »Meine Mutter ist Ärztin, ich rufe sie an, wir treffen sie in ihrer Praxis, die ist nur zwei Häuser neben unserem Haus. Komm, du musst dich untersuchen lassen.« Es ist nicht so, als hätte Celina eine Wahl, sie hat ihren Körper nicht unter Kontrolle und ihre Seele schon gar nicht mehr, also fährt sie mit Janine und Josy zu der Praxis, die zehn

Minuten vom B.B. entfernt liegt. Es ist das Touristenviertel, wo sich fast nur Touristen aufhalten und Leute, die aus dem Ausland herziehen.

Als sie ankommen, ist die Mutter von Janine schon da. Besorgt sieht auch sie Celina an und sie muss ihr genau beschreiben, was passiert ist. Janines Mutter notiert alles und Celina ist es nur recht, dass sie sie dabei nicht die ganze Zeit ansieht. Je öfter sie es sagt, erzählt, umso mehr erkennt Celina ihre eigene Schuld. Sie hätte nicht noch auf die Unterschriften warten sollen, sie hätte Pierre nicht interessant finden dürfen, sie hätte gar nicht erst warten, sondern der Frau den Umschlag geben sollen, nein, eigentlich hätte sie mit Nando in Lares sein sollen, ihr hätte die Arbeit nicht wichtiger sein dürfen.

Ihre Tränen fließen erneut, sie hat alles zerstört, sie ist schuld und das ist der Grund, warum es ihr so schlecht geht, sie weiß genau, was sie getan hat und sie sollte sich noch viel schlechter fühlen. Als die Mutter ihre Tränen sieht, bittet sie sie auf eine Liege, wo sie ihr den Puls misst und sie etwas untersucht. »Sie haben einen Schock, Celina, so wie es sich anhört, haben Sie gestern etwas getrunken, was sie nicht vertragen haben oder zu viel, auch wenn Sie sich nicht erinnern. Ich gebe Ihnen jetzt etwas zur Beruhigung und für ihren Magen, der Schwindel wird dann auch aufhören. Sie müssen viel Wasser trinken und zur Ruhe kommen, dann werden vielleicht auch wieder ein paar Erinnerungen kommen.« Celina wischt sich die Tränen weg. »Ich will es gar nicht mehr wissen, ich habe einen großen Fehler gemacht, ich habe alles zerstört.«

Josy, die auf einem Stuhl neben Janine sitzt, mischt sich ein. »Hör auf, dich zu fertig machen, selbst wenn du einen Fehler gemacht hast, ist das ganz menschlich, du musst erst einmal zur Ruhe kommen, dann können wir weitersehen.« Janine neben ihr nickt, doch Celina sieht in ihren beiden Augen die Frage, die in ihrem eigenen Kopf widerhallt. »Wie konntest du das tun?«

Die Mutter von Janine meldet sich wieder zu Wort. »Sie scheinen auf irgendetwas sehr heftig reagiert zu haben, deswegen würde ich

Ihnen gerne Blut abnehmen und alles kontrollieren lassen, wenn Sie nichts dagegen hast.« Celina hält bereitwillig ihren Arm hin. »Mit den Blutlaboren hier in San Sebastian hatte ich schon einige Schwierigkeiten, sie arbeiten mir nicht genau genug und ich schicke meine Blutproben immer zur Analyse woanders hin, wo sie wirklich alles durchtesten. Das kann allerdings ein paar Tage dauern, bis die Ergebnisse hier sind. Ich kann die Blutprobe auch erst morgen dem Kurier mitgeben.«

Celina nickt nur leicht, die Mittel, die ihr Janines Mutter gegeben hat, scheinen schon zu wirken und sie wird ruhiger. »Ich kann gewisse Untersuchungen nicht machen, ich bin Allgemeinärztin, du solltest noch zu einem Frauenarzt gehen.« Celina nickt wieder und bedankt sich, als die Mutter ihr den Zettel mit ihren Notizen und was sie ihr gegeben hat, überreicht. Sie soll den Zettel, wenn sie noch zu einem weiteren Arzt geht, unbedingt mit abgeben.

Celina fühlt sich nur noch leer, Janine fährt sie ins B.B. statt nach Hause. »Ich kann da nicht mehr hin«, erklärt die hübsche blonde Frau traurig. Celina sieht Janine an, sie hat sich sicherlich, wie sie es gesagt hat, von José getrennt. »Ich rufe dich später an, und wenn etwas ist, melde dich. Sobald meine Mutter die Blutergebnisse hat, sage ich dir Bescheid.« Celina umarmt Janine kurz. »Und das bleibt alles unter uns, du kannst mir vertrauen.«

Josy fährt mit ihr zu sich nach Hause. Celina hat Glück, auch dieses Mal treffen sie niemanden, als sie zu ihr gehen. Celina legt den Zettel der Ärztin auf die Kommode am Eingang und blickt auf ihr Handy. Nando hat sie bereits zweimal probiert zu erreichen und genau in diesem Moment klingelt das Handy erneut. »Ich kann jetzt nicht mit ihm reden, noch nicht.« Josy nickt und nimmt ihr das Handy aus der Hand. Wenn er sie gar nicht erreicht, wird es nur schlimmer, das weiß auch Celina. Josy geht an das Telefon und sie nach oben in ihr Schlafzimmer.

Sie hört, wie Josy Nando beruhigt. »Celina kann gerade nicht. Sie schläft, ihr geht es seit gestern nicht gut, aber du brauchst dir keine Sorgen zu machen.«

Sie beide kennen Nando besser, Celina schaut im Vorbeigehen auf ein Bild, was sie aus ihren schönsten Bildern zusammen erstellt haben. Sie lachen. Sie sind glücklich und nun hat sie alles zerstört. Nando muss die Wahrheit erfahren, er hat das nicht verdient. »Nando, wirklich keine Sorge, ich bin bei ihr, ihr geht es auch schon etwas besser.« Celina hört, wie schwer es Josy fällt Nando anzulügen, sie geht ins Bad und sieht in den Spiegel.

Was sie sieht, ist Hass, Hass auf sich selbst. Wie konnte sie ihm so etwas antun? Das hat er wirklich nicht verdient. Sie ist nicht gut genug für ihn. Celina sieht in ihr Spiegelbild, ihr kommt das Bild vor Augen, wie Nando so oft ins Bad gekommen ist, sie geküsst und ihr gesagt hat, dass sie sein Leben ist. Dann kommt ihr das Bild von Pierre vor Augen, wie er näher kommt, ihre Schulter küsst und sie es zulässt. Sie greift nach der Parfümflasche, die neben ihr steht und zerschmettert den Spiegel damit. Wie konnte sie so etwas tun? »Das war nichts, mir ist ein Glas heruntergefallen, ich muss Schluss machen, mach dir keine Sorgen, wir hören uns.« Josy reagiert schnell am Handy.

Celina wirft sich auf das Bett und keine Sekunde später ist Josy an ihrer Seite, die Nando schnell am Telefon abgewürgt hat. Ihre beste Freundin streicht ihr beruhigend über die Haare. »Wie kann ich ihm so etwas antun? Er wird mich hassen, zurecht, du solltest mich dafür hassen. Ich hasse mich selbst dafür!« Josy schüttelt den Kopf. »Denkst du, ich habe dir umsonst gesagt, dass ich immer für dich da bin, egal was ist? Du solltest jetzt schlafen, Celina, du bist total fertig. Und wenn du wieder wach bist, überlegen wir, wie es jetzt weitergeht.«

Celina kann ihre Augen dank der Beruhigungsmittel der Ärztin eh kaum noch aufhalten und unter dem beruhigenden Streicheln ihrer Haare fällt sie in einen tiefen Schlaf.

Sie kann nur noch ein Gebet zum Himmel schicken, dass alles wieder gut wird.

Kapitel 5

Celina wird von einem dumpfen Knall wach. Sie sieht verschlafen in den Raum, sie muss lange geschlafen haben, sie fühlt sich immer noch gerädert. Dann hört sie laute Schritte und die Tür wird aufgerissen. Celina schreckt hoch, als Nando ins Zimmer gestürmt kommt, er ist wütend und als sie den Zettel der Ärztin in seiner Hand sieht, versteht sie auch, warum und alles kommt wieder hoch. »Stimmt das?« Seine Stimme dröhnt durch den Raum, als er den Zettel zu ihr ins Bett wirft. Sie hat ihn noch nie so wütend gesehen, nicht einmal bei einem seiner Geschäftspartner. Celina ist nicht in der Lage, etwas zu sagen, ihre Kehle ist zugeschnürt vor Angst, ihn jetzt zu verlieren, sie wird ihn verlieren, das sieht sie in seinen Augen. »Rede, Celina, stimmt das?« Nando brüllt so laut, dass sie sich die Hände vor die Ohren hält.

»Es tut mir so leid, Nando, ich wollte das alles ...« Sie bricht ab, Nandos Blick sagt ihr, dass er wirklich noch die Hoffnung hatte, dass sie nein sagt, dass sie ihm sagt, dass es nicht stimmt, aber sie kann ihn jetzt nicht belügen. »Ich mache mir solche Sorgen, dass ich wie ein Wahnsinniger alles stehen und liegen lasse um herzukommen, nur, um zu erfahren, dass du einen anderen ...«

Josy kommt herein, sie muss sich in einem Gästezimmer hingelegt haben. Celina will aus dem Bett aufstehen. »Nein, Nando, ich weiß es nicht, ich weiß nicht, was passiert ist, ich kann mich nicht erinnern, aber du musst mir glauben. Ich schwöre dir, dass ich das nicht wollte, ich liebe dich über alles.« Celina hört selbst, wie flehend sie sich anhört, aber das ist ihr egal, Nando muss ihr glauben, dass sie das nicht wollte. Er schmeißt das Regal um, was neben ihm steht und mit ihren Büchern gefüllt ist. Krachend fällt es zu Boden und zersplittert. »Du kannst dich nicht erinnern? Was für eine Scheiße willst du mir hier erzählen?«

Nando wird immer wütender. Josy will Celina daran hindern zu ihm zu gehen. »Celina, ich denke, das ist jetzt keine gute Idee, er ...« Nein, sie muss zu ihm, er darf nicht gehen, nicht so. Nando scheint jeden Moment zu platzen. »Nando, ich denke es ist besser, wenn du gehst, bevor etwas passiert, was niemand will.« Josy sieht ihn flehend an. Nando scheint für einen Moment wieder klar im Kopf zu werden, er sieht Celina noch einmal in die Augen, sie sieht darin Wut, Enttäuschung, alles, nur nichts von der Liebe, die sie sonst immer darin findet. »Nando, nein, bitte warte.« Celina macht sich von Josy los und rennt ihm die Treppen hinunter nach.

Er ignoriert sie, kommt an dem Bild vorbei, das sie beide glücklich zeigt, nimmt es ab und schleudert es mit voller Wucht gegen eine Fensterscheibe, die daraufhin klirrend zerbricht und ihr Bild im Garten in tausend Stücke zerfällt. So fühlt sich Celinas Herz an, sie kann das nicht zulassen. Sie holt ihn ein und hält ihn am Arm fest.

Nando wirbelt so heftig herum, dass sie auf den Boden fällt. »Nando, bitte, ich wollte das nicht, ich kann dir nicht sagen, wie es dazu gekommen ist, ich kann mich wirklich an nichts mehr erinnern, aber ich schwöre dir ...« Nando sieht vernichtend zu ihr herunter, in dem Moment kommt auch Josy zu ihr die Treppe heruntergerannt und sie sieht in der Glasfront, wie Alonzo und José zu ihrem Haus gerannt kommen. Den Lärm hat man sicherlich bis weit aus dem Natos-Gebiet gehört. Doch Celina ignoriert all das und sieht zu Nando hoch, als Josy ihr auf die Beine hilft.

»Du warst alles für mich, Celina, mein Leben, alles, und du hast nichts Besseres zu tun, als darauf zu spucken, zwei Wochen vor unserer Hochzeit!« Die Worte treffen sie wie eine Ohrfeige und sie zuckt zusammen. »Ich kann dich nicht einmal mehr ansehen!« Er dreht sich um und geht. Celina hört, wie seine Brüder ihn vor der Haustür antreffen. »Nein, warte ...« Doch dieses Mal hält Josy sie zurück. »Lass ihn erst einmal, Lina, es bringt jetzt nichts, er ist zu wütend, lass ihn gehen.« Celina bricht weinend zusammen, sie kann ihn nicht gehen lassen, er ist doch alles für sie.

Sie legt sich auf die Couch, von der aus sie die Haustür beobachten kann und hört auf zu weinen, sie hat das Gefühl, dass sie keine

Tränen mehr hat. Immer wieder versucht sie Nando anzurufen, doch er hat schon beim ersten Versuch sein Handy ausgeschaltet. Josy versichert ihr immer wieder, dass er sich erst einmal beruhigen muss und sie dann noch einmal reden sollen, so bringt das gar nichts. Janine ruft an und erkundigt sich, wie es Celina geht. Celina ist ihr sehr dankbar für ihre Hilfe und die Sorge, die sie ihr entgegenbringt, obwohl sich die beiden kaum kennen. Immer wieder stellt sie sich selbst und Josy die Fragen, die ihr Herz zuschnüren. »Er hasst mich und er hat recht, wie konnte ich ihm das antun? Wie soll ich das jemals wieder gutmachen?«

Celina kann an nichts anderes denken, wenn sie an Nandos Enttäuschung in seinen Augen denkt, zerreißt es ihr Herz. Er hat so etwas nicht verdient, je mehr sie darüber nachdenkt, umso ruhiger wird sie. Sie war so dumm und hat sich auf diese Situation eingelassen, auch wenn sie nicht weiß, wie ihr das passieren konnte, sie diese Gefühle und was da passiert ist, selbst nicht verstehen kann, ist es ihre Schuld. Sie ist nicht gut für ihn. Josy, die auf der anderen Seite der Couch liegt und hin und wieder leise mit Casper telefoniert, der Celina immer wieder Küsse schickt und ausrichten lässt, dass sie den Kopf hochhalten soll, kommt auch langsam zur Ruhe.

Seit Celina neben Pierre aufgewacht ist, ging alles Schlag auf Schlag und nun können sie sich zum ersten Mal richtig austauschen. »Weißt du, Lina, du hattest viel Stress wegen der Hochzeit und Nandos Schwester, es kann dir keiner einen Vorwurf machen, dass du da mal etwas Alkohol getrunken hast. Du bist nicht der erste Mensch, der kurz vor der Hochzeit so etwas wie Panik bekommt. Und durch all das und den Alkohol, vielleicht hast du ja wirklich einen Fehler gemacht. Aber du weißt ja noch nicht einmal, wie weit es gegangen ist, du erinnerst dich doch nicht oder kommt es langsam?«

Celina schüttelt den Kopf, zwar geht es ihrem Körper mittlerweile nicht mehr so schlecht wie gestern noch, doch vom Zeitpunkt an, als sie sich mit Pierre hingesetzt hat, ist alles schwarz. »Ich bin halbnackt neben ihm aufgewacht, würdest du das Casper verzeihen? Ich hätte genauso schlimm, wenn nicht noch schlimmer reagiert, wäre es anders herum, hätte Nando das getan.«

Josy nickt. »Das stimmt, aber du brauchst dich deswegen jetzt auch nicht total kaputt zu machen.« Celina denkt an Nando. »Was denkst du tut er jetzt?« Josy zuckt die Schultern. »Ich weiß es nicht, er ... das war wirklich ... ich dachte für einen Moment, er würde dich schlagen.« Celina lächelt matt. »Das würde er niemals tun, dafür liebt ...« Sie bricht ab und versucht ihn ein weiteres Mal vergebens zu erreichen. Sie versucht ihn die nächsten Stunden immer wieder zu erreichen, vergeblich, bis es stürmisch an der Haustür klingelt.

Josy geht sie öffnen und Celina setzt sich auf, auch wenn die Hoffnung, dass Nando wiederkommt, sehr gering ist. Sie hört Elisas aufgebrachte Stimme und wie Josy zu ihr sagt, dass jetzt kein guter Zeitpunkt ist, doch Elisa drängelt sich an ihr vorbei und geht voller Hass auf Celina zu, die nun aufsteht. »Es ist mir egal, was für ein Zeitpunkt es ist, ich will zu der ...« Sie sieht hasserfüllt zu ihr. »Was hast du meinem Bruder angetan?« Josy folgt ihr, Celina kann das jetzt nicht ertragen. »Elisa, bitte, das geht dich alles nichts an!«

Nandos Schwester verschränkt die Arme. »Ich wusste von Anfang an, dass du nur ein Flittchen bist, hinter seinem Geld her bist, du hast es nicht einmal geschafft, bis zur Hochzeit deine Beine zuzuhalten.« Hinter Elisa kommen Arturo und Olivia ins Haus, sie sind ihr offensichtlich gefolgt und wollten sie davon abhalten, doch diesen Triumph hätte sie sich nie entgehen lassen, um keinen Preis.

»Elisa, lass das!« Arturo ermahnt seine Schwester, er hat ihre Worte an Celina gehört. Sie würde Elisa gerne etwas dagegen halten, aber sie hat ja recht, sie schämt sich sehr, jetzt so vor seiner Familie dazustehen. »Jetzt hast du ja das, was du wolltest, du wolltest mich nie als seine Frau sehen!« Sie wendet sich an Arturo. »Wo ist er, hast du ihn gesehen?« Nandos Bruder blickt Celina nicht einmal mehr an. »Wir konnten ihn kaum beruhigen. José ist mit ihm zum Flughafen, er wollte einfach nur noch weg hier.« Celina treten erneut die Tränen in die Augen, sie nickt nur.

»Ich wusste, dass du nicht gut für ihn bist, bei Gott, ich wusste es«, flucht Elisa und Olivia, die Celina besorgt ansieht, bittet sie damit aufzuhören, doch Celina hebt den Kopf und blickt Elisa in ihre hasserfüllten Augen. »Ja, da hast du recht, ich bin nicht gut für ihn. Ich hoffe, er findet eine Bessere.« Diese Worte bringen sie fast um, doch so ist es. Sie hat ihm das Herz gebrochen, das hat er nicht verdient.

Josy reicht es, sie nimmt Celina und zieht sie an allen vorbei. »Komm mit, das hast du nicht nötig, sie sehen, wie schlecht es dir geht und hauen noch drauf.« Olivia will etwas sagen, doch Josy verfrachtet Celina direkt ins Auto, setzt sich ans Steuer und gibt Gas. Elisa ist nicht mehr aufzuhalten, endlich zeigt sie ihr wahres Gesicht und schreit ihnen hinterher, dass sie ja nie wieder in dieses Gebiet kommen sollen. Celina lehnt ihren Kopf nach hinten und schließt die Augen, sie hofft, dass sie sie nie wieder öffnen muss.

Josy bringt Celina zu ihrer Mutter, die von all dem noch gar nichts weiß. Ein Blick auf ihre Tochter reicht, um zu wissen, dass etwas Schlimmes passiert sein muss. Celina will nicht mit noch jemandem darüber reden, nicht noch einen vorwurfsvollen Blick ertragen und geht direkt in das Gästezimmer ihrer Mutter, wo sie die Tür zumacht und nichts mehr von der Außenwelt hören will. Sie legt sich auf das Bett und schließt die Augen. Sie hört, wie Josy ihrer Mutter und Edi alles erzählt, wie sie noch lange da sitzen und reden, Celina öffnet ihre Augen nur, um auf ihr Handy zu sehen und zu gucken, ob Nando sich gemeldet hat.

Doch das hat er nicht getan und Celina weiß, er wird es auch nicht mehr tun. Josy kommt ins Zimmer und küsst ihre beste Freundin auf die Wange, sie muss zurück in die Stadt und verspricht morgen wiederzukommen. Sie drückt ihre Hand zum Dank für alles was sie tut, dass sie ohne ihr etwas vorzuwerfen zu ihr hält. Josy streichelt ihre Haare zur Seite. »Du hast einen Fehler gemacht, Lina, das macht dich nicht zu einem anderen Menschen, es dauert vielleicht etwas, aber das wirst du auch erkennen.« Celina blickt zur Decke. »Es macht mich nicht zu einem anderen Menschen, aber ich habe damit alles kaputt gemacht.« Josy sagt ihr, dass sie nicht so denken soll und verspricht ihr, dass die Zeit alles anders aussehen lässt, bevor sie geht.

Es ist absolute Ruhe im Haus, bis ihre Mutter hereinkommt und ihr etwas zum Essen bringt, doch Celina kann nichts essen. Ihre Mutter setzt sich zu ihr ans Bett und nimmt ihre Hand. Sie sagt nichts, vielleicht weiß sie auch nicht, was sie dazu sagen soll, sie hat Nando tief in ihr Herz geschlossen. Und was sollte man dazu auch noch sagen? Doch die vertraute Nähe der Mutter tut Celina gut und alles bricht aus ihr heraus, sie weint, sie fragt ihre Mutter tausendmal wie sie das tun konnte, sie versteht es nicht, sie kann es nicht mehr nachvollziehen, sie hat alles zerstört.

Ihre Mutter tut nichts, außer sich zu ihr ins Bett zu legen, sie zu halten und ihre Haare zu streicheln, während sie ihr immer wieder Küsse auf die Stirn gibt, die ganze Nacht lang. Celina fällt wieder in einen leichten Schlaf, doch das Gesicht und die enttäuschten Augen von Nando verfolgen sie und sie wacht immer wieder weinend auf, doch ihre Mutter hält sie, egal was ist.

Kapitel 6

Celina bleibt die nächsten vier Tage in diesem Zimmer, sie verlässt es nur, um ins Bad zu gehen, sie kann es nicht ertragen, dass die Welt sich weiterdreht, obwohl ihre zusammengebrochen ist. Noch immer wird sie nicht müde Nando anzurufen, bis ihr Josy, die jeden Tag zu ihr kommt, sagt, dass er sie angerufen hat, ohne seine Nummer zu senden und sie gefragt hat, wer es war. Mit wem Celina ihn betrogen hat. Er hat seine Nummer gewechselt, er will nicht mit ihr reden, das ist nun mehr als deutlich.

Josy hat ihm gesagt, dass sie es nicht weiß, was ja auch stimmt. Daraufhin hat er sich verabschiedet und aufgelegt, sie konnte nicht mit ihm reden. Er hat nicht nach Celina gefragt. Sie können froh sein, dass Josy es nicht wusste, wer weiß, was er mit Pierre gemacht hätte. Von dem Zeitpunkt an versucht Celina nicht mehr ihn zu erreichen. Es hat keinen Sinn.

Ihre Mutter lässt sie zur Ruhe kommen, sie fragt nichts und urteilt nicht, wenn Celina weint, ist sie da und wenn sie ihre Ruhe haben will, lässt sie sie. Edi umarmt Celina oft und drückt sie, es tut gut und sie ist dankbar, dass auch er sie nicht darauf anspricht. Sie ist froh, dass Malik gerade mit seiner Klasse auf einer Sprachreise ist und das alles nicht mitbekommt, sie weiß gar nicht, wie sie ihm das alles erklären soll. Sie weiß überhaupt nicht, wie sie es jemandem erklären soll, sie versteht es ja selbst nicht. Egal wie sie sich anstrengt, es kommen keine Erinnerungen an diese Nacht und was genau noch alles passiert ist. Doch allein wie und wo sie aufgewacht ist, sollte ihr alle Antworten geben.

Janine kommt vorbei und ruft sie oft an. Sie wird Celina immer wichtiger, sie merkt, was für ein guter Mensch in ihr steckt. Am Anfang redet Celina noch darüber, versucht zu begreifen was passiert ist, doch dann hört sie auf damit, es ändert nichts. Janine hat ihr gesagt, dass sie und José auch kein Paar mehr sind, mehr wollte sie dazu nicht sagen und Celina versteht es. Je mehr man darüber redet, umso schlimmer wird es jedes Mal. Ihre Mutter achtet darauf, dass Celina regelmäßig isst, auch wenn sie keinen Appetit hat. Señor Torres meldet sich verwundert, warum sie nicht zur Arbeit kommt und Celina kündigt ihren Job. Es tut ihr leid, Señor Torres versteht nicht, warum sie das tut und sie kann es ihm nicht erklären, doch sie kann dort nicht mehr arbeiten, es würde sie zu sehr an das erinnern, was passiert ist. Er wünscht ihr trotzdem alles Gute.

Nach knapp einer Woche beginnt dann der wahre Alptraum. Ihr Telefon klingelt ständig wegen der Hochzeit, die in ein paar Tagen hätte stattfinden sollen. Sie geht irgendwann nicht mehr ran, sie bringt es nicht übers Herz alles abzusagen. Letztlich ist es Josy wieder, die sich hinsetzt und zwei Stunden herumtelefoniert, um alles abzusagen, während Celina mit ihr auf der Veranda vor dem Haus ihrer Mutter sitzt und zuhört, wie ihre Zukunft Stück für Stück zerrissen wird.

Als Josy auflegt, sieht sie ihrer Freundin in die Augen. »Celina, du musst langsam wieder auf die Beine kommen, lass dich davon nicht unterkriegen.« Celina weiß, dass sie recht hat, doch sie kann es nicht. Sie zweifelt langsam selbst an ihrem Verstand. »Würde ich wissen, dass ich es, dass ich es wollte ... ich kann es nicht beschreiben, es ist ein inneres Gefühl, was mich zerreißt, Josy. Hätte ich das alles getan und wüsste es genau, würde ich zu meinem Fehler stehen und weiterleben. Aber etwas in mir sagt, dass es nicht so ist, dass ich das niemals tun würde, das zerreißt mich, ich kann so nicht abschließen.«

Josy telefoniert mit Casper und lacht Celina danach an. »Okay Süße, dann pack deine Sachen, wir fliegen ein paar Tage weg, raus hier, weg von all dem Mist, das wird dir gut tun.« Ihre Mutter, die das Ganze mitbekommen hat, stimmt Josy zu, Celina wird die Abwechslung gut tun. Celina hat die letzten Tage gesehen, wie traurig Janine ist, auch wenn sie immer noch nicht weiß, was genau mit José passiert ist. Deswegen ruft sie Janine an, um sie zu fragen, ob sie sie begleiten möchte.

Sie würde gern, doch ihre Mutter fliegt zu einem Kongress nach Wien und sie begleitet sie. Janine erklärt Celina, dass die Blutergebnisse jeden Tag ankommen müssen und sie sich diese sonst bei der Vertretung der Mutter abholen kann. Außerdem erzählt sie ihr, dass sie mit Olivia telefoniert hat. Sie macht sich große Sorgen um Celina. Celina ist nie ans Telefon gegangen als sie angerufen hat, weil es ihr zu weh getan hätte, direkt mit Nandos Familie zu reden. Janine bittet sie mit Olivia zu reden und erwähnt, dass Nando wieder da sein soll, ihm soll es überhaupt nicht gut gehen, das hatte Celina auch nicht erwartet.

Sie wissen nicht wohin, sie wissen nicht wie lange sie weg wollen, doch Celina lässt sich etwas von Josys Urlaubsfieber anstecken. Als diese losfährt, um ihre Koffer zu packen, weiß sie, dass es das Beste ist, etwas Abstand zu bekommen. Besonders, da in ein paar Tagen das Datum ihrer Hochzeit ist, die nicht stattfinden wird. Als sie die wenigen Sachen, die sie bei ihrer Mutter hat, in eine Reisetasche packt, fasst sie einen Entschluss. Schlimmer als jetzt kann es nicht werden, sie muss den Mut finden und noch einmal zu Nando fahren, sie braucht ihre Sachen. Mehr als sie wegschicken kann er nicht, doch vielleicht hat er sich auch so weit beruhigt, dass er wenigstens etwas mit ihr redet.

Sie schnappt sich ihren Autoschlüssel und ruft ihrer Mutter zu, dass sie noch etwas besorgen muss. Ihre Mutter sieht etwas verwundert aus der Küche, Celina ist bisher nicht weiter als zur Veranda gegangen, doch sie nickt und Celina fährt zum ersten Mal, seit sie ihr gemeinsames Haus verlassen hat, zurück ins Nato-Gebiet.

Es fühlt sich nicht gut an, in die ihr so vertraute Gegend zu fahren. Sie schämt sich, trotzdem fährt sie in ihre Einfahrt und parkt vor dem Haus, was das letzte Jahr ihr Zuhause war. Olivia steht auf ihrem Balkon und hängt Wäsche auf. Als sie Celina sieht, deutet sie ihr zu warten. Zu Celinas Überraschung umarmt sie sie, sobald Olivia bei ihr ist. »Hi Süße, wie geht es dir? Was für eine dumme Frage, entschuldige, man sieht es dir an.« Celina sieht auf den Boden, als sie ihre Umarmung lösen. »Es tut mir leid, dass ich die Anrufe nicht angenommen habe, ich … es ist so … Ich schäme mich wegen allem, was passiert ist.«

Olivia nickt verständnisvoll. »Es tut mir auch leid, was da mit Elisa passiert ist, Arturo und ich wollten sie aufhalten, doch du kennst sie ja …« Celina blickt zu ihrem Haus. »Du brauchst dich nicht zu schämen, es ist nur so, dass ich es nicht verstehe, keiner tut das.« Celina ist Olivia so unendlich dankbar, dass sie ehrlich und offen mit ihr spricht. »Ich verstehe es selber nicht, Olivia, ich weiß nicht, was da passiert ist und das ist das Schlimmste. Ich liebe Nando über alles.« Sie nickt. »Vielleicht war es der Alkohol, die Aufregung vor der Hochzeit, alles zusammen.« Celina zuckt die Schultern, sie hat aufgegeben, dafür eine Erklärung zu suchen, es gibt keine, dass hätte nie passieren dürfen!

»Ist er da?« Olivia schüttelt den Kopf. »Er geht ab und zu ins Haus rein, alleine, aber er lebt seitdem er wieder da ist bei Gabriel.« Celina nickt und erklärt ihr, dass sie ein paar ihrer Sachen holen muss, da sie für einige Tage weg möchte, um abzuschalten. Olivia denkt auch, dass es eine gute Idee ist. Sie bittet Celina sich zu melden, wenn sie wieder zurück ist. »Cassandra vermisst dich auch, wir können dann noch einmal in Ruhe reden. Ihr dürft das alles nicht aufgeben, Nando und du, dafür seid ihr zu stark, ihr beide leidet so doch nur.«

Celina verspricht sich zu melden, doch sie hat keine Hoffnungen, dass es noch eine Zukunft mit Nando gibt, nicht nach dem was sie getan hat. Olivia lässt Celina allein und sie betritt ihr Haus. Sofort schlägt ihr der vertraute Geruch ihres Zuhauses entgegen. Tränen steigen in ihre Augen, wie sehr sie all das vermisst. Alles ist wie an dem Tag, an dem sie das Haus verlassen hat, selbst die Scheibe ist noch kaputt und das Bild liegt im Garten.

Es ist erst eine Woche her und doch erscheint es ihr ewig. Sie geht in ihr Schlafzimmer. Das Bett ist gemacht, man sieht allerdings, dass jemand darauf gelegen hat. Celina will sich all das nicht lange antun und geht zum Kleiderschrank. Sie zieht eine Reiseta-

162

sche hervor und beginnt achtlos Kleider hineinzuwerfen, erst als sie an ihre Kommode kommt, hält sie ein. Auf der Kommode liegt eine kleine schwarze Samtschachtel. Ihr Herz schlägt augenblicklich schneller, sie weiß genau, was in der Schachtel ist, doch sie kann nicht anders, sie muss es sehen.

Celina beginnt zu weinen, als sie darin ihre Eheringe findet. Der von Nando und ihrer, er hat wunderschöne ausgesucht. Ehrfürchtig streichelt sie über die Ringe und setzt sich auf das Bett. Sie nimmt ihren Ring heraus und sieht, dass das Datum ihrer Hochzeit eingraviert ist. Celina steckt ihn zurück, sie kann nicht aufhören die Ringe anzusehen, auch nicht, als sie hört, wie jemand ins Haus kommt und die Tür zuknallt. Celina blickt auf, als Fernando ins Zimmer kommt. Sie merkt, dass er sauer ist, wahrscheinlich wollte er direkt losschreien, so wütend wie er die Treppen hochgestampft ist, doch als er sie da sitzen sieht, hält er ein und sieht sie einfach nur an. Er bleibt an der Tür stehen und sieht zu ihr herunter, wie sie auf dem Bett sitzt und ihre Eheringe in der Hand hält.

Lina betrachtet sein Gesicht, an den tiefen Schatten unter seinen Augen erkennt sie seine schlaflosen Nächte, doch noch immer findet sie keine Liebe mehr in seinem Blick. »Ich gehe gleich wieder, ich wollte nur einige Sachen holen.« Celina tastet sich vorsichtig heran, sie will erst einmal gucken, wie er reagiert. Fernando sieht weiter schweigend auf sie herab. Celina schaut noch einmal auf die Ringe, bevor sie die Schachtel wieder zuklappt, dabei fällt ihr Blick auf den Verlobungsring an ihrer Hand. Sie sieht zu Nandos Hand, er trägt ihn nicht mehr, natürlich nicht, was denkt sie sich, es schmerzt trotzdem erneut, das zu sehen.

»War es das wenigstens wert?« Fernando sieht sie vernichtend an. »Wie kannst du mir diese Frage stellen? Denkst du etwa, ich bin dahin gegangen und habe geplant, dort länger als zwei Minuten zu bleiben? Wann versteht ihr das alle? ICH WEISS NICHT, WIE DAS PASSIERT IST! Ich kann es nicht sagen, ich war da, um Unterlagen abzugeben, ich habe mit einigen Frauen gewartet und zwei Gläser Sekt getrunken mit Orangensaft, dann habe ich auf

Unterschriften gewartet und plötzlich war alles anders. Und wenn ich dir schwöre, dass ich nicht weiß, was passiert ist, dass ich nur noch weiß wie ich aufgewacht bin, musst du es mir glauben!«

Nando boxt mit voller Wucht gegen die Tür, ein großes Loch und seine blutende Hand zeigen, wie viel Wut in dem Schlag gesteckt hat. »Willst du es jetzt auf den Alkohol schieben? Ich weiß, dass du keinen verträgst, aber das ist zu billig, Celina.« Sie beachtet seine Worte nicht, sondern steht auf, geht ins Bad und bindet ein Handtuch um seine verletzte, blutende Hand. Er achtet gar nicht darauf, sondern starrt sie wütend an. »Denkst du, das sind Schmerzen für mich, Celina? Die Einzige auf der ganzen Welt, die in der Lage war mir weh zu tun, warst du, das sind Schmerzen, alles andere ist mir egal!«

Celina beginnt zu weinen und sieht zu ihm hoch. »Ich wollte dir niemals weh tun.« Sie stehen sich so nah, und doch war Nando ihr noch nie so fern. »Das hast du aber, ich glaube dir nicht, dass du nicht weißt, was passiert ist, du hast nur Angst die Wahrheit zu sagen. Ich glaube dir, dass du nicht wolltest, dass es passiert, ich sehe, dass du es bereust und ich weiß auch, dass du mich liebst, aber es war niemals genug, nicht so sehr wie ich dich liebe, Celina. Ich habe gemerkt, dass dir die Sache mit der Hochzeit zu schaffen gemacht hat, die Sache mit den Los Natos auch. Ich weiß nur nicht, was ich noch hätte tun sollen.«

Celina sieht ihn anklagend an. »Du glaubst mir nicht, wenn ich dir sage, dass ich nicht weiß, was passiert ist? Fernando, ich wünschte mir, ich wüsste es, ich habe das Gefühl durchzudrehen, weil mir diese Erinnerung fehlt. Es ist nicht fair mir jetzt vorzuwerfen, dass ich die Hochzeit nicht wollte oder deine Familia, mir ist das alles egal, ich liebe dich, du bist alles für mich ...«

Fernando umfasst mit seinen Händen Celinas Gesicht und zwingt sie so, ihm in die Augen zu sehen. Er verliert das Handtuch und sie spürt sein Blut an ihrer Wange, doch was sie dann sieht, zerstört auch noch die allerletzte Hoffnung in ihr. Fernando hat Tränen in den Augen, und sie sieht seine Schmerzen, sie sieht, wie sehr sie ihm wehgetan hat. »Celina, ich habe dir alles gegeben, mein Herz, das Leben, was ich bis dahin geführt habe, aufgegeben, meine Seele, jetzt hast du mir auch noch meinen Verstand geraubt. Das letzte was ich habe, ist mein Stolz, ich kann ihn nicht auch noch deinetwegen verlieren. Wie soll ich dich nach all dem noch wie vorher sehen? Ich könnte durchdrehen, wenn ich daran denke, dass ein anderer Mann dich angefasst hat.«

Eine Träne verlässt Fernandos Auge, eine einzige. Celina ist sich sicher, dass er seit seiner Kindheit nicht mehr geweint hat und dass diese eine Träne mehr bedeutet als tausend andere dieser Welt. »Wenn du nur spüren, wissen würdest, wie sehr ich dich liebe, doch es bringt mich um, dass es nicht gereicht hat, dass es dir nicht gereicht hat, dass ich nicht genug für dich war.«

Er lässt Celinas Gesicht los und sie weiß, sie hat ihn verloren. Celina hat alles zerstört, es gibt nichts mehr, was sie sagen kann, um das alles wieder gut zu machen. Sie wischt sich ihre Tränen weg und öffnet noch einmal die kleine schwarze Samtschachtel. Sie nimmt ihren Verlobungsring ab, den Fernando schon nicht mehr trägt und legt ihn liebevoll zu den anderen beiden Ringen in die Schachtel. Das sollte ihr Glück symbolisieren, was es jetzt nicht mehr gibt. Sie gibt die Schachtel Fernando in die Hand und sieht ihm noch einmal in die Augen.

»Du warst gut genug, du bist zu gut, Fernando, ich war es nicht und werde niemals gut genug für dich sein. Du hast etwas soviel Besseres verdient!« Sie nimmt ihre Reisetasche und geht. Als sie dieses Mal das Nato-Gebiet verlässt, schämt sie sich nicht mehr, sie ist auch nicht mehr traurig, in ihr ist nur noch Leere, sie fühlt nichts mehr.

Kapitel 7

Eine Stunde später stehen Josy und Celina am Flughafenschalter und überlegen, wo sie hinwollen. Celina ist davor zur Bank gegangen und hat gesehen, dass Señor Torres ihr ein großzügiges Restgehalt gezahlt hat, was Celina sich komplett auszahlen lässt. Danach gibt sie ihre Bankkarte ab und bittet den Herrn am Schalter, sie an Nando zurückzuschicken. Sie wird dieses Konto nicht mehr nutzen.

Sie haben die freie Auswahl, wo sie hinmöchten, der nächste Flug geht nach Italien, und Celina überredet Josy diese Reise zu buchen. Es ist weit weg, und Italien wollte sie schon immer sehen. Erst im Flieger und während des stundenlangen Fluges erzählt Celina Josy, was passiert ist. »Er glaubt mir nicht, er glaubt mir nicht, dass ich nicht weiß, was passiert ist!« Josy lächelt. »Ich bin mir sicher, dass das noch nicht das letzte Wort zwischen euch war.«

Nach über zehn Stunden Flug sind die beiden endlich in Rom. Josy und sie sind sofort begeistert. Nachdem sie ihre Koffer in ihr Hotel gebracht haben, erkunden sie die Stadt. Zum ersten Mal kann Celina wieder durchatmen. Sie verbringen eine Woche in Rom, besuchen das Kolosseum, die spanische Treppe und sehen sich die Vatikanstadt an. Sie schlendern durch die Modegeschäfte, genießen die italienische Küche und versuchen das Thema Puerto Rico und Nando komplett zu vermeiden. An dem Tag, an dem eigentlich ihre Hochzeit sein sollte, fällt es Celina besonders schwer.

Sie würde sich am liebsten im Hotelzimmer verkriechen und im Bett bleiben, doch Josy schleppt sie zu dem Trevi-Brunnen, wo sie ihren Tag verbringen. Sie folgen der alten Legende um den Brunnen. Der Legende nach wird man nach Rom zurückkehren, wenn man über die rechte Schulter eine Münze in den Brunnen wirft, und Celina will auf jeden Fall noch einmal in diese schöne Stadt zurückkehren. Am Ende des Tages ist Celina froh über die Ablenkung. Trotzdem denkt sie den ganzen Tag darüber nach, Nando eine Nachricht zu schreiben. Sie denkt, wie glücklich sie heute hätte sein sollen. Wie sie den Segen des Padre entgegengenommen, gefeiert, getanzt hätten. Im Grunde wäre alles andere eine Nebensache, sie wäre mit Nando zusammen.

Es sind jetzt etwas über zwei Wochen vergangen und sie vermisst ihn jeden Tag mehr. Es ist schon seltsam, wie leer und einsam das Leben wird, wenn nur eine bestimmte Person darin fehlt. Abends im Restaurant schickt sie ihm dann einen Satz, ihr liegen tausende auf dem Herzen, doch ihr letztes Treffen lässt sie nur einen Satz schreiben, aus Angst, noch mehr zu zerstören, falls es überhaupt möglich ist:

'Ich liebe dich, egal, was ist, was war und was kommen wird, das wird sich niemals ändern'.

Celina schickt die Nachricht ab, auch wenn sie weiß, dass er sein Handy nicht mehr in Betrieb hatte und eine neue Nummer benutzt hat. Umso mehr verwundert es sie dann, als er eine Stunde später antwortet. Hat er vielleicht erwartet, dass sie ihm an diesem Tag schreibt?

'Ich wünschte mir, du hättest das an diesem einen Abend nicht vergessen. Du warst, bist und wirst immer alles für mich sein, das wird sich auch niemals ändern'.

Celina liest die Nachricht. Es trifft sie, auch wenn sie seine Vorwürfe einstecken muss, sie würde an seiner Stelle nicht anders reagieren. Sie registriert, dass er zwar einen Vorwurf gemacht hat, doch auch, dass sich seine Gefühle für sie ebenso wie ihre niemals ändern werden. Einen Moment überlegt sie noch einmal zurückzuschreiben, doch Josy rät ihr davon ab. Sie soll es so stehen lassen, wenn sie jetzt weiterschreiben, kann es sein, dass alles zu sehr hochkocht, sie soll es einfach so stehen lassen und abwarten. Ihre beste Freundin ist fest davon überzeugt, dass sie sich wieder finden werden. Dass es Zeit braucht und schwer wird, aber sie hat Hoffnung, Celina versucht auch wieder welche zu bekommen.

Zwei Tage später fliegen sie zurück nach Puerto Rico, sie kehrt zurück zu ihrer Mutter nach Hause und nun ist auch Malik da. Ihr kleiner Bruder versucht krampfhaft so zu tun, als würde ihm all das nichts ausmachen, er sagt kein Wort darüber, doch Celina sieht seine Enttäuschung. Sie weiß, dass er Fernando über alles liebt und dass er ihr das vorwirft, auch wenn er es nicht ausspricht. Ihre Mutter erzählt ihr, dass Nando sich telefonisch bei ihnen schon zweimal gemeldet hat, er hat gefragt, wie es allen geht und auch mit Malik gesprochen. Celina kann es nicht mehr ertragen, zwar sagt es ihr niemand direkt, doch in allen Augen kann sie es lesen. Sie ist schuld, das weiß sie auch, doch immer wieder damit konfrontiert zu werden, macht sie fertig.

Sie muss sich ablenken, eine neue Aufgabe finden, am besten etwas weit weg von all dem, etwas, was sie so einnimmt, dass sie nicht mehr zum Nachdenken kommt. Sie macht sich auf die Suche nach einer neuen Aufgabe. Zwei Tage später kommt sie gerade niedergeschlagen von einem missglückten Vorstellungsgespräch wieder zu ihrer Mutter, wo Josy schon auf sie wartet. Sie begrüßt alle und fragt nach Malik. »Der wollte zu Nando fahren, er ist zwar nicht da, aber dein Bruder wollte die anderen besuchen.« Celina dreht sich sofort der Magen um, Elisa ist noch da. Sie wird erst in zwei Tagen zurück nach Italien fliegen. »Solange sie da ist, soll er dort nicht sein. Elisa wird die Gelegenheit nutzen und Malik entweder fertig machen meinetwegen oder ihn gegen mich aufhetzen. Solange diese falsche Schlange dort ist, hat er da nichts verloren!«

Wütend wählt sie Maliks Nummer, das hat ihr gerade noch gefehlt. Als ihr Bruder nicht an sein Handy geht, läuft Celina wild entschlossen zu ihrem Auto, dicht gefolgt von Josy, die sie fragt, ob es nicht etwas zu übereilt ist, doch Celina kann das nicht zulassen. »Sie hasst mich, ich werde nicht zulassen, dass sie meinen Bruder in ihre Hände bekommt.« Celina rast in Richtung Nato-Gebiet. Vielleicht täuscht sie sich auch, doch auf keinen Fall lässt sie zu, dass Malik unter dem, was sie gemacht hat, leidet oder er gegen sie aufgehetzt wird, genau jetzt, wo eh alles angespannt ist.

Kurz bevor sie ins Gebiet einfährt, klingelt ihr Handy. Janine. Sie hatten in der Zeit, als sie in Italien war und sie mit ihrer Mutter in Wien, nur über SMS Kontakt. Celina hat vergessen, dass sie heute zurückgekommen sind. Sobald sie ans Handy geht, hört sie, wie aufgebracht Janine ist. »Lina, wo bist du? Ich muss dich sofort sehen!« Lina sieht angestrengt auf die Fahrbahn beim Telefonieren. »Ich bin gleich bei mir … bei Nando Zuhause, ich muss nur kurz etwas klären, dann können wir …«

Janine hat schon aufgelegt, verwundert wirft Celina ihr Handy zurück in die Tasche, darum wird sie sich später kümmern. Sie hält vor Nandos Haus und sieht, wie Olivia, Elisa und Arturo gerade bei seinem Wagen stehen und ihn anscheinend verabschieden. Sie sehen alle verwundert zu Celina und Josy. Elisa kommt sofort wie eine Furie angeschossen. »Hast du nicht verstanden, dass du hier nichts mehr zu suchen hast, du Schlampe?« Celina zuckt für einen Moment zurück, auch wenn Arturo wie auch Olivia sofort dazu kommen und Elisa angehen, dass sie sich zurückhalten soll.

Celina beachtet Elisa nicht, wie schwer es ihr auch fällt und sieht zu Olivia. »Wo ist Malik?« Arturo zeigt zu Gabriels Haus. »Er ist mit Gabriel und José bei ihnen. Ist etwas passiert?« Celina will zu dem Haus der beiden. Elisa fragt, wer Malik ist, also hat Elisa ihn zum Glück noch nicht getroffen. In dem Moment, als Celina die Straße überqueren will, kommt ein Auto angefahren, was sie nicht kennt, allerdings kommt im selben Augenblick auch José aus dem Haus von Gabriel, sodass sich Celina denken kann, wer da kommt. Sie weiß, dass es Wachen gibt vor dem Nato-Gebiet und sobald ein Unbekannter einfährt, wird einer der Brüder verständigt.

Sie ahnt, dass es Janine ist, doch als sie ihre Mutter am Steuer erkennt und Janine von der Beifahrerseite mit einem großen braunen Umschlag aussteigt, wird sie immer unsicherer. Was ist hier los? Alle sind verwundert und kommen zu ihnen, als Janine schnell zu Celina eilt. »Da bist du ja endlich, meine Mutter und ich sind gerade angekommen, wir sind kurz in die Praxis und ich habe gesehen, dass du deine Blutergebnisse noch nicht abgeholt hast.« Janine ist richtig außer Puste, ihre Mutter tritt zu ihnen und holt einige Unterlagen aus dem Umschlag. »Wir sollten das in Ruhe besprechen, Celina, ich hatte schon so einen Verdacht, da es dir an dem Tag so schlecht ging. In deinem Blut konnte eine Droge nachgewiesen werden: GHB. Es ist eine Droge, die nur schwer im Blut nachweisbar ist, doch da ich dir so schnell danach Blut abgenommen hatte, konnten wir sie nachweisen.«

Celina versteht gar nichts mehr. »Was heißt das?« José neben ihr flucht auf. »Celina, du sagst doch die ganze Zeit, du kannst dich nicht erinnern, du wolltest das nicht und du weißt nicht, wie es passieren konnte, dass du am Morgen neben ihm aufgewacht bist?« Celina nickt. »Er muss dir diese Droge verabreicht haben, sie wird in flüssiger Form in einen Drink geschüttet, du schmeckst sie nicht und erkennst sie nicht.« Langsam ergibt alles einen Sinn, Celinas Herz schlägt schneller. »Als er mir ein Glas Cola gebracht hat, ich musste auf seine Unterschriften warten.« Janines Mutter nickt.

»Diese Droge wirkt unterschiedlich, manche bekommen Lust auf Sex, man verliert die Kontrolle über den Körper, wird bewusstlos. Es ist eine bekannte Partydroge, die Frauen wachen am nächsten Morgen mit einem Blackout auf, sie wissen nicht, was passiert ist, dass sie vergewaltigt wurden, ihnen geht es einfach nur schlecht. Selten gehen die Frauen zum Arzt, wo diese Droge mit einem Bluttest, wenn er schnell genug erfolgt, nachgewiesen werden kann.«

Celina beginnt zu weinen und Josy legt den Arm um sie. »Ich dachte, ich werde verrückt, ich wusste, dass ich das niemals getan hätte, ich konnte es nicht verstehen, ich habe mich selbst gehasst, ich hatte das Gefühl, ich verliere meinen Verstand.« Die Mutter gibt ihr die Unterlagen. »Du konntest dich nicht erinnern, du hast dein Bewusstsein verloren, was da passiert ist, ist nicht deine Schuld.« Celina hat das Gefühl, keine Luft mehr zu bekommen, sie weiß nicht, ob sie lachen oder weinen soll. Lachen darüber, dass sie nun endlich weiß, was passiert ist und was ihr Gefühlschaos auslöst oder weinen darüber, was ihr angetan wurde. »Celina, warst du danach beim Frauenarzt, hast du untersuchen lassen, ob du Sex hattest?« Sie schüttelt den Kopf. »Ich habe niemals an so etwas gedacht, für mich war es klar, ich bin halbnackt wach geworden, neben ihm. Ich wusste, dass ich es nicht wollte, aber es gab auch einen Augenblick, da wollte ich und deswegen dachte ich, dass ...« Janine streichelt Celinas Hand. »Das war alles die Droge, Celina, wer genau war der Kerl? Du musst ihn anzeigen.«

Celina wischt sich die Tränen weg. Celina nennt seine Daten und Janines Mutter notiert sie sich. »Lass uns in meine Praxis fahren, wir sollten in Ruhe besprechen, was du jetzt tun willst.« Celina nickt, sie ist ganz benommen von dieser Neuigkeit. Als sie sich umwendet, um zu ihrem Auto zurückzugehen, sieht sie Olivia, Arturo und Elisa an. José wendet sich ab und geht mit seinem Handy am Ohr weg. »Celina, es tut mir leid, dass ich dir nicht von Anfang an geglaubt habe, als du gesagt hast, dass du das nicht wolltest.« Olivia weint ebenfalls, Celina umarmt sie. »Du kannst nichts dafür, ich selber habe es nicht verstanden, ich habe mich selbst gehasst, wie solltet ihr das verstehen?«

Olivia lässt sie los. »Ich rufe dich später an, ok?« Auch Arturo umarmt sie kurz und blickt sie entschuldigend an. Als Elisa ihr Wort an sie richten will, geht Celina einfach weg. Sie will nichts von ihr hören. Sobald sie im Auto sitzt und Josy losfährt, sieht sie sich die Unterlagen an. »Ich weiß nicht, was ich sagen soll, eigentlich hätten wir an so etwas denken müssen.« Lina winkt ab. »Ich habe selber nie an so was ... Gott, ich bin so dumm.« Josy atmet tief ein. »Dieses verdammte Schwein.« Celinas Handy klingelt.

Janine ist dran, ihr Auto fährt vor ihnen. »José, der Dummkopf, hat mich gerade angerufen. Du sollst den Mistkerl nicht anzeigen, er hat gerade Fernando Bescheid gegeben, sie kümmern sich darum.« Celina zieht scharf die Luft ein. »Ist er wahnsinnig? Fernando wird ... er wird total ... Janine, ich melde mich später bei dir, wir müssen das Schlimmste verhindern.« Sie legt auf und weist Josy den Weg zum Fotografen. Sie kommen nicht so schnell voran und Celina wird immer nervöser. Wieso hat sie die Adresse des Fotografen nur vor José herausgegeben, sie will sich gar nicht vorstellen, wie Fernando auf diese Neuigkeiten reagieren wird. Auch Josy ist nervös. Als sie endlich vor dem Ferienhaus ankommen, sehen sie, wie die Tür gerade eingetreten wird und mehrere Männer ins Haus gehen.

Celina springt noch beim Halten aus dem Wagen und rennt hinterher, Nando darf jetzt keine Dummheiten machen, der Mann ist es nicht wert, dass noch weiteres Unglück passiert. Sie rennt ins Haus und hört in einem der Nebenräume Tumult. Als sie den Raum betritt, sieht sie, wie Fernando gerade auf jemanden einschlägt, während Nathan und Alonzo einen weiteren Mann im Auge behalten. Josy stürmt hinter ihr ins Zimmer. »Nando, nein!« Celina geht direkt auf Fernando los, doch wird von Arturo zurückgehalten, der direkt nach ihnen angekommen sein muss. José und Gabriel sind auch da. Arturo hält sie fest, doch Celina versucht sich loszumachen und zu Nando zu gelangen, der wie ein Wahnsinniger zuschlägt. »Er tötet ihn, der Mann ist es nicht wert, lasst mich los!«

Dann hört sie Pierres Stimme. »Ich weiß nicht, wovon du redest.« Man hört ihm seine Schmerzen an. Fernando zieht den Fotografen auf die Beine und zeigt auf Celina, die geschockt in Arturos Armen einhält, als sie sieht, wie viel Pierre schon abbekommen hat. Sie hat kein Mitleid mit ihm, doch Fernando soll sich nicht an ihm die Hände schmutzig machen, es gibt andere Wege, damit er seine gerechte Strafe bekommt. Pierre wischt sich das Blut ab und spuckt auf den Boden.

»Ich habe die doch nicht einmal angerührt.« Fernando ist kaum mehr wiederzuerkennen. Blitzschnell drückt er Pierre an seiner Kehle gegen die Wand. Der Fotograf hat nicht den Hauch einer Chance gegen ihn. »Lüg nicht, du Wichser, wir haben Blutergebnisse, du hast ihr Drogen gegeben und sie ist am Morgen neben dir wachgeworden und weiß nicht was passiert ist.« Pierre bekommt keine Luft. Arturo ruft seinem Bruder zu, dass er sich beruhigen soll, eingreifen tut aber keiner von ihnen, doch Nando lässt den

Fotografen los, und der fällt nach Luft ringend auf den Boden. »Ja, ich habe ihr etwas in die Cola geschüttet, aber es hat nicht gewirkt, nicht so, wie es sollte, sie ist zwei Minuten später eingeschlafen. Ich habe probiert, dass sie wach wird und sie etwas ausgezogen, das tut mir leid, aber mehr war mit ihr nicht anzufangen. Ich habe mir dann eine andere Frau geholt, frag sie, ob noch jemand bei uns im Bett war. Sie hat nur geschlafen, ich schwöre bei allem, was mir heilig ist, ich habe sie nie angerührt!«

Fernando sieht zu Celina und sie nickt. »Ja, da war noch eine Frau, ich weiß nicht mehr was passiert ist, wie oft soll ich das noch sagen?« Nando wendet sich wieder zu ihm um. »Was sollte einem Dreckskerl wie dir heilig sein? Hast du es so nötig, dass du Frauen unter Drogen setzen musst? Du hättest niemals einen falschen Blick auf meine Frau werfen dürfen!« In dem Moment, als er noch einmal zuschlagen will, entwischt Celina Arturo, sie rennt zu Fernando und hält seinen Arm fest. »Nando, nein, lass ihn!« Fernando sieht sie ungläubig an. »Hörst du nicht, Lina, er wollte es. Du hattest Glück, dass du eingeschlafen bist oder bewusstlos geworden bist, wer weiß, was er sonst gemacht hätte. Sieh doch, was alles seinetwegen passiert ist, was alles zwischen uns passiert ist!«

Celina nickt und schaut Nando in die Augen. Sie beachtet Pierre nicht einmal, ihr geht es nicht um ihn, sie wird nicht zulassen, dass Nando irgendeine Schuld für so einen Menschen auf sich nimmt. »Er ist es nicht wert, Nando, mach dir deine Hände nicht schmutzig seinetwegen. Sieh doch, nicht einmal unter Drogen hat er bekommen, was er wollte und wie er jetzt als Verlierer dasteht ...«, sie blickt nach hinten zu Pierre, »oder liegt. Mach dir deine Hände nicht schmutzig, ich werde ihn anzeigen, damit er das keiner anderen Frau mehr antun kann. Und ich habe einen Anwalt, der sich nicht auf irgendwelche außergerichtlichen Sachen einigen wird!« Sie blickt noch einmal drohend zu Pierre, sie wird dafür sorgen, dass er fertig gemacht wird und das nie wieder tun kann und wenn es das Letzte ist, was sie tut.

Pierre will etwas sagen, doch Nando ist schneller, er ist zu wütend und geht wieder auf ihn los. »Komm nicht noch einmal auf die Idee sie anzusprechen, anzugucken oder auch nur in einem Raum mit ihr zu sein.« Dieses Mal kommen Arturo und Gabriel dazu und ziehen Fernando weg. »Es reicht, er ist fertig!« Sie bringen Nando raus, damit er sich beruhigt. Sie hören, wie ein Auto startet, es wird eine Weile dauern, bis Fernando wieder klar denken kann und Celina versteht das vollkommen, auch sie steht mehr als neben sich.

Sie sieht auf ihre Hände und wie diese zittern. José kommt zu ihr, legt den Arm um sie und führt sie aus dem Haus, Nathan, Josy und Alonzo folgen ihnen. Als sie auf dem Parkplatz stehen, wendet sich Celina an Josy. »Lass uns zu Señor Torres fahren, ich will das hinter mich bringen und die Sache abschließen. Ich rufe Janine an, vielleicht kann sie als Zeugin mitkommen.« Josy nickt, Celina spürt, wie José bei dem Namen von Janine etwas zusammenzuckt und sieht ihm in die Augen. »Fahrt, aber passt auf euch auf und macht nichts, ohne uns vorher Bescheid zu geben und sag Janine … nichts, sag ihr nichts, passt einfach auf euch auf.«

Kapitel 8

Celina, Josy, Janine und ihre Mutter verbringen zwei Stunden bei Señor Torres, es wird ein Kommissar der Polizei hinzugezogen und sie nehmen alles auf. Nun versteht Señor Torres alles und verspricht Celina dafür zu sorgen, dass Pierre seine gerechte Strafe bekommt. Er hatte ja eine Einsicht in seine Akten und weiß, dass es viele Fälle gibt, in denen Frauen kaum noch etwas von dem Zusammensein wissen, es ist sogar ein Kind aus so einer Begegnung entstanden. Die Frau hat angegeben, ihn nicht einmal gemocht, aber mit ihm geschlafen zu haben, was sie sich bis heute nicht erklären kann, nun wird sie es können.

Celina fühlt sich befreit, als sie das Gebäude verlassen, doch gleichzeitig auch noch immer durcheinander. Das alles war zu viel, das erste Mal seit Langem hört sie auf ihr Herz und bittet Josy und Janine nicht sauer zu sein, die beiden wollen sich um sie kümmern, doch Celina will im Moment einfach nur Ruhe und einen klaren Kopf bekommen. Ihre Freundinnen verstehen sie und sehen zu, wie sie in ihr Auto einsteigt, ihr Handy ausschaltet und davon fährt.

Weg, einfach nur weg von allem, was passiert ist, um einen freien Kopf zu bekommen, ihre Gedanken zu ordnen und ihr Herz nach dem weiteren Weg zu fragen.

Es wundert Celina überhaupt nicht, dass ihr Weg sie fast automatisch nach Lares führt. Sie geht in den Laden von Rosamaria und Paolo, isst dort und schläft in einem ihrer Gästezimmer nach dem Essen sofort ein. Hier ist und wird sie immer zuhause sein, und als sie am nächsten Morgen aufwacht, fühlt sie sich so viel besser als während der ganzen letzten Wochen. Sie geht in ihre Lieblingsbäckerei und besorgt sich etwas zum Frühstücken, bevor sie sich auf den Weg zu dem Platz macht, von dem sie weiß, dass sie ihre innere Ruhe wiederfindet.

Es ergibt alles wieder einen Sinn, sie hat sich die letzten Wochen so verloren gefühlt. Sie wusste, dass sie es nicht wollte, dass sie Fernando nie betrogen hätte, doch sie konnte es nicht erklären, sie hat sich an nichts erinnert. Fernando, wie wird es weitergehen? Wie wird sie generell weitermachen? Diese zwei Wochen haben alles auf den Kopf gestellt, an ihren Gefühlen für ihn hat sich nichts verändert, doch sie weiß nicht, ob es jemals wie vorher sein kann, ob er das alles überhaupt noch will. Was ist mit Elisa? Was ist mit allen, die ihr in den letzten Wochen – ob ausgesprochen oder nicht – die Schuld gegeben haben, sie verurteilt haben, kann sie ihnen überhaupt böse sein? Sie selbst hat sich doch gehasst und sich die Schuld gegeben, wie soll sie ihnen da einen Vorwurf machen?

Celina will eine Antwort auf all diese Fragen finden, doch verliert sich immer wieder beim Betrachten der Wolken. Sie genießt es viel zu sehr, endlich mal wieder unbeschwert zu sein, ohne diese Last auf den Schultern, die viel zu schwer für sie war. Sie liegt lange da und träumt, bis sie plötzlich Geräusche hört und sich aufsetzt. Gleich darauf taucht Fernando zwischen den Kornhalmen auf.

Er sieht erleichtert auf sie und Celina muss lächeln. »Was tust du hier?« Fernando setzt sich neben sie. »Ich wollte nach Ufos Ausschau halten.« Lina lacht, auch er lächelt, doch dann wird er ernst. »Ich habe dich gesucht. Josy meinte, du wolltest alleine sein. Ich wusste, dass du nach Lares kommst und Rosamaria hat mir gesagt, dass du vorhin mit einer Decke losgezogen bist, ich habe geahnt, dass ich dich hier finde.« Celina nickt. Sie sieht Fernando genau an.

Er ist sportlich gekleidet, eine schwarze Shorts und ein weißes Shirt. Seine Wunden, die am Bein, die an der Hand von dem Loch in der Tür ihres Hauses, scheinen alle verheilt. Auch gestern das Aufeinandertreffen mit Pierre hat keine Spuren hinterlassen, doch als sie ihm in die Augen sieht, die Schatten unter seinen Augen betrachtet, sieht sie, wie tief ihn die letzten Wochen getroffen haben. »Wie geht es dir?« Celina sieht zu Boden, als sie ihm die

Frage stellt. »Wie geht es mir? Wie geht es dir Celina? Nicht ich bin derjenige, der die letzten Wochen zu unrecht beschuldigt wurde.«

Celina sieht zu ihm auf. »Aber du dachtest, ich hätte dich betrogen, das war sicherlich auch nicht gerade das schönste Gefühl.« Sie versucht etwas Spaß in diese ernste Situation zu bringen, doch Nando lässt es nicht zu. »Es hat mich fast umgebracht, ich bereue es, dass ich ihn dafür nicht mehr leiden habe lassen.« Celina schüttelt den Kopf. »Nein, das ist es nicht wert, er ist es nicht wert, dass sein Blut an dir klebt.« Nando lächelt. »Du hattest schon immer ein zu gutes Herz.«

Sie beide sitzen nebeneinander und doch ist noch immer eine Distanz zwischen ihnen, die Celina traurig macht. Es ist zu viel passiert, als dass sie das einfach so wegwischen können, doch Nando ist nicht nur der Mann, den sie über alles liebt, auch ist er zu dem Menschen geworden, dem sie neben Josy alles anvertraut hat, der sie in- und auswendig kennt, ihr Vertrauter. Also gibt sie ihrem Herzen nach und öffnet sich ihm.

Sie erklärt ihm, wie sie sich in den letzten Wochen gefühlt hat, wie es sich angefühlt hat zu wissen, dass sie das nicht gemacht hat und es doch nicht erklären konnte, bei den Fakten die dagegen gesprochen haben. Sie bricht in Tränen aus, alles, was sich angesammelt hat, scheint über sie hereinzubrechen und ohne zu zögern, fängt Nando sie auf. Er zieht sie auf seinen Schoß, küsst ihre Haare und hält sie fest, während sie sich erlaubt ihm zu zeigen, wie tief sie all das getroffen hat. Celina genießt es, seine Arme wieder um sich zu spüren, seinen Geruch einzuatmen und ihre Nase an seinem Hals zu haben, während er ihr leise zuflüstert, wie leid es ihm tut und dass er sie über alles liebt. Dann erst löst sie sich von ihm und sieht ihm in die Augen.

»Ich mache dir doch keinen Vorwurf, wie solltest du es wissen, wo ich selbst es nicht wusste.« Nando küsst ihre Wangen. »Ich hätte dir glauben müssen, Celina, ich weiß, wie sehr du mich liebst, ich konnte es nicht glauben, doch da waren auch die Zweifel wegen der Hochzeit, die ich bei dir gespürt habe und … es war ein

Fehler.« Celina legt ihren Kopf wieder an seine Schulter zurück. »Ich hatte keine Zweifel an der Hochzeit, vielleicht hatte ich Bedenken oder Angst vor dem Tag selber, aber niemals an dir, niemals Zweifel an unserer Liebe. Dann war die Sache mit Elisa ...«

Fernando versteift sich etwas und Celina sieht ihn fragend an. »Auch da hätte ich dir glauben müssen, ich wollte es vielleicht nicht sehen. Nachdem du wieder da warst, als du die Ringe gefunden hast, hat Olivia mit mir geredet und mir einiges erzählt. Ich habe mich an dem Abend mit Elisa gestritten und ihr gesagt, dass sie dich zu respektieren hat, weil du die Frau an meiner Seite bist. Sie hat es nicht verstanden, besonders weil wir gar nicht mehr zusammen waren und nach allem, was passiert war, doch ich habe es trotzdem von ihr verlangt. Als ich dann gestern erfahren habe, dass sie dich noch einmal so angegriffen hat, wahrscheinlich weil sie wegen unseres Streites noch wütender war, habe ich ihr gesagt, dass sie erst wieder mit mir reden und in meine Nähe kommen soll, wenn sie dich akzeptiert und sich entschuldigt. Sie ist heute abgeflogen.«

Celina sollte das gut finden, doch es ist auch seine Schwester, also sagt sie erst einmal nichts dazu. »An dem Tag, als ich gesehen habe, dass du meinetwegen ... die Träne, das hat mir am allermeisten wehgetan, zu sehen, wie sehr ich dich verletzt habe.« Dieses Mal lächelt Nando leicht. »Hätte mir früher jemand gesagt, dass ich eines Tages einer Kellnerin so verfalle, dass ich ihr hinterher renne, hätte ich ihn ausgelacht, hätte er mir gesagt, dass ich ein ganzes Jahr hinter ihr hertrauere, hätte ich ihn für verrückt erklärt. Hätte er mir gesagt, dass ich ihretwegen weine und sogar kurz davor war meinen Stolz wegzuschmeißen, hätte ich ihn wahrscheinlich verprügelt. Aber weißt du was: Heute kann ich sagen, dass es gut so ist, ich bin froh, dass ich dich gefunden habe, ich hätte niemandem geglaubt, dass man so lieben kann, wenn ich es nicht selbst spüren würde.«

Celina ist gerührt von seinen Worten. »Aber wenn unsere Liebe so stark ist, wieso konnte uns das zerstören?« Nando zuckt die

Schultern. »Hat es das, Celina? Es hat uns beiden sehr wehgetan, doch hast du aufgehört mich zu lieben? Ich dich? Ich war am Durchdrehen ohne dich, ich hätte es nicht lange durchgehalten. Ich wollte unsere Ringe weggeben, zurückgeben, eintauschen, nicht mehr sehen. An dem Tag, als die Hochzeit stattfinden sollte, habe ich sie genommen und wollte sie zurückgeben. Der Verkäufer hat mich gefragt, ob ich sicher bin und ich konnte nur nein sagen. Ich habe es nicht übers Herz gebracht und habe nur die Gravuren ändern lassen. Auch wenn ich es wollte, ich konnte uns nicht aufgeben.« Celina sieht auf die Samtbox, die er aus seiner Hosentasche zieht. Sie öffnet sie und liest die neue Gravur in beiden Ringen. 'Das Schicksal wird es entscheiden'. Sie blickt zu Nando.

»Dich zu verlieren ist das Schlimmste, es … ich weiß nicht, ob ich das noch einmal durchstehen würde. Beziehungen sind wie ein Blatt Papier, wenn es einmal zerknüllt wurde, kann man es wieder glatt streichen, aber es wird niemals wieder dasselbe glatte Papier sein.« Nando nimmt Celinas Gesicht in seine Hände. »Dann dürfen wir es nicht mehr so weit kommen lassen, Schatz. Wenn unsere Beziehung ein Blatt Papier ist, wird es durch die Knicke nur wertvoller und reifer. Es werden sicher noch welche dazukommen, wir können das Blatt Papier zusammen bemalen, vielleicht kommen Risse dazu, doch die werden wir kleben. Wir werden Kinder bekommen und es wird noch bunter. Ich will kein perfektes weißes Blatt, keiner will das, ein Blatt mit Erfahrungen und Zeichen des Lebens an sich ist viel wertvoller. Wir dürfen nichts mehr zwischen uns kommen lassen, wir müssen beide dafür sorgen, dass nichts und niemand an das, was wir haben, herankommt!«

Celina sieht Fernando einen Moment in die Augen, dann fasst sie den Entschluss, steht auf und reicht ihm ihre Hand. »Dann komm!«

Sie weiß genau, wohin sie will, und sie hat weder Zweifel noch Ängste. Sie zeigt Fernando den Weg zu der alten Kirche von Lares, wo der Padre lebt, der sie schon getauft hat und der sie auch hätte trauen sollen. Fernando lacht als sie aussteigen und zieht sie in seine Arme. »Deine Ängste und Bedenken? Ohne unsere Familien und Freunde?« Celina stellt sich auf Zehenspitzen, um an sein Ohr zu kommen. »Keine Ängste oder Bedenken sind nur ansatzweise so schlimm wie das Leben ohne dich. Und wir können immer noch mit ihnen feiern, sie werden es verstehen, das ist eine Sache zwischen dir, mir und Gott.« Fernando küsst sie und Celinas Herz ist so voller Liebe, dass es alle Schatten der letzten Wochen verdrängt. Nando führt sie danach in die Kirche und sie bitten den überraschten Padre, sie sofort vor Gott zu trauen.

»Seid ihr euch sicher?« Der Padre versichert sich noch einmal genau, bevor er sie beide in den Bund der Ehe führt. Keiner von ihnen hat Zweifel, sie stehen bei Anbruch der Nacht, in normaler Kleidung, ganz alleine mit dem Padre vor Gott und bitten um seinen Segen für ihre Ehe und keiner von beiden könnte glücklicher sein, als sie sich die Ringe anstecken und der Padre ihre beiden verschränkten Hände bekreuzigt und ihre Ehe segnet. Fernando gibt ihr danach den ersten Kuss als ihr Ehemann. Selbst der Padre ist ganz gerührt. »Eure Verbindung ist etwas ganz Besonderes, das spüre ich, möge Gott euch beschützen und vor allem Unheil bewahren.«

Als sie die Kirche wieder verlassen, lacht Nando und küsst sie erneut. »Ich liebe dich, Celina Nato, und ich schwöre vor Gott und mit seiner Hilfe, dich und unsere Ehe für immer zu beschützen und zu ehren.« Celina lächelt und denkt an die Gravur in ihren Ringen und an das Schicksal, welches sie zusammenhält.

»Das Schicksal hat entschieden!«

Leseprobe aus

El Destino Teil 3
Das Schicksal und der Weg des Herzens

Erst in der Stille der Bibliothek, wo Handys verboten sind, beruhigt sie sich wieder. Es tut gut, sich auf das Aussuchen verschiedener Bücher zu konzentrieren, und die Bibliothekarin ist so nett und berät sie etwas. Als sie dann eineinhalb Stunden später die Bibliothek wieder verlässt und ihr Handy einschaltet, sieht sie nicht nur Josés Anrufe, auch ihre Mutter hat sie zu erreichen versucht. Nur sie ruft Janine zurück. »Schatz, José war da, ist alles in Ordnung bei euch beiden? Er hat nach dir gefragt.« Sie legt die Bücher in den Kofferraum. »Ja, Mama, ich … muss etwas mit ihm klären, ich fahre jetzt zu ihm.« Damit ist ihre Entscheidung gefallen, sie kommt um dieses Gespräch nicht mehr herum.

Sie sieht es dieses Mal mit anderen Augen, als sie in das Gebiet fährt, in dem José mit seiner Familie lebt. Sie will den Hügel anfahren, da stoppen die Männer am Wegrand sie. »Wohin, Hübsche?« Janine ist wütend auf all das, gleichzeitig macht es ihr Angst. Nun weiß sie ja, warum die Männer hier stehen und was sie sind. »Ich will zu José …« Noch während sie darüber nachdenkt, ob sie den Nachnamen sagen sollte, nimmt der Mann, der an ihr Fenster gekommen ist, sein Handy in die Hand. »Hier ist jemand, der zu dir will … ein hübscher blonder Engel.« Der Mann zwinkert ihr zu und im nächsten Moment wird er ernst und räuspert sich. »Du kannst durchfahren.«

Sie würde gerne wissen, was José dem Mann gesagt hat, doch sie gibt Gas und fährt weiter. Die nächsten Männer halten sie nicht an und zwei Minuten später hält sie vor Josés Haus. Er steht vor der Haustür, angelehnt an eine der dicken weißen Marmorsäulen davor. Janine steigt aus. José trägt eine Jeans und ein weißes Hemd. Sicherlich hatte er heute einen wichtigen Termin. Sie verzieht ihr Gesicht leicht beim Gedanken daran, was für ein Termin das gewesen sein könnte.

Er bleibt einfach angelehnt an der Säule stehen, seine Augen verfolgen jeden ihrer Schritte genau. Janine bekommt eine Gänsehaut, am liebsten würde sie jetzt zu ihm gehen, ihm einen Kuss geben und sich an ihn schmiegen, seinen Duft einatmen und seine starken Arme um sich spüren, um dieses beklemmende Gefühl loszuwerden, das sie seit gestern Morgen in sich trägt. Aber das geht nicht, er ist der Grund für dieses Gefühl und deswegen bleibt sie auch mit einem gewissen Abstand zu ihm stehen, um erst gar nicht schwach zu werden.

»Hi.« Jetzt bewegt sich José das erste Mal. Janine hört, dass sich im Haus noch andere befinden, die Haustür steht offen. Natürlich merkt er sofort, dass etwas nicht stimmt, er sieht allerdings auch nicht gerade glücklich aus. »Willst du das jetzt immer machen? Einfach nicht ans Handy gehen, dich nicht melden, mich wie einen Hampelmann hinter dir herlaufen lassen?« Janine schüttelt den Kopf, daran hat sie gar nicht mehr gedacht. »Das ist, wenn ich über etwas nachdenke, ich kann dann nicht mit dir reden, es ist … warum hast du es mir nicht gesagt? Ich habe gestern, als du mich an der Uni abgesetzt hast, erfahren, was du bist, wer du bist … also die Natos. Wieso hast du es mir nicht gesagt?«

José steckt die Hände in die Hosentasche. »Komm rein, wir reden …« Janine schüttelt erneut schnell den Kopf. Ihr Herz schlägt wieder schneller. »Ok, dann nicht.« Er sieht nicht so aus als würde es ihn überraschen, er steht ganz entspannt vor ihr, seine dunklen Augen halten ihre fest, als würde er genau auf jede Reaktion achten, die sie vielleicht vorhat zu verbergen. »Was soll ich dir sagen, Janine? Ich bin José Nato, daraus habe ich niemals ein Geheimnis gemacht.« Janine spürt Wut hochkommen, wie kann er das so lässig dahinsagen?

»Tu nicht so, du weißt genau, was ich meine. Du hast mir nicht gesagt, wer oder was ihr seid und was ihr tut und das hättest du mir sagen müssen.« Er hebt eine Augenbraue an, seine gesamte

Körperhaltung bewirkt bei Janine, dass sie sich nicht ernst genommen vorkommt. »Oh, und jetzt haben dir deine tollen Unifreunde also erzählt, was wir sind oder wer, da sie uns so gut kennen? Da bin ich jetzt wirklich einmal gespannt. Was sind wir denn?« Janine zuckt kurz zusammen bei seinen Worten, egal wie gelassen er wirkt, sie sind sehr scharf und spitz aus seinem Mund gekommen, fast als hätte er sie ihr vor die Füße gespuckt.

»Ihr seid … eine Gang, Mafia. Ich weiß nicht, als was man das bezeichnen sollte, ich verstehe nur nicht, wieso du es mir nicht gesagt hast …« Er unterbricht sie. Nun zucken seine Mundwinkel, als würde er am liebsten loslachen. »Gangs sind eher die Leute aus den Slums in Mexiko und wir sind auch keiner italienischen Hollywood - Filmfamilie entsprungen. Wir sind eine Familia, Janine.« Janine streicht sich kurz über die Stirn, sie bekommt Kopfschmerzen, sie fühlt sich viel zu eng in ihrer Haut in diesem Moment.

»Es ist doch egal, wie man es nennt, ihr macht Sachen … du bist nicht in einer Securityfirma, wie du es mir gesagt hast.« Josés Blick ändert sich schlagartig. Er wird wütend. »Ich habe auf deine Frage gesagt, man könnte es so nennen, ein Teil unserer Arbeit ist es, Unternehmen, Leute und Geschäfte mit unserem Namen und unserem Ansehen unter unseren Schutz zu stellen, gegen Bezahlung. Ich lüge nicht, Janine, das würde ich niemals tun, ich würde nie verleugnen, wer oder was ich bin, ich dachte nicht, dass es für dich so eine Rolle spielt, Einzelheiten zu erfahren über das, was ich mache.«

Janine verschränkt die Arme vor der Brust. »Das ist doch nicht das Gleiche, ich kann auch nicht sagen, ich studiere Chemie und in Wirklichkeit leite ich ein Drogenlabor!« Nun lächelt José und das macht sie nur wütender. »Ich hoffe es doch nicht und falls es dich beruhigt, wir handeln nicht mit Drogen. Das machen deine Gangs aus den Slums.« Janine atmet tief ein und versucht sich zu beruhigen, sie sollte nicht vergessen, wo sie hier gerade ist. »Mit was handelt ihr dann? Ihr bietet also euren Schutz gegen Bezahlung an, ist das gegen das Gesetz? Was sagt die Polizei dazu?«

José kommt einen Schritt näher. »Janine, du bist hier nicht in Deutschland. Hast du eine Vorstellung davon, was die Polizei hier macht? Hier gelten andere Regeln und für uns gelten keine Gesetze, verstehst du das? Wir haben unsere eigenen Gesetzte, die Polizei interessiert uns nicht und sie sind schlau genug, uns aus dem Weg zu gehen.« Janine geht einen Schritt zurück. Und als José merkt, wie seine harten Worte sie getroffen haben, hebt er eine Hand.

»Hör zu, du kannst mir glauben, wir alle sind ... wir würden Unschuldigen niemals etwas tun, wenn, dann geht es nur ums Geschäft und wir haben sogar mehr Prinzipien als so manch andere Leute, die du vielleicht in vermeintlich ehrbaren Berufen finden würdest. Die Los Natos beherrschen das Land schon seit vielen Generation und ich bin stolz, weiter daran zu arbeiten. Ich bin nicht einfach nur ein Mitglied, ich gehöre mit meinen Brüdern zu den Anführern. Ich habe nicht vor, mich dafür zu rechtfertigen. Nur einer meiner Brüder hat das alles einmal wegen einer Frau in Frage gestellt und ich habe gesehen, wie er daran kaputt gegangen ist, also werde ich einen Teufel tun und den selben Fehler machen. Ich bin, was ich bin, entweder du kommst damit klar oder es tut mir leid.«

Janine spürt, wie ihr die Tränen in die Augen steigen, vielleicht hatte sie erwartet, dass er es abstreitet oder es zumindest bereut ... irgendwas, aber nicht diese harte Mauer, die José sofort um sich herum gebaut hat, nicht diese harten und viel zu sicheren Worte. »Trägst du eine Waffe, wenn du mit mir bist? Hast du schon einmal jemanden getötet?« Sie will die Antwort gar nicht wissen, doch die Worte kommen wie von selbst, auch wenn sie sich nicht mehr so selbstsicher anhören, wie noch vor einigen Minuten.

José flucht, für einen Moment sieht sie etwas in seinen Augen aufblitzen, ein Verlangen, als würde er sie gerne in den Arm nehmen. Und egal, was sie alles gerade erfahren hat, sie wünschte es sich, noch immer will sie in seine Arme, doch sie ist viel zu sehr ein Mensch, der seinen Kopf vor sein Herz stellt.

»Falls du jemals denkst, ich würde dir etwas tun oder jemand von uns, wir ehren und schützen unsere Familien und die Menschen, die uns wichtig sind, mit unserem Leben. Ich trage immer eine Waffe mit mir, Janine, immer ... wie gesagt, ich werde niemals lügen, also wenn du eine Antwort nicht ertragen kannst, frag nicht. Würdest du mir die Frage stellen, wenn ich wie du gedacht hast, eine 'Securityfirma' hätte?

Wenn einer der Leute, die diese Firma bewacht, bedroht wird und man dann eingreift, den Angreifer tötet und ausschaltet? Das wäre in Ordnung, da es unter dem offiziellen Schild der Securityfirma passiert wäre, aber bei uns, einer Familia rümpft man die Nase? Wir sind hier nicht in Deutschland oder Europa, hier herrschen andere Gesetze, auch wenn du dich im Touristenviertel aufhältst, hättest du das schon merken sollen.«

Janine öffnet den Mund, sie will etwas sagen, doch dann schließt sie ihn wieder. Irgendwie hat er recht mit dem Vergleich, doch es fühlt sich trotzdem falsch an. »Ich gehe jetzt!« Sie wendet sich um, sie weiß nichts mehr zu sagen. »Janine!« Sie dreht sich noch einmal um.

»Wie ich es gesagt habe, ich bin, wer ich bin, entweder du akzep‐ tierst es oder nicht, aber niemals werde ich mich für das entschul‐ digen, zu was ich geboren wurde und es für niemanden in Frage stellen.« Er dreht sich um, geht ins Haus und schlägt die Tür zu, Janine bleibt einen Augenblick vor ihrem Auto stehen. Das war klar und deutlich. Wut, Enttäuschung, Traurigkeit, alles zusammen brodelt in ihr. Sie steigt in ihr Auto und verlässt so schnell wie sie kann das Los Natos-Gebiet.

Entdecken Sie

die

ergreifende Welt

von

Jaliah J.

190

Jaliah J.

Hijas de la luna

Die Legende der Töchter des Mondes

Stell dir vor, du erfährst, dass die Welt, die du eigentlich zu kennen vermagst, nicht das ist, was du all die Jahre dachtest. Wesen, Gefahren und Gefühle existieren, von denen du nicht einmal zu träumen gewagt hast ...

Hijas de la luna - Die Legende der Töchter des Mondes

... und dann erkennst du, dass du schon immer, ohne es zu wissen, ein Teil dieser Welt warst.

www.jaliahj.de

Jaliah J. ist eine junge Autorin, die mit ihrer Familie in Berlin lebt. Ihre Wurzeln sind in der ganzen Welt verstreut, doch ihr Herz schlägt für Puerto Rico.

Angefangen haben ihre ersten Schreibversuche in einigen Internetforen, wo sie schnell einige treue Leser ihrer Geschichten gefunden hat und es nicht mehr viele Schritte bis zum ersten Buch waren. Mittlerweile füllen viele Bücherregale die Werke der jungen Autorin und ihre Bücher sind regelmäßig in der Bestsellerliste von BOD vertreten.

Mit ihrer bekannten Llora por el amor - Reihe hat sie eine ganz neue Welt erschaffen, in die sich viele Hunderte junge Leser regelmäßig zurückziehen und alles um sich herum vergessen.

Es sind einige weitere Projekte geplant, so dass man auch in Zukunft noch viel von der jungen Autorin hören wird.

Tauchen auch sie ein in die faszinierende Bücherwelt.

"Diese junge Autorin schreibt mit ebenso viel Hemmungslosigkeit wie Konsequenz Liebesromane, ich wünsche ihr einen langen erzählerischen Atem für sprudelnde Phantasie und mitreißende Fantasy."

Vito von Eichborn

(Vorwort zur Sonderausgabe zu Werwölfen, Vampiren und den Töchtern des Mondes)

Shirts, Handycases und vieles mehr zu den Büchern von Jaliah J.

follow me ...

Leserkommentare

„Jaliah schreibt leidenschaftlich und hingebungsvoll. Ich habe schon sehr viele Bücher gelesen, die ich richtig, richtig gut gefunden habe. Aber Jaliahs Story nehme ich ihr voll und ganz ab. Kaufe ihr das ab, was sie schreibt. Man hat bei der Lektüre das Gefühl, live dabei zu sein. Sich mitten im Geschehen zu befinden und man kann sich mit ihren Charakteren identifizieren. Man fiebert mit, will wissen wie es weiter geht und der „Süchttigkeitsfaktor" ist auf jeden Fall vorhanden! ;) Ich kann jedem der eine Reise nach Puerto Rico mit dem Kopf machen möchte, in eine neue Welt eintauchen will, den Zusammenhalt der Gangs und deren Familien spüren, das Buch weiter empfehlen!"

Hope

"Hope/Amal, die Geschichte zwischen einem christlichen Mädchen und einem arabischen Prinzen, war unglaublich mitreißend.
Die Persönlichkeit und das Handeln von Farhan (dem arabischen Prinzen) war mir völlig neu und extrem erfrischend.
Auch die liebenswerte Einführung in die Welt des Islam hat mich berührt.

Jaliah hat die Verbindung zwischen zwei Religionen in Form dieses Buches sehr schön dargestellt!!

Die Geschichte ist mitreißend!
Zusammengefasst: Ein tolles Buch mit einer zauberhaften Liebesgeschichte die es sich zu 100% zu lesen lohnt!"

www.jaliahj.de